普通のサラリーマンのはずが……？
「でも、お兄なら幻獣だって何とかできるよね」
「無茶を仰る」
設楽慎之介《したらしんのすけ》
設楽陽茉莉《したらひまり》
剣聖《サラリーマン》無双
〜幼馴染みがときどき人類を救う手伝いを頼んでくる〜

「ありがと、
慎之介」

「慎之介の力を使わないのは勿体ない」
五斗蒔《ごとまき》咲月《さつき》
成瀬《なるせ》静奈《しずな》
「……これを使って奢りなさい、奢って」

剣聖《サラリーマン》無双
～幼馴染みがときどき人類を救う手伝いを頼んでくる～
一江左かさね
Illustration へいろー

口絵・本文イラスト
へいろー

装丁
coil

CONTENTS

プロローグ

見上げた空はどこまでも青く澄んでいる

日曜日はこうあるべき、といった素晴らしい天気だ。日射《ひざ》しは少し強いが、青い空はどこまでも澄んで、木々に茂る葉の柔らかな緑色と相まって清々《すがすが》しさを増している。その向こうに建ち並ぶビル姿も、よい景色になっていた。

名古屋の街中の久屋《ひさや》大通公園は本当に賑《にぎ》やかしい。

行き交う車の走行音や垂れ流される音楽にクラクション、歩行者信号の音も響けば緊急車両のサイレンも遠く微《かす》かに聞こえる。そこに喋《しゃべ》り声や笑い声、喜び騒ぐ奇声も混じっていた。

取り分け辺りがごった返しているのは、ちょうどイベントをやっていたからだ。

屋台のテントからは食欲を刺激するような香りが流れており、行き交う人は串《くし》物類を食べていたり、屋台で購入したパックを手に歩いている。

「慎之介《しんのすけ》、慎之介。見て下さい、あそこでアイスを売ってます！」

そう設楽《したら》慎之介に呼びかけてくるのは、小学生の五斗蒔《ごとまき》咲月《さつき》だ。

咲月は母親の友人の娘さんで、昔からよく家に連れられて来ている。最近は一人でも来るようになっており、今日は名古屋の街中に出かける設楽家に引っ付いてきた。

正直なところを言えば、高校生にもなってなぜに子供の相手をせねばならんのかという思いがある。きっと好きな子を誘って、こうした場に来るのが正しい人生というものだろう。しかし、こんな素直に懐いてくる相手を無碍《むげ》に扱えるほど慎之介の性格は悪くない。

「なるほど売ってるな。アイス、欲しいか？」

「はい！」

咲月は子供らしい素直さで声をあげた。目をキラキラさせて見つめてくるが、そこには強い信頼と共にアイスが欲しいという圧があった。実に素直な気持ちを向けてくる。

「じゃあ、買うか」

「やりました！　ありがとうございます」

軽く手を叩《たた》いて喜ぶ咲月は、買ってもらう前から礼を言っている。

「はい、手を繋《つな》ぎましょう」

「どうした急に」

「だって慎之介が迷子になったら大変なんです。ちゃーんと手を繋がないと駄目です」

「……そうか、なるほどね。気遣い、ありがたいね」

慎之介はこっそり溜《た》め息《いき》を吐《つ》いた。

どうやら咲月には自分が迷子になるという発想がないらしい。だが、迷子になられても困るので手を繋いでおく。嬉《うれ》しそうに見上げてくる笑顔を見れば仕方ないという気分だ。

ただし実を言えば、既にもう一人と手を繋いでいる。

「陽茉莉《ひまり》、大丈夫か？」

そちらは歳《とし》が十も離れた実の妹だ。どうやら人の多さに圧倒されてしまい、半分固まったようになっている。もう少しすると泣き出すかもしれない。

「ちょっと大丈夫そうじゃないな。悪いけど咲月、陽茉莉の手を繋いでくれるか」

「むうっ……でも分かりました、そうします」

「助かるよ」

「はい、じゃあ陽茉莉ちゃん。お姉ちゃんと手を繋ぎましょう」

不満そうにはしたが、咲月は陽茉莉の面倒をみている。それに安堵《あんど》と感心をしながら、アイスを売る屋台に向かった。ちょっと行列ができているのは、やはり少し日射しが強いからだろう。

ようやく買ったアイスを手に近くの芝生に行く。

両親と待ち合わせを約束している場所で、辺りを見回すが両親の姿は見当たらない。まだ買い物をしているのだろう。時計を見ると、そろそろ予定の時間だ。下手《へた》に動いて怒られるよりは、ここで大人しく待っているべきだろう。

慎之介が座り込むと陽茉莉が膝《ひざ》に上ってきた。お陰で慎之介は食べにくくて仕方がない。

「もうっ、陽茉莉ちゃんは甘えてばっかりですね」

軽く文句を言って咲月はアイスをガブッと齧《かじ》った。アイスで喜んでいたのに、今はもう不機嫌そうだ。別行動をしている両親が戻ってくることを切に願うしかなかった。

目の前を大勢の人が歩いていく。

見るともなしに見ているが、高校生の慎之介がついつい目で追ってしまうのは、いちゃつくカップルであったり、抜群のスタイルで肌をこれでもかと晒《さら》した格好の女性であったり——咲月に脇を突《つつ》かれた。

「もうっ、慎之介は視線がよろしくありません」

「……左様でございますか」

「左様なんです」

三人揃《そろ》って座り込み、両親が来るのを待ち続ける。

近くのレストランを予約しており、久しぶりの外食が楽しみだ。どんな料理が食べられるのか期待と共に想像していたとき、スマホからけたたましい音が鳴り響いた。不安と緊張をかきたてるアラートだ。

さらに防災行政無線も放送を開始し、辺りに激しいサイレンの音が鳴り響いた。

「なんだ？」

「恐《こわ》いです……」

激しい音量に慎之介は戸惑い、咲月はしがみついてきて、陽茉莉は泣きだした。

サイレンに続けて自動音声が流れ、付近で災害が発生したことを告げ即座に避難するよう促す。

この放送が数度繰り返され、ブツンッと音をたて終了。辺りに奇妙な静寂が訪れた。

どこかで悲鳴があがった途端、皆が一斉に声をあげ動きだす。

その無秩序な混沌《こんとん》とした状況の中、慎之介は咲月と陽茉莉の二人を抱え途方に暮れていた。

第一章

第一話　かくて再会から始まり

設楽慎之介《したらしんのすけ》は我に返った。

辺りは賑やかで色彩に溢《あふ》れ大音量の音楽が流れ、大勢の人が行き交って笑い声や威勢の良い声があちこちから響いて――辺りは祭りの熱気に包まれていた。

「ふうっ……」

額に手をやり、顰《しか》めっ面《つら》を解《ほぐ》すように揉《も》む。

たった今まで、かつてこの地を襲った大災害の日を思い出していたのだ。その災害で慎之介は両親を失った。あっという間に十二年が過ぎ、今では二十八歳だ。

昔のことを思い出したのも理由がある。

この賑やかしい祭りは、毎年開催される大災害からの復興記念祭りだ。大通りを規制し派手で賑やかしい祭りを催しているが、慎之介にとっては辛《つら》い記憶を思い出させるものでしかない。

「面倒くさいな」

白シャツに黒のジャケットを羽織った無難な服装の慎之介は、通りの端の花壇が程良い高さのコンクリート擁壁であるため、そこに腰掛けコンビニで買い求めた新聞を広げた。

ざっと目を通す紙面には――東日本幕府と西日本政府による会談、貿易収支の状況、幕府要職の汚職事件、東北で発生した幻獣災害の詳細、芸能人の結婚――さして驚く内容はなかった。概《おおむ》ね世の中は平和でどうでもいい情報ばかりだ。その中で、気になるのは幻獣災害ぐらい。やはり幻獣は退治されているとはいえ、いつ出現するか分からぬ災害なのだから。

顔を上げ見るともなしに通りを見ると、休日出勤らしい帯刀したサラリーマンに目が向く。なんとも気の毒だと思いつつ、明日からの仕事を思い出してうんざりする。

再び新聞に目を落とした慎之介に、明るく元気な声が投げかけられる。

「もーっ、こんなとこにいたよ。ほんともぉ探したっ！」

セミロングストレートの黒髪。白シャツに重ねたブレザーは肘《ひじ》まで腕まくりして、黒のスカート。祭りを満喫しているのは良いが、高校生としてもう少し落ち着きを持って欲しい。

妹の陽茉莉《ひまり》が来たため、慎之介は新聞をたたむ。

「やっと来たか、遅かったな。放し飼いにしておくと、直《す》ぐこれだ」

「遅かったなじゃないし、妹を犬とか猫扱いで放し飼いとか言うな。そもそもね、お兄ってば位置情報アプリ使わないから探すの大変なんだよ。もぉ疲れた。ほんとアプリ入れて」

「昔の人はな、位置情報なんぞなくたって生きていたんだぞ」

「そんなの信じらんないよ。あー、もうダメ。スマホ貸して。インストールするから」

陽茉莉は慎之介に襲い掛かる真似《まね》をしてスマホを奪おうとする。

「やめろって、人のスマホに変なものを入れようとするな」

「変なものじゃないし、スマホの機能は電話だけじゃないの。いろいろ使えるの。新聞だって読め

るよ。今どき紙で新聞読むとか、お兄ぐらいだから」

「コンビニで売ってるのは、読む人が居るからだろ。で？　そのアイスは食べないのか？」

慎之介の指摘に陽茉莉は我に返って慌てる。

「うわっと、そうだった。はいこれ、アイスあげる。暑いから食べて」

顔の前に突き出されたアイスは、日射しを浴びて液体に戻ろうとしている。しかし、そんな事はどうだっていい。慎之介は妹の贈り物に感謝し、アイスが固体であるうちに齧り付く。

「お祭りと言ったらアイスだもん、優しい妹に感謝してよね」

「褒めてつかわす」

「また、そういうこと言うし。いいけどさ、食べてるとこ撮影していい？」

「いつも言ってるが、駄目だ」

陽茉莉はインフルエンサーをやって、幾ばくか稼いでそれを家計に入れてくれる。それは嬉しいが、兄を配信ネタにしたがるのはよろしくない。

「もーっ、ちょっとは協力してよ。お兄なら少しは絵になるかも？　そこそこぐらいは」

「いまその協力への道は完全に断たれた」

「酷《ひど》い。あっ、まさかだけどさ。写真を撮られると魂が抜かれるとか思ってないよね？」

「人を何だと思ってるんだよ」

「スマホも使えない超アナログ人間」

そんな言われように慎之介は呆《あき》れて空を仰ぎ、立ちあがりながら足の間に挟んでいた刀を腰に帯びた。その柄《つか》に軽く手をのせ歩きだす。

ビルにある電光時計の数字を見やる。

――そろそろ帰っても良い時間か。

人混みの中を歩いても慎之介は平気だが、しかし陽茉莉には疲れの色が見えている。その意味では、もう帰っても良い頃合いではある。

「大丈夫か？　疲れただろう、もう帰るか」

「やだっ、まだ帰んない。それより、あっちの屋台のたこ焼き、どう？」

「まだ食べる気か⁉」

慎之介はげんなりして言ったが、ふと辺りを見て眉間《みけん》に皺《しわ》を寄せた。

近くにある二階建てビルに見覚えがあったのだ。そこは仕事で関わりのあるクレーマーが所有するビルで、しょっちゅう呼びつけられている。うんざりだ。適当に聞き流し相手をすれば給料が貰《もら》えると思って我慢するしかない。

「どうせ頑張ったところで、出世できる家柄でもないしな……」

慎之介はこっそり溜め息を吐いた。

辺りを見回していた陽茉莉は、兄の心情とは関係なく祭りを満喫している。幸せなことだろう。感心していると、いきなり前を指差した。

「むむっ？　お兄、あれ見て。イベントだよ」

「はぁイベントね」

「うわっ、なんだか面倒そうな声だ」

「当たり前だろ。どうせ、また人を盾にして人混みを進むのだろう」

「はい、そうです。分かってるなら、お願いします」

陽茉莉は調子よく笑いながら、そのまま慎之介の背中をグイグイと押してくる。仕方ない奴《やつ》だと苦笑いして、慎之介は他の人の迷惑にならないよう注意しながら進んだ。

——困った奴だな。

心の中でぼやきこそするが、慎之介はこの時間が楽しかった。たった一人の家族である妹が喜んでいること、それが何より大事なのである。

「で、なんのイベントなんだ？」

「そらそうだ、何だろね？」

「おいおい、何も分からず行くのか」

「えーっとね？　ほら見て、侍のトークイベントってある」

背中にしがみついたまま顔を出し、陽茉莉は人混みの向こうに見える特設ステージを指差した。ちょうどイベントが始まり、司会の女性が笑顔で手を振って登場したところだ。

『お待たせしました！　今日は尾張藩《おわり》が誇る侍たちが来てくれました！　この地でかつて起きた大災害でも、そして今でも、日々幻獣と戦い皆の平和を守ってくれる英雄！　そんな侍の皆さんに思いっきり語ってもらいます！』

マイクの調整が悪いのか音割れして耳に痛いが、集まった観客は気にした様子もない。

——侍か。

慎之介はステージに憧《あこが》れ混じりの眼差しを向けた。

侍とは士魂の力を操る対幻獣災害スペシャリスト。司会が紹介したように災害である幻獣と戦う存在だ。子供の頃には憧れた。憧れたがしかし、慎之介が絶対になれない職業でもあった。

だから今は、憧れと反発の混じった複雑な感情を抱いている。

イベントが開催され、トークショーの前にプロモーション映像が流されると、壇上に青味を帯びた半透明の姿をした侍が出現した。それに慎之介は感嘆の声をあげる。

「おおっ、凄《すご》いぞ。見ろ、あれは立体映像だぞ」

「お兄……それぐらい知ってるし、常識だし。そんな嬉《うれ》しそうに言わないでよ」

陽茉莉は恥ずかしそうに袖《そで》を引っ張ってくる。

だが慎之介の目は、投影された侍映像に釘付《くぎづ》けだ。超人的な速度で斬り合いの型を見せ、手を触れず物を引き寄せたり鉄の棒を斬ってみせたり見事なものだ。

思わず感動の声をあげると、陽茉莉が悶《もだ》えている。

「ちょっと、お兄。周り見てよ。分かる？」

言われて周りを見れば、驚き感心しているのは年寄りばかり。その他の者は映像に喜び手を叩《たた》いているが、普通に楽しんでいるだけだ。

「お兄が知らない間に、世の中はどんどん文明開化したの。分かる？　立体映像で驚くのなんて、お爺《じい》ちゃんお婆《ばあ》ちゃん世代だよ」

「ふんっ」

慎之介が若干ふて腐れていると立体映像が消え、今度は本物の侍が壇上に現れた。特殊部隊の青い制服姿で歓声に応え手を振っている――陽茉莉が袖を引っ張った。

「ねえねえ、ちょっと、お兄ってば」

「どうした、トイレか？　仕方がない奴だなぁ」

途端に陽茉莉は頬を膨らませた。

「あーもうっ！　んなわけないでしょ。人を幾つだって思ってんの。じゃなくって。よく見てよ、ステージの侍を。あれって咲月《さつき》お姉だし」

「ん？」

公家という朝廷に仕える宮廷貴族の血を引く者は、常人とは瞳《ひとみ》や髪の色が異なる。壇上の侍はまさにそれで、紫がかった瞳と白く美しい髪色をしている。そしてそれは見覚えのある相手の特徴でもあった。

「……本当だ、咲月だな」

二人にとって幼馴染《おさななじ》みの五斗蒔《ごとまき》咲月だ。ちょうど慎之介と陽茉莉の間の年齢で、小さい頃はいつも一緒に遊んでいた。最近は京都に留学していたが、侍になっていたとは思いもしなかった。

その咲月は盛んに歓声を受けている。

侍はアイドル的な扱いもされる存在だが、咲月は見た目が良いためか、完全にそういった方向で人気になっているようだ。

「そういや、咲月も今年が就職だったな……」

「お姉も尾張藩で仕事なわけでしょ。だったら、お兄は顔を合わせたりしないわけ？」

妹の不思議そうな声に慎之介は苦笑した。

「部署が違う、部署が。職場と学校は違うからな。部署が違えば、殆《ほとん》ど顔を合わすこともないんだ。

侍

特に侍と一般藩士では接点がない」

慎之介も尾張藩に仕えていたが、早くに亡くなった父の跡を継いでのこと。侍のような花形ではなく、むしろ縁の下の力持ちと呼ばれる裏方平藩士でしかない。

「そうなんだ。でも会えたらいいのに、お姉もきっと喜ぶよ」

陽茉莉は舞台の写真を撮り、それをSNSに投稿しながら嬉しそうだ。

しばらく侍トークショーを眺めていたが、だんだん飽きてきた。咲月が喋《しゃべ》るよりも、他のベテラン侍が語る方が多かったのだ。陽茉莉などは欠伸《あくび》までしている。

そっと人混みを抜けて会場を後にした。


陽茉莉はブレザーのポケットに手を突っ込み、ぶらぶら隣を歩く。

「はーっ、いろいろ見たよ。これでお祭りを一通り見れたかな」

「端から端まで見たから、そらそうだろさ」

慎之介は呆れつつ言った。陽茉莉に連れられ、本当に端から端まで祭り会場を移動したのだ。しかも、あちこち首を突っ込み見に行く陽茉莉の面倒を見ながらだ。お陰でけっこう疲れた。

「そろそろ帰るか?」

「んーっ、そだね。帰ろっか」

言いながら陽茉莉は視線を傍らに向けていた。

それを辿《たど》ってみれば、赤い風船を手にした小学生ぐらいの女の子の姿に辿り着く。その子は不安そうな顔で繰り返し左右を見ながら歩いていた。今にも泣きそうだ。

「あの子、迷子だね」

「そうか？　どうだろな」

慎之介も内心ではそう思ったが躊躇《ためら》いがある。下手《へた》に声をかければ、不審者や誘拐犯に間違えられてしまう時代だ。トラブルになれば人生に関わってしまう。

道行く人も同じ考えなのだろう、誰もが見て見ぬ振りだった。

だが陽茉莉は違う。

「絶対そうだよ。って！」

辺りを見回し歩く少女が転んだ。その手から風船が解き放たれ、空へと舞い上がっていく。

「ねえ大丈夫？　痛くない？　ほらほら泣かないで」

陽茉莉は即座に走って少女の側《そば》に行き、しゃがみ込み優しく介抱している。

「まったく余計なことを」

「別にいいじゃないの、これぐらい――」

文句を言いながら振り向いた陽茉莉だが、笑いを堪《こら》えるような顔になる。

なぜなら、慎之介は少女が手放した赤い風船を手にしていたのだ。もう手も届かない高みに舞い上がった筈《はず》の風船がなぜかそこにある。

だが陽茉莉はそのことを疑問に思わず、くすくす笑っている。

「なんだよ」

「何だかんだ言って助けてるし」

「うるさい。偶然だ、偶然風船が手元に飛んできただけだ」

「ふっふーん、そういうことにしといてあげようじゃないですか」

陽茉莉は嬉しそうに笑い、それから少女と手を繋《つな》ぎ迷子センターに向かう。

だが、その前に辺りをキョロキョロしながら歩く父親らしき男を発見、走りだした少女を見送って親子の再会を眺めることになった。

遠くで手を振る少女に陽茉莉も手を振り返した。

「うん、良いことをした後は気分が良いね。褒めて！」

「よしよし、妹が優しい子に育って嬉しいよ」

軽い口調で言いながら、しかし慎之介は本当にそう思っていた。他人を思いやれて助けに行ける子に育ってくれて誇らしい。苦労して育てただけに嬉しかった。亡くなった両親にも顔向けできるというものだ。

「そして褒めた後は、ご褒美！」

「ちゃっかりしてるな。ほら、これでも飲むといい」

慎之介は傍らのテントで缶ジュースを買い求めた。お祭りということでワンコイン価格だ。氷水の中に浸《つ》かってたので、程良く冷えていた。

「ほれ、褒美をとらす──」

その時だった。非常放送用スピーカーから、緊急を告げるサイレンが鳴り響いたのは。同時に人々の持つスマホもけたたましく鳴動していく。

「緊急幻獣速報だと⁉」

それは幻獣の脅威が間近に迫っていることを知らせるものだった。

幻獣、それは古くは妖怪《ようかい》や怪異とも呼ばれた。

社会生活に大きな被害をもたらす災害で発生原理も大凡《おおよそ》解明されている。大地には気による地圧があり、気の流れである地脈によって陰陽の差が生じ、その陰の場所で幻獣が発生するのだ。

今日《こんにち》では地圧を観測し、地脈を解析することで幻獣出現を予測するに至っている。さらに出現時に発せられる気を検知し、緊急警報まで発せられていた。

「うあーっ、今日の幻獣予報だと安全だったのにぃ」

「だからAI予報なんてあてにならんのだ。靴を飛ばして占った方が当たるぞ」

「いや当たんない、それ当たんないし」

呆《あき》れる陽茉莉の腕を掴《つか》み、ビルの外壁に身を寄せた。直後、それまで立っていた地点を人の群れが濁流のように駆け抜けていく。呑気《のんき》に立っていれば、今頃は酷《ひど》い目に遭っていただろう。

「ひいいっ、危なっ！　うっかりしてた。お兄、ありがと」

「もっと周りに注意するんだぞ。そら、こっちだ」

慎之介は人の少ない方向に向かう。辺りでは多数の人間がパニック状態。制止や冷静さを求める声は悲鳴にかき消され、怒声や叫び声が響き、子供の名や親を呼ぶ声が混じっていた。

こんな時のための避難シェルターもあるが、そこはどうせ人が殺到している。入れない場所に行って時間を取られるよりは、身を潜めようという考えだ。

「で、でもさ。緊急速報が出たからって、幻獣が直《す》ぐ出るわけ――あー、出てる」

陽茉莉が指差す先、逃げ惑う人々の向こうに白い生き物の頭部が見えた。それは犬に似た姿だ。

ただし頭の位置は人の背丈よりも上にあるのだが。

「あれイヌカミだよね⁉　授業で習ったよ」

「こないだのテレビでも見たな、獣型の中幻獣だ。これはマズいな。早いとこ逃げよう」

「わわわっ。でも、待ってよ！」

陽茉莉は一つ向こうの交差点を見たままだ。イヌカミが人に襲い掛かっており、喰《く》いつかれ空中に放り投げられた者が信号機より高く飛ばされ、その後に食われた。まさに嬲《なぶ》り殺しだ。

思わず一歩踏み出した慎之介だが、それ以上は動かず眉間《みけん》に皺《しわ》を寄せている。

「……駄目だな、逃げよう」

「でも、お兄なら幻獣だって何とかできるよね」

「無茶を仰《おっしゃ》る。できるわけがなかろうが」

だが、その時だった。一つ向こうの交差点で子供が転び、母親が必死になって駆け寄る姿が見えたのは。しかも、そこにイヌカミが突進している。

「くそっ！」

慎之介は手にしていた缶ジュースを握りしめ、アンダースローで投擲《とうてき》した。軽く投げられたはずのそれは、弾丸のように飛んで百ｍは先にいるイヌカミの頭に命中した。

思わぬ攻撃にイヌカミはバランスを崩し転倒している。

「十分、何とかできてると思うけど」

普通ではあり得ない投擲を、陽茉莉は当たり前のように見て、しかも親子が逃げおおせた様子に安堵《あんど》している。そんな妹の頭を慎之介は小突いた。

「できるのはこんな程度だ。それに見ろ、侍が来た」

先程のトークショーに出演していた侍たちが駆《は》せ参じ、イヌカミに斬りかかっていく。

幻獣に対抗する方法は幾つかあるが、その中で一番確実で効果的なものは今も昔も変わらない。

つまり、侍たちによる駆除だ。

「さあ、今度こそ逃げるぞ。後は侍に任せてやり過ごす」

そう告げて慎之介と陽茉莉は逃げだした。

だが上手《うま》い隠れ場所など簡単には見つからず、しばらく走って慎之介は何かに気付いて足を止めた。渋い顔をして見上げるのは一つのビルである。

「………」

それは先程も見かけた、仕事で関わるクレーマー所有のビルだ。近寄りたくもない建物ではあるが、しかし何度も呼びつけられたので内部の構造には詳しい。

「背に腹は代えられない、ここ入るか」

「入るって電子錠がかかってるでしょ。もしかしてパスワード知ってるの？」

「パスワードか、もちろんだ」

慎之介は腰元に帯びていた刀を鞘《さや》ごと引き抜くと、その鞘の下端の鐺《こじり》を玄関ドアの硝子に叩き付けた。普段の行動からは想像もつかない行動だった。しかし、妹の安全のためなら、たとえ器物損壊だろうとやるのが兄というものだ。

「うあぁ、お兄ってば。こんなことして大丈夫？」

「外を彷徨《うろつ》くよりは、建物の中が安全だ。ほら幻獣が来る前に入るぞ。足元に気を付けるんだ」

「一人で歩けるよ」

辺りに硝子片が散っている。怪我《けが》をしないよう抱えて運ぼうとした陽茉莉に拒否され、寂しい気分で中に足を踏み入れる。内部は暗く、そして静かだ。不在だったのか避難したのかは分からないが誰も居ない。何にせよ、それは良いことではある。

正面に受付があり、左に続く通路の手前にドアがある。

「奥に行くぞ」

陽茉莉を連れ奥に進む。いつも呼びつけられ怒鳴られる部屋だ。この幻獣騒動が無事収まれば、また来ることになるかもしれない。

「疲れたか？　少しソファに座って休むといい」

「ありがと、お兄も座ろ」

応接ソファに二人並んで座り軽く気を抜いた。しかし陽茉莉はスマホを操作しだしている。どうやらこの状況をＳＮＳに投稿しつつ情報収集しているようだ。

「えーっと、この辺りの情報がいっぱい出てるよ」

そう告げる陽茉莉に慎之介は疑わしげな顔をした。ただし陽茉莉を疑っているのではなく、ＳＮＳの情報を疑っている。再生数稼ぎに虚偽や大袈裟《おおげさ》なことを発信する輩《やから》は一向に減らない。

「あたしのフォロワーさんもいるから。信用できる情報だよ」

「どっちにしろ、動かないでおこう。下手《へた》に逃げるよりは、此処《ここ》で大人しくしていた方がいい」

休憩も兼ねて部屋の中で待機する。空調の音が耳をつくほどで、外からの音も殆《ほとん》ど聞こえず静か
――そう思った瞬間、甲高い破砕音が聞こえた。

それは玄関の方からだ。

「「……⁉」」

二人同時に立ちあがった瞬間、入ってきた扉が吹っ飛んできて、それまで座っていたソファに激突する。だが、それを見ている余裕もない。開いた空間に突き込まれたのは、真っ白い獣の頭部。間違いなくイヌカミのものだった。

「お兄、さっきみたいにやって！」

「無茶を仰る！」

「じゃあ倒して！」

「もっと無茶になってるだろうが！　逃げろ、走れ！　奥に行くんだ！」

イヌカミはドアに引っかかっているが、一度頭を引っ込め代わりに前足を突っ込んできた。確実にこちらを狙っている。その風圧を感じつつ、奥にある扉から逃げた。背後で入室したイヌカミと入れ替わりだ。

大急ぎで廊下を走り――横の壁にあった窓が割れた。

「うわわぁっ！　こっちにも出たぁ⁉」

砕けた窓硝子から白い獣の前足が突き込まれる。鋭く湾曲した爪が宙を掻《か》き、さらに窓枠を掴んでいる。壁に亀裂が入った。背後でも、先程のイヌカミがまたドアを突破しようと暴れていた。

「止まるな！　奥に！」

慎之介は陽茉莉の手を引き、廊下を駆け進んだ。それを追うイヌカミによって、ビル内部は滅茶苦茶になっていくが気になどしていられなかった。

◆　◆　◆

ビルの裏口から転げるように外へ出た。

一方通行道路で痩《や》せた木の植栽が点々とあり、イベント関係者の車両が路駐されていた。きっと無理に動かそうとしたのだろう。何台かは衝突して斜めになっている。さらに辺りには鞄《かばん》や靴などが散乱し、混乱の様を表している。

辺りを見回せば、そこは侍トークショーが行われた特設ステージの間近だった。

「お兄、次はどうしよ」

「どうするって、イベント会場にでも行くか」

イヌカミは建物内に引っかかって詰まっていたが、あのしつこさだ。その内に抜け出てくるだろう。ぼさっと立っている場合ではない。

無人の会場に駆け込む。その先にある頑丈そうなビル入り口に、イベントスタッフ控え室との張り紙を見つけると、迷わず飛び込む――先客がいた。

「あっ……」

驚いた声をあげたのは、侍を示す紺瑠璃《こんるり》色した制服姿の女性だ。白い髪、目鼻立ちは整い、その浅紫色の瞳《ひとみ》が驚いたように見つめてくる。侍トークショーで見た、幼馴染《おさななじ》みの咲月だった。

「慎之介、それに陽茉莉ちゃん!?」

久しぶりの再会だが、咲月は直ぐ気付いたらしい。緊張のあった顔が柔和な笑みに彩られた。

「咲月お姉がいた！」

陽茉莉も驚きの声をあげた。

「良かった、お姉は侍だから安心だよ。あのね、イヌカミに目を付けられて、さっきまでしつこく追いかけられてたの」

「そうだったの、無事で良かった。任せて。でも、ちょっと待って。指揮してる最中だから」

「えっと、指揮って？」

可愛《かわい》い妹分の不思議そうな様子に咲月は微笑《ほほえ》んだ。

「私は特務四課の課長だもの」

「課長なんだ！　それって凄《すご》い、んだよね？」

感心しておきながら、陽茉莉はそのまま続けて慎之介に確認した。それで頷《うなず》いてもらってから、改めて感心している。しかし咲月は恥ずかしがるような困り顔だ。

「家柄で選ばれただけよ。だから実績をつくらないと、って頑張ってるところ」

そう言う咲月を見ながら、慎之介は折り畳み椅子を広げ陽茉莉を座らせ休ませた。

「四年ぶりぐらいか？」

軽く笑って問いかける。気安く話しかけるのは、久しぶりに会った咲月が以前と変わらないからだ。見た目こそ大人っぽくなったが、素直で人のよい性格はそのままだ。

「ん、京都に留学してたからそうね、でも陽茉莉ちゃんとは時々会ってたよ。うん、それでもここ一年ぐらいは会ってなかったかな。侍になったことも言ってなかったし」

幸いイヌカミの追撃の気配は感じられない。辺りに警戒しながら、気を紛らわすための会話を続ける。

「特務課の課長か、エリートだな」

「もうっ、そういうこと言うんだから。就職して、いきなり課長という時点で察してよ」

咲月は自嘲《じちょう》気味に言って、その白い髪を弄《いじ》った。

どうやら自分の置かれている境遇に不満があるらしい。だが慎之介は――悪意や嫌味ではなく素直に――咲月が課長で問題ないと思った。

家柄も申し分なく、家臣や従者もいるような立場で、人を使うことに慣れている。それだけでも上司としては申し分ないが、さらに他人を気遣い思いやれる性格だ。上司としては理想的だろう。

そう思う慎之介だったが照れくさいので言わなかった。

「あー、それにしても、どうして咲月は侍になったんだ？」

「ん？　慎之介、知らないの？　五斗蒔家は代々とまでは言わないけど、侍を輩出する家系なんだよ。私がやるのも当然なの」

「そうなのか。もしかして、なりたくないのにやらされてるのか？」

もしそうであれば気の毒だ。ただ、侍になりたくてなれなかった慎之介には微妙に羨《うらや》ましい気持ちではあるが。

「あ、それは勘違いしないで」

咲月は軽く手を左右に振って否定した。

「もちろん困っている人を助けたいから。自分から希望してるよ」

「なるほどな。それで、今はどれぐらい助けられたんだ？」

「皆、つまり私の部下なんだけど。ちゃーんと頑張ってくれてるよ」

そう言って咲月はスマホを振った。ちらりと見えたそれには地図が表示されており、幾つかの表示が次々と高速で流れていた。とりあえずアナログな慎之介には、何かは分からない。

「なるほど。ま、いいか」

「慎之介、相変わらず機械はダメみたいね」

「そうでもないさ」

否定はしたものの、隣で陽茉莉が笑っているので意味がない。

しばし会話が途絶え、静かな時が流れる。

「なんだ、こうして三人でいると昔みたいだな」

慎之介はぽつりと言った。

母親同士が友人だったため、子供の頃の咲月は慎之介の家によく来ていた。咲月も子供の頃はやんちゃで、一緒に駆け回っていたぐらいだ。そして幼い陽茉莉がちょこまかと、後ろを付いて来ていたのが懐かしい思い出だ。

「しかもだ、悪さしてバレないよう隠れてた時を思い出す」

慎之介が昔の話を持ち出すと、咲月も覚えていたらしい。懐かしそうにクスッと笑った。しかし陽茉莉が二人の顔を交互に見た。

「え？　なになに？　それ、あたし覚えてないけど」

「それほど面白い話でもないからな。覚えてないなら、それでいいだろう」

「ひどい、ちゃんと教えて」

頬を膨らませ陽茉莉が文句を言った。

「お兄との思い出だし、思い出せないのがあるとか、何かやだ」

「さーてどうするかな」

「教えてよ、教えてー」

軽く陽茉莉をからかっていたとき、外から悲鳴が聞こえた。

つまりそれは誰かが幻獣に襲われているのだ。

「いけないっ！」

刀を手に立ちあがる咲月を、しかし慎之介は手で制止した。やはり親しい相手が戦いに身を投じるとなれば心配になって当然だ。

「大丈夫か？　無理するなよ」

「ありがと、心配してくれて。でも平気よ、これが役目だもの」

その浅紫色した瞳には強い意志が滲《にじ》んでいる。

「慎之介と陽茉莉ちゃんは、ここに居て。私は行かなきゃ」

咲月は侍の力である士魂を発動させ、素早い動きで控え室を飛びだしていく。

それを慎之介と陽茉莉が後を追いかけたのは、やはり幼馴染みが心配だったからだ。外には逃げ惑う人々がいて、それを追う白い人擬《もど》きたちの姿があった。コタマと呼ばれる人型軽幻獣だ。

「参ります！」

突っ込んだ咲月の刀が淡く発光し、コタマの横腹を斬り裂く。幻獣の中では最弱な相手だが、群れて動くため厄介な相手だ。先頭の一体が倒れると、残りのコタマが標的を咲月に変えた。

「そこの人たち、逃げて。ここは引き受けます！」

咲月の言葉を聞くまでもなく、襲われていた人たちは逃げ去った。

次なるコタマが跳びかかり、咲月は素早く回避しながら反撃する。目まぐるしい戦いが始まったが、咲月は着実に一体二体と倒していく。横から跳びかかるコタマを軽く跳んで回避した。

「よかった、これなら何とかなる——」

「避《よ》けろ！　横だ！」

「えっ⁉」

咲月は慎之介の叫びに反応しきれず、横から飛び込んできたイヌカミの一撃を受け撥《は》ね飛ばされた。背後のコンクリート壁に背中から激突、その場に崩れるように倒れ込んだ。

「「…………」」

慎之介と陽茉莉はその様子を前に軽く頷き合った。


慎之介は若干の人嫌いだ。

そうなったのには理由がある。両親の死にショックを受けているなか、初めて見る親戚《しんせき》が次々と家に押しかけてきた。悔やみの言葉もそこそこに、少年だった慎之介に設楽家の跡目を譲るように迫ったのだ。

事態を知らされた大叔父が駆けつけ、睨《にら》みを利かせてくれたお陰で助けられた。

それでも自宅にあったいろいろな物がなくなった。床の間にあった家伝の刀剣や、父が自慢していた置物や、母が気に入っていた小物などもだ。

そんなことがあれば多少なりとも人間不信になって当然だろう。

さらに人には言えぬ秘密を抱えているので、妹の陽茉莉以外は信じられなくなるのも仕方ない。

だが幼馴染みの咲月は、もう一人の妹といった存在だ。

「まあ、咲月とは昔からの付き合いだ」

慎之介は呟《つぶや》き、横で眼を輝かせた陽茉莉に少し下がるように命じた。

「防御は得意なんだ、イヌカミの相手だってしてやる」

やけくそ気味に言って、ひと息に跳んだ。

特設ステージに躍り出た慎之介を、イヌカミが即座に振り向いた。改めて見ても迫力がある。剥《む》き出された牙《きば》も唸《うな》り声も、凄《すさ》まじい迫力だった。

イヌカミが全身で向き直る。硝子玉のような目玉で睨みつけ、轟《とどろ》くような咆吼を浴びせ襲い掛かってくる。だが慎之介は愛刀の来金道《らいきんみち》を抜き放ち、素早く飛び違いながら擦れ違う。敏捷《びんしょう》に動くイヌカミが向きを変え、即座に攻撃を仕掛けてくる。

「これで、どうだ！」

イヌカミの鋭い爪を素早く躱《かわ》し、慎之介は逆にその足先を来金道で斬り飛ばしてみせた。幻獣を斬るのは、侍の力を持つ者にしかできないことだ。

幻獣はその身の周りに不可視の障壁を持ち、銃弾を含む大半の攻撃は効果が大幅に減退する。しかし、その障壁を無視し傷を負わせられるのが侍であり、侍の手にする武器だった。

慎之介もまた侍の力を持っている。

ただ、それを公にできず侍になれない事情があるため隠していたのだ。

一撃を受けたイヌカミが苦悶《くもん》の声をあげる。しかし直《す》ぐに怒りの咆吼を轟かせ、力強く飛びかかってきた。鋭く激しい攻撃だ。避けることは容易でない勢いだった。しかし慎之介はイヌカミの攻撃を僅《わず》かな動きで躱す。同時に振るった来金道の刃《やいば》が、イヌカミの胴体を大きく斬り裂いた。

巨体が音をたて落下、痙攣《けいれん》の後に動かなくなった。

「……なんだ、こんなものなのか？」

慎之介は軽い違和感を覚えていた。なぜなら、もっと手強《てごわ》い存在と思っていたイヌカミを、さしたる苦労もなく倒せたからだ。

「意外に戦えてるな」

慎之介は訝《いぶか》しがりながら、しかし横に手を向けた。

そちらから新たなイヌカミが躍り込み、勢いよく飛びかかってきたのだ。だが、慎之介が手を向けた途端、目に見えぬ壁にぶつかったようにのけぞり、あげく空中に留《とど》まりもがきだす。

もちろん慎之介がやっていることだ。

「試してみるか」

手を払うと同時に、イヌカミが激しい勢いで吹っ飛んでビルの外壁に叩《たた》き付けられた。同時に慎之介は来金道を鞘《さや》に納め、僅かに身を屈《かが》めると、呼吸を大きくとり息を整えていく。

「確か……勝負は鞘のうち。そこに士魂を込めるんだったな」

剣を教えてくれた師匠の言葉を思い出していく。左手で軽く鞘を持ち、右手は下から柄《つか》を挟むように持つ。両手に士魂を巡らせ来金道に流し込めば、確かにそこで漲《みなぎ》る士魂を感じた。

通りを挟んだビルの側《そば》でイヌカミが起き上がりつつある。

「いまっ！」

鞘ごと刀身を寝かせ、腰の捻《ひね》りと共に鞘を後ろへ送り鋭く素早く抜刀。光が溢《あふ》れ、蓄えられていた士魂が刃の軌跡のままに飛翔《ひしょう》。イヌカミを捉《とら》え、そこで士魂が解放され――爆発した。

「あ、あれっ……？」

イヌカミが消し飛ぶどころかビルまで崩れだす。自分でも思ってなかった事態だ。

それは老朽化に加えイヌカミが内部で走り回った際の損傷による影響も大きいが、今の一撃がとどめとなったのは間違いない。慎之介は予想外の展開に目を瞬かせた。


「お姉、しっかりして」

陽茉莉は苦しそうに呻《うめ》く咲月の傍らに膝《ひざ》を突いた。

侍の着用する制服はナノファイバーが使用された強靭《きょうじん》なものだったが、イヌカミの一撃を防ぎきれておらず、また打撃による衝撃自体はどうにもならない。

「いま助けるよ！　死なないでね！」

陽茉莉が呟き、咲月の傷口に手を当てた。そこに淡い緑の光が迸《ほとばし》ると、咲月の呼吸が楽なものに変わる。目が開かれ浅紫色の瞳《ひとみ》が驚いた様子で陽茉莉を見つめる。

「……あれ？　どうして？　どうして傷が？」

咲月は困惑気味に呟き、まだ痛みの残滓《ざんし》があるため顔を顰《しか》めながら頭を上げた。少なくとも、それができるぐらいには回復している。

「陽茉莉ちゃん？　これはどういうこと？　それに……慎之介!?」

直ぐ目の前で慎之介がイヌカミと攻防を繰り広げている。

「えっ……凄《すご》い」

「ふっふーん、お兄は侍で士魂があるんだから」

「なんなの、あの強さは」

そして慎之介の目の前でイヌカミが空中に留まったまま動かなくなり、さらに吹き飛ばされビルに激突。侍である咲月は、現象それ事態は理解できるが、しかし目を見張り驚く。

「念動力まで⁉　でも、あんなの武将級の強さ。どうして慎之介が？」

あげく慎之介は上位の侍でも、殆《ほとん》どできない士魂を斬撃として飛ばすことまでやっている。しかも威力が桁違《けたちが》いだ。呆然《ぼうぜん》と見つめる咲月の髪を爆風が乱す。

「さっすが、お兄だし。うん、もう大丈夫。ねぇ、お姉。痛いとこない？」

陽茉莉は両手を腰に当て得意そうだ。それで我に返った咲月は、そちらを見つめる。

「あっ、うん。陽茉莉ちゃんのそれ、回復能力ね」

「そーだよ。凄いでしょ」

「凄い回復能力ね」

その言葉の通り痛みは殆ど消え失《う》せている。服の前を軽くはだけさせ確認すると、肌には傷痕《きずあと》一つない。驚いている咲月に陽茉莉は腕を動かしあわあわ慌て気味だ。

「お姉、ちょっと駄目だから」

「陽茉莉ちゃん。これ、どういうこと？」

「とりあえずだけどさぁ、まずは服を直そうよ。ほら、お兄がいるわけだし」

「あっ……」

咲月が顔を上げると、そこで慎之介がそっぽを向きつつ頭を掻《か》いていた。目のやり場に困るといった顔をしているのは、つまり咲月の状態に気付いているからだ。

「……もうっ！」

咲月は顔を真っ赤にして服を直した。


中小規模のビルが軒を連ねる大通りには人の姿も、そして幻獣の姿もなく静かなものだ。その中で慎之介は崩れたビルを前に呆然としていた。

そちらを気にはしながら陽茉莉は咲月に笑顔で手を合わせる。

「お兄がイヌカミを倒したの、内緒にしてね」

「どうして内緒なの？」

「侍の力、つまり士魂があるの内緒にしたいから」

「だから内緒って。でもその前に、慎之介は侍だったの？」

「そーだって言ったよ。だから内緒にしといてね」

陽茉莉は咲月の腕を掴《つか》み揺さぶる。まるで我《わ》が儘《まま》を言う子供のようで、相手を説得しようといった考えすらない。もちろん咲月が思い悩む顔になったことも気付いていなかった。

「じゃあ、慎之介は十二年前の大災害の時はどうして――」

「あの時は帯刀も許されてなかったし、何よりタイミングが悪かった。本当にな」

慎之介は暗い声で答えると、溜《た》め息《いき》を吐《つ》き咲月に抱きつく陽茉莉を軽く睨んだ。

「こら、陽茉莉。内緒にするよう頼むなら、理由を言うべきだ。そういうところが駄目だぞ」

さらに陽茉莉の襟首を掴むと、猫の子でも追いやるように後ろへやった。もちろん、そういう時の猫と同じような怒りの反応があるが気にはしない。今は咲月への説明をする必要がある。

「そういうわけだ。今まで内緒にしていたが、僕らは士魂を持っている。しかも陽茉莉は回復能力持ちだ。それってのは珍しいって話だろ」

侍には身体能力や耐久力の向上、常人を超える反応速度、念動力がある。さらに力を刀身に纏《まと》わせ鋭さを増し、鞘の中で収束させ居合い斬りと共に斬撃を飛ばすこともできる。極稀《まれ》にだが他人の傷を癒やす力もあると聞いていた。

「うん、とっても珍しい。これでも殆どの侍の情報は把握してるよ。尾張藩でも一人居るだけ」

「だろっ。そんな力があるとな。血筋に取り込みたいとかで、望まぬ相手と結婚させられるだろ。今の時代は昔ほど煩《うるさ》くないにしてもだ」

そうした事情もあり、設楽家では陽茉莉が名家の思惑に翻弄《ほんろう》されぬよう隠していた。だが、咲月は見捨てられなかった。そして咲月なら内緒にしてくれるだろうと思って動いたのだ。

「でも、尾張藩は最高の待遇を用意してくれるわよ」

「望まぬ交配と引き替えにな」

失礼な物言いをした慎之介は陽茉莉に後ろから蹴《け》られた。半分は八つ当たりだろう。

そして咲月は軽く考え込み、困ったように吐息をつく。

「うーん……もうっ、仕方ないんだから。分かりました、内緒にしてあげる」

何だかんだと、昔から慎之介が頼めば最後には肯く咲月だ。今回もそうなった。慎之介が礼を言おうとするが、それより先に陽茉莉が飛びついていた。

「うぁー、ありがと！　咲月お姉！」

自分が言おうとした言葉を取られ、慎之介は笑顔で頭を振り周囲の警戒に移る。

「咲月お姉のこと信じてた！　でも、これでお姉もあたしの力のこと知ったわけだから。怪我《けが》とかしたらどんどん言ってね、すぐ治したげる」

「それ怪我する前提ね」

「んー？　あっ、そうなっちゃうか。でも、そんなつもりないよ」

そちらの会話を聞きつつ、慎之介は壊れたビルを見やって黄昏《たそがれ》る。抱きつく陽茉莉を引きずりながら咲月が来た。それも昔のままの光景だ。

「ねえ慎之介、ビルのことで困ってるよね」

「分かるか」

「あのね、そんなの見てれば分かるよ」

確かにそうだろう。これを見て察せられない人がいたら、かなりの問題だ。そう皮肉げに考えてしまうぐらい、慎之介は落ち込んでいる。咲月は浅紫色の瞳に笑みを浮かべた。

「当然だけどビルが壊れたなら、壊した人が損害賠償請求されるよね」

「止《や》めてくれ、今その言葉は辛《つら》い」

咲月の言葉に慎之介は呻いた。考えたくもないが、実際問題としてそうなる。ビル一つ分の損害額は間違いなく高額だろう、それも飛びっ切り。しかも侍の力を知られるわけにはいかない。

こうなれば逃げるしかないが、それで罪悪感を抱かないほど心は強くない。

「でもここで、何と助かってしまう方法があるのです」

「もしかして、今からでも入れる保険があるとか？」

「何言ってるか分からないよ。うん、とにかく保険とかじゃないよ。つまり侍なら損害賠償は免除になるってこと」

「いや無理だろ。僕は侍にはなれない」

慎之介が侍になれなかった理由は幾つかあるが、その一つは身分だ。侍になれるのは士族以上であり、その下の身分の卒族である慎之介では侍になれないのだ。

「慎之介が困っていて、そして私は侍。はい、身代わりになってあげる」

「おおっ！」

とんでもなく虫の良い提案がされた。

「いいのか？　免除と言っても、いろいろ手続きが面倒だろう」

「だって慎之介が困ってるもん。何とかするしかないよ」

慎之介と陽茉莉は顔を見合わせ、二人揃《そろ》って手を上げハイタッチして軽く踊りさえしている。そんな兄妹《きょうだい》の姿に咲月は口元に手をやって微笑《ほほえ》んでいた。

「その代わり、後で詳しい話を教えて。あと、お願いもあるから。あ、皆が来たから注意して」

その言葉で慎之介は通りの向こうに目を向けた。刀を手にした者たちが次々とやって来る。侍たちだが、どうやら辺りの幻獣を駆除し終えたらしい。

「咲月様！　御無事ですか？　これはいったい⁉」

侍たちは辺りに転がるイヌカミと、半壊したビルに驚愕《きょうがく》気味だ。一人が驚きの声をあげると、他の者たちも同じ様子で頷いている。その様子からすると、慎之介がしたことは――今は咲月がしたことになっているそれは――相当に凄いことのようだった。

「お一人でコタマだけでなく、イヌカミまで殲滅《せんめつ》されるだなんて」

「でも、ビルまで壊してしまったから」

「お任せ下さい、侍には免責特権があります！　事務処理は直ちに行います。ご安心を！」

その言葉に咲月が振り向き軽くウインクしてみせた。これでビルの問題は解決だ。

「ところで咲月様、そちらの子は？」

陽茉莉は咲月に抱きついたままだ。仲良さげなのは分かるだろうが、何も知らない者からすれば困惑するのは当然だった。

「この子は私の知り合い」

「そうでしたか！　助けられたのですね。良かったですね」

「そうね、本当に」

咲月たちの会話を聞きつつ慎之介は陽茉莉を手招きした。今の咲月は仕事中で、それを邪魔するのは良くない。同じ社会人として、その辺りの配慮は当然だった。

慎之介は丁寧に頭を下げた。

「とても感謝します。助かりました」

「助けてくれてありがと！　本当に助かったし！　あっ、ＳＮＳに投稿してもいいよね！」

「そうだな、ビルも壊したしな。いや凄い、幻獣退治でビルを壊すなんて」

慎之介はだめ押しのつもりで言ったが、咲月には目付きだけで注意されてしまう。どうやら余計な台詞《せりふ》だったらしい。

「さて、帰るとしよう」

「そだね。あーもう凄く疲れたよ。じゃあ、またねー」

「お前な、もう少し言葉遣いというものをだな」

慎之介は小言を口にして歩きだす。追いかけてきた陽茉莉が横に並びつつ、後ろを向いて手を振って忙しい。

「よかったね、お兄」

「本当にそうだな」

「ところで今日のお夕飯は何がいい？　お料理当番、あたしだもん。腕を振るっちゃうし」

あれだけ祭りで食べたにもかかわらず陽茉莉は食欲旺盛《おうせい》だ。食べすぎると太るという言葉を呑《の》み込んで、慎之介は悩むフリをして赤らんだ空を見上げた。

祭りはこれで終わった。だが、不思議と心に清々《すがすが》しい気持ちが弾んでいた。

第二話　さらに出会いが導かれ

「はぁ……」

慎之介《しんのすけ》は名古屋城三の丸にある庁舎の正面玄関に一歩入り、肺の中を空っぽにするように重たい息を吐いた。その横を名前も知らぬ同僚たちが追い抜き出勤していく。

憂鬱《ゆううつ》だった。

自宅を出たときの気分は良かった。祭りで幻獣を倒して侍気分を味わい、咲月と久しぶりの再会もした。また会う約束もして懐かしさと嬉《うれ》しさを感じてもいた。

しかし、地下鉄に乗り換えるあたりで、駅員相手に怒鳴り散らす老人を見て思い出したのだ。今日はこれから、クレーマー老人と会う約束があるということを。


慎之介が最初にそのクレーマーの対応をしたのは、今から半年ほど前のことだった。

クレーマーは高校教師あがりの老人だ。現役時代は子供相手に威張り散らしていたが、退職してマウントを取る相手に不自由したのだろう。老人は地域でも有名クレーマーになっていた。

その時は、幻獣騒動の直後だった。

「子供たちが怪我したらどう責任を取る‼　本当に確認したのか。どうなんだ、どうなんだ、どうなんだ！　確認したフリで嘘を言ったのか‼　血税で給料貰《もら》ってるなら、市民のために働け‼」

老人は近所の公園の安全性を確認しろと言ってきた。有名クレーマーだと直《す》ぐ分かったので、建物や道路にも被害があるなか、慎之介は苦労して時間をつくり公園の見回りを実施。

その旨を電話で丁寧に伝えた。すると老人はそれから公園を見に行き、木の名前プレートの紐《ひも》が解《ほど》けかけていると言ってきたのだ。

「何で私がこんなことを言わねばならんのだ。なあ本当、何で何で何でだ‼　だいたいね、何かあればお前が責任を取らされるんだぞ！　分かるか？　私は、お前のためにも言ってやってんだよ」

クレーマーの相手が疲れるのは怒鳴られるからではなく、いつ終わるか分からぬまま拘束状態が続き、先が見通せないまま帰りたいのに帰れないから辛いのだ。

――あの頃は。

しばらく気分が滅入《めい》って陽茉莉《ひまり》に心配させてしまったぐらいだ。

それから名前を覚えられ、名指しで呼びつけられるようになっている。だいたいは月に一度で多いときは二度もある。思い出したように電話をかけてきて散々喚《わめ》いた後に、自分のビルまで来るように言うのである。そして、そこでまた延々と怒鳴られるのだ。

――そろそろ休職してやろうか。

助けてくれない組織も恨めしく、エレベーターに乗り込む。ボタンの横に、『皆は一人のために一人は皆の安心安全のために』といった啓発ポスターが貼られてあった。

「……だったらお偉方が、クレーマーの相手をすればいいのにな」

こんなぼやきは、他に誰も居ない時にしか言えやしない。一人きりのエレベーターは愚痴を言う絶好の場所だ。

チンッと音が響いて普請課のある階に到着した。

そこから足取りも重く廊下を進み、普請課と記されたプレートがあるドアを開ける。明るい部屋だ。外壁側の一面が窓ということもあるが、廊下が薄暗かったせいで余計にそう思えてしまう。

入室して辺りの同僚に暗い声で挨拶《あいさつ》をして自席に向かう。

「ん？」

慎之介は予定ボードを見て眉《まゆ》を寄せた。

そこに書かれてある自分の予定を、同僚の風間《かざま》が消しているのだ。

「おっと、設楽《したら》君ではありませんか。おはようございます」

「あ、おはようございます。どうして僕の予定を消してるんです？　あっ、もしかして代わりに行ってくれるんですか？」

「嫌ですね、そんなわけないでしょうが」

風間は手を横に振って、ニタリと笑った。

「やっぱ気付いてなかったんですね。面白いから黙ってましたが、相手さん居なくなってんですよ。こないだの幻獣災害で、あいつのビルが滅茶苦茶に壊れましたから」

「えっ？　……ああっ！　そういえば!?」

それで慎之介は思い出した。

あの幻獣騒動の時に、確かにビルが壊れた。いや、むしろ壊した。ビルを壊したことと損害賠償しか意識していなかったが、あれは確かにクレーマーのビルだった。

「なんか遠くに引っ越したらしいですよ。幻獣被害で被災者補償金も出たことでしょうからね。田舎《いなか》かどこかでスローライフってやつでしょ。いやーっ羨《うらや》ましい」

「じゃあ、もうクレームは来ない！」

急に世界が輝いて見えてきた。胸の中にあった重たさが消え失《う》せ、清々しい気分でさえあった。今まで知っていながら黙っていた風間のことも許せる気分だ。

「よしっ！」

慎之介は拳《こぶし》を握って声をあげた。


設楽家は尾張《おわり》徳川家に代々仕える卒族――つまり士分を持たぬ足軽の家系――だ。

父親が早くに亡くなり、親戚《しんせき》に家督を奪われかけたので、慎之介は高校を中退して尾張藩に仕官することになった。それから普請行政を運営する部署で藩行政に関わってきたのである。

年齢こそ若いが仕事経験は長く、中堅どころぐらいの立場だ。

「……よしよし、よーし」

思わず呟《つぶや》いてしまうぐらい気分が良い。

気分が良いので仕事の進み具合も万全、内線電話であちこち電話して資料の請求や依頼を行い、メールも直ぐ返信して片付けていく。電子決済も素早く中身を精査し、承認したり修正を指示したり全てを軽々とこなしていく。

今日は土曜日。

仕事が昼で終わる半日勤務、通称で『半ドン』と呼ばれる日だ。

終業チャイムが鳴ったところでスマホを手に取る。今日の食事当番は陽茉莉なので、帰る前に連絡する約束だ。しかし連絡する前に、画面にあるメッセージの通知に気付いた。陽茉莉からだ。

「ほうっ、友達と食べて帰るのか。そうか友達とか」

妹が順当に学生生活を送ってくれていることが嬉しい。自分が高校を中退しているだけに、慎之介としては陽茉莉には十分に学校生活を楽しんでもらいたいのだ。

――そうすると今日の昼をどうしたものか。

自分一人のために料理をするのは、どうもやる気が湧かない。

「だとすると……食べて帰るか」

壁際にハンガーで掛けておいた背広の上着を羽織って、引き出しから鞄《かばん》を取り出しスマホを放り込む。自分用の刀掛けから刀を手に取ると腰に差し帯刀した。

後はどこで食べるかを考えるだけである。

執務室の出口に向かって歩きだせば、折よくそこに誰かが入ってきた。

「設楽君、ちょっと良いかな」

それは普請奉行の春日《かすが》だった。話しやすく穏やかな性格の上司だが、気が弱くお人好しのためいつも他部署との折衝に負け、変な仕事を押し付けられている。だからちょいちょいと手招きされ、個室に連れていかれると凄《すご》く嫌な予感がするのだ。

「はい、ごめんね。話自体は直ぐだから、ちょっと座って」

春日は慎之介に椅子を勧め、言いにくそうにしながら話しだす。

「実はね。えーっと、その。設楽君を用地課に異動させたいって話があるんだよ」

「この時期に異動ですか、そうですか……えっ？　用地課ぁ!?」

頷《うなず》きかけた慎之介は目を剥《む》いた。用地課は事業に必要な土地取得や補償の担当。喜んで土地を手放す人は少なく、それこそ日々怒鳴られ仕事をするという最悪の部署だ。

「ですが」

動揺する気持ちを生唾《なまつば》を飲むことで抑え込む。

「僕は技術系で、用地課は事務系。言わば理系と文系、系統が全く違います」

「上の人は難航する交渉に、技術的視点から説明すれば順調に話が進むのではないかと。そういう考えみたいなんだ。つまり設楽君に期待しているんだよ」

春日は慰めるように言ったが、表情の方はむしろ申し訳なさそうなぐらいだ。

「もちろん今直ぐではなく半年後の話だから、まだ内密に――」

ドアがノックされた。

慌てて春日が黙り込みドアを開けに行く。ドアを軽く開け、その向こうに居る風間と小声で会話をしている。だが、春日は途中で困惑と驚きの声をあげた。

「はぁ⁉　いやそんな……ちょうどいい。設楽君もいるし、ここで話そう」

雰囲気だけで絶対に碌《ろく》な話ではないと察せられる。

手招きされて風間だけでなく、作業服姿の者も入ってくる。顔見知りだ。普請課で発注した工事を請け負う建設会社の現場代理人だった。

「こいつを見て頂けますでしょうか」

現場代理人は挨拶もそこそこに、タブレットの画面を差し出してきた。普段はラフな敬語だが、今は奉行の春日がいるため畏《かしこ》まった敬語だ。

「ここを掘削中に、コンクリート塊が出てまいりました」

「これは……かなりの規模だ。これは？」

「恐らくですが、十二年前の大幻獣災の復興時に埋められたのでしょう。あの頃はとにかく復興が最優先でしたんで、埋めちまえとなったかと。何にせよ、これを撤去するのはかなり骨です」

「そうすると工期は？」

「延びます、それもかなり」

それを聞いて春日だけでなく、慎之介も顔を引きつらせた。

この工事は日常生活に不可欠な電気、ガス、水道、通信線などを道路下にまとめて収容し、幻獣災害時でも設備が維持できるようにする共同溝の設置工事だ。

地域の安全のために行われる工事だが、道路を掘削して通行規制を行うため、地域からは苦情多数だった。これで工事期間が延びるとなれば大怒号は必至だろう。

「そこは何とかならないかな、予算なら都合をつけるよ」

春日は必死な様子だが、現場代理人は首を横に振った

「お金でどうこうできませんよ。ここは住宅街のど真ん中なんで、コンクリート破砕は静音性の高い方法にせにゃならず、そうすると少しずつしかできないというのが問題なんで」

「うーむっ、何とかならんものかね」

「何ともですね。しかし壊しさえすれば撤去は早いですよ、壊しさえすればですが」

顔を突き合わせて唸《うな》っていると風間がそっと部屋を出て行った。もちろん巻き込まれたくないので逃げたのだ。恨めしくは思うが、それを責めることはできない。なぜなら慎之介だって逃げ出したいのだから。

「終わった……」

慎之介はふらふらとした足取りで帰路につく。

最悪の話を二つも聞かされ、最悪の気分で、最悪の週末を過ごすことになりそうだ。せめて休み明けに教えて欲しかった。それであれば、せめて数日だけでも幸せでいられたのだから。

とぼとぼ出た廊下は、静かで誰の姿もなかった。

土曜日の昼であるし、最近は働き方改革で、早く帰ることを推奨されている。さっさと帰って当然だ。そして皆はきっと、いつも通り気楽な週末を過ごすのだろう。

「どうしたものか」

慎之介は呟きエレベーターに向かった。

頭の中では退職の二文字が過《よぎ》るのだが、流石《さすが》に先祖代々の仕事を軽々しく辞めるわけにもいかない。それに陽茉莉を学校に通わせるための金だって必要なのだから。

「天は我を見放したか」

ぼやいているとエレベーターが到着。電子音が響きドアが開いた。憂鬱な気分で中に入りかけ、しかし、そこに居た先客を見て躊躇《ちゅうちょ》してしまった。

「乗らないのかな？」

堂々とした体格で上品さのある相手は、尾張藩筆頭家老だった。

――成瀬《なるせ》様だ。

藩政のトップにあり、藩主の覚えもめでたく華族という権力者。着ているスーツは上等で、帯びている刀の塗鞘《ぬりさや》も見事だ。

「…………」

卒族である慎之介にとっては雲上人だが、乗らぬも失礼。一礼しエレベーターに乗り込む。

幸いにと言うべきか、中には別の者がいた。そちらも身分の高い者らしいが、全く知らない。しかし揉《も》み手《で》せんばかりの言葉と口調で、成瀬に対し盛んに媚《こ》びている。

「成瀬様のお嬢様もお綺麗《きれい》になられ、本当に羨ましくて堪《たま》りませんですよ。お美しいお嬢様で、いやもう、うちの娘なんてとてもとても及びませんです」

歯の浮くような台詞を口にし、媚びて出世の道を得ようとする姿は実に見苦しい。

——でも待てよ、成瀬様に媚びれば人事を覆してくれるか……？

埒《らち》もないことを考えてしまうが、直ぐに心の中で首を横に振る。異動の話は嫌だが、そこまで自分を落とせない。人としてのプライドもある。

聞いているだけでうんざりするのだが、それは成瀬家老も同じだったらしい。

「もういい、黙れ。お主は煩《うるさ》い」

「ええっ……!?」

成瀬の言葉で媚びを売っていた男が引きつった声をあげた。

目的階への到着を告げる電子音が響き、ドアが開くと成瀬は悠々とエレベーターを出る。だが、手がひょいと伸びて慎之介の目の前にある閉のボタンを押した。

思わず見た慎之介に、成瀬はにやりと笑ってみせた。

「お待ちを、御家老様」

追いかけようとした男は閉まりかけた扉にぶつかりながら挟まっている。その滑稽《こっけい》さを見た慎之介は、ちょっとだけ気が晴れたのも事実だ。


守衛に挨拶をして藩庁舎を出た。空を振り仰げば、青く澄んだ高みに鮮やかな白い雲があって、思わず目眩《めまい》がするほどだ。穏やかな風が心地よい。

三の丸付近は官庁街となっている。各種公的機関が集まり、慎之介の働く藩庁舎だけでなく警察本部や裁判所もある。さらに他藩の来賓を迎えるホテルや藩経営の病院まである場所だ。

帰宅時間がズレたため付近に人の姿は少ない。木陰を選びつつ二の丸との間にある堀に沿って歩き、東門を警備する足軽に通行パスを見せ城外へ出た。

横断歩道前にある地下鉄への階段を降りていく。下からは強い風が押し寄せ、地下空間独特の臭いがして冷えている。電車が動く音と振動がして、さらに強い風圧が押し寄せてきた。

「どうしたもんかね」

工事の問題だけでなく、配置転換の不安も脳裏の片隅にある。折角クレーマー問題が片付いたというのに一難去ってまた一難。否《いや》、二難が来ている。

昼食はまだだが空腹感はない。胃が重たく感じるのはストレス状態なのだろう。

地下鉄のホームは静かだった。

帰宅ラッシュは完全に過ぎ、辺りに人の姿は疎《まば》らだ。ホームは狭く薄暗く、僅《わず》かに音が響いて心地よい。嫌な気分を僅かにだが忘れさせてくれる。そんなホームの少し先——壁際のベンチに、女性が座っている姿が見えた。

目が合うと相手は笑顔を浮かべ立ちあがった。

「慎之介、お疲れ様」

咲月《さつき》は軽く手を上げ、弾むような足取りでやって来た。

帰宅途中の咲月は普段着で、白色のトップスに柑子《こうじ》色のフレアスカート。腰元には脇差しを携えている。公家の血を引いているせいだろうか、佇《たたず》まいからして品があった。

改めて見ても、すっかり大人っぽくなったと思う。

「この時間の帰りなのか？」

「そうね。引継ぎとかしてると、これぐらいかな。慎之介は？」

「今日はちょっと用事があってな。ようやく帰りだ」

「ふーん、そうなんだ。だったら、時間あるよね。あの件の話をしたいのに、いつも忙しいって言うんだから」

この間から説明を求められていたが、仕事を理由に逃げていたせいだろう。ちっとも迫力のない顔で睨《にら》んでくる。

「うっ、まあ……そうだな。でも昼がまだなんだ、どこかで軽く食べたいが」

「なるほど。私も食べてなくて、慎之介も食べてない。丁度良かった」

にっこり笑って嬉《うれ》しそうだ。そんな様子と距離感は昔と全く変わってない。

電車が来た、ドアが開く。中は非常に空《す》いて、ドア脇の席に多少の人が居る程度だった。

「お先にどうぞ、お嬢様」

「もうっ、そういうこと言うんだから」

咲月は笑いながら乗り込み、自分が座った隣をぺしぺし叩《たた》いている。そこに座れと言いたいらしい。本当に中身は昔と変わっていないようだ。ついつい笑ってしまう。

「何ですか、その反応は。それより、お昼どこにする？　良いお店とか知ってる？」

走りだした電車の音に配慮して、咲月は心持ち顔を寄せて喋《しゃべ》ってくる。最後に電車に乗って一緒に遠出をしたのは咲月が中学生の頃だ。それから十年ぐらい経《た》つが、慎之介はその時の気分を思い出していた。

「いや、うちは節約志向だからな。そうそう食べには出ないから詳しくない」

「そうなんだ。じゃあ、お家《うち》で料理してるんだ」

「普段はな。でも今日みたいに陽茉莉が友達と遊びに出かけた時は別だ。適当にコンビニでお握り買うとか、スーパーで惣菜《そうざい》買うとか……」

語尾が尻《しり》切《き》れトンボになったのは、咲月の呆《あき》れたような反応を見たからだ。

「どうかな？　ここのお店は」

咲月は得意そうに機嫌良く言った。

フォークを使いパスタを一口、空いた手で頬を押さえて幸せそうに目を細めた。それからスープを口にして、すっかりリラックスしている。

喫茶店はレトロな雰囲気で、他の客は殆《ほとん》ど居《お》らず、穏やかなテンポのジャズが流れている。パスタは好みの味付け、サラダはシャキシャキ、スープは優しい味がする。

慎之介にとって陽茉莉以外の誰かと食事をするのは久しぶりだった。職場の人付き合いは面倒で避けているし、プライベートは推して知るべしだ。

余計なことを考えていると咲月は再び言った。

「どうですか？　ここのお店は」

ちょっとだけ頬を膨らませた咲月は子供みたいだ。

慎之介はパスタを箸《はし》で持ち上げた。

「美味《おい》しいよ。好みの味だ。これなら、陽茉莉も喜ぶに違いない」

タラコスパゲティだ。飲食店にありがちな生クリーム入りではない。タラコとバターに塩胡椒《しおこしょう》だけで勝負して、上に刻んだ紫蘇《しそ》がのっているだけというのも良い。

「良かった」

咲月は素直な笑みを見せた。すっかり気楽な様子で、あれやこれや軽い雑談をして料理を楽しんでいる。食事の後にはアイスコーヒーが出て、咲月は軽く表情を引き締めた。

「それじゃあ、お願いがあるの。慎之介に四課で働いて欲しいのよ」

「はぁ？」

戸惑う慎之介だが、念の為に店内を見やった。他の客は支払いを済ませ出て行き、店主は奥に引っ込んでいる。店内に流れるジャズは静かだが、内緒話をしても問題はなさそうだ。

しかし咲月はそんなことも気付いてないし、気にもしてない。

「慎之介の力を使わないのは勿体《もったい》ない。私の目標は幻獣を倒すこと。でも四課に、私を含めて殆どが代替わりして実力不足。だから、協力して欲しいの」

「侍になれるのは上士からだろ？」

「問題ないわ、私が何とかするから」

咲月は軽く手を動かし断言する。白い髪色が示すように咲月は公家の血を引いている。また五斗《ごと》蒔《まき》家もかなりの権力を持つ。たとえば卒族の一人を特例で侍に任命するぐらいは可能だろう。

「何とかね、何とか……」

特務課で働く自分の姿は想像もつかない。だが普請課で苦労したり、または用地課に配属され酷《ひど》いことになる姿は容易に思い浮かぶ。どっちがマシかと言えば考えるまでもないだろう。

それでも慎之介は首を横に振った。

「無理だな」

「どうして？　私が言うのもなんだけど、良い話だと思うよ」

「確かにそうだ、だからこそ無理だ」

士族の――しかも上士ばかりの――中に、卒族が特別扱いで紛れ込めばどうなるか。間違いなく陰口や非難の対象となる。これは制度の問題ではなく感情の問題だ。どうにもならない。

そうなると慎之介は周りを黙らせ存在を認めさせるため、常に気を張り能力精神ともに強さと実力を示し続けねばならない。それこそプライベートを犠牲にしてもだ。

お嬢様育ちの咲月には、そういったものが理解できないに違いない。

「無理って言うんだ、ひどーい。損害賠償の身代わりになってあげて、陽茉莉ちゃんのことも内緒にしてあげたのに。そんなの酷いんだから」

咲月は哀しそうな顔で肩を落とした。

「うっ……それを言われてもな」

「いまのは冗談」

途端に悪戯《いたずら》が成功したような顔をされた。

「でもね、役職加算もあるし危険手当もつくよ？」

悪魔の囁《ささや》きだ。

設楽家は裕福ではないが、酷い貧乏でもない。しかし陽茉莉が通っているのは結構良い学校で学費は高めだ。しかも、どうやら陽茉莉は京のみやこの大学に興味があるらしい。隠しているようだが、そうしたパンフレットを取り寄せているのでバレバレだ。

妹の夢を叶《かな》えるため節約して貯金しているのだが、あと数万円でも月の手取りが増えれば気は楽だ。だがしかし、お金と家族の時間のどちらを取るかと言えば――。

「それでも無理だな。それに陽茉莉の力も知られたくないからな」

隠しきれるかもしれないが、万一露見した場合を考えると危険は冒せない。どうあろうと慎之介にとって陽茉莉が大事だ。

「そっか。うん……分かりました。そういうことなら、諦《あきら》めてあげる」

「すまないな」

「気にしないで。でも、その代わりにアドバイザーになってくれる？」

「だから断ると言ったじゃないか」

「ん、違うの」

咲月は楽しそうな顔で微笑《ほほえ》んでいる。

「私は慎之介が必要で、慎之介は目立ちたくない。なら、内緒にすればいいの」

「内緒だって?」

「過去にも事例はあるよ。昭和の頃だけど、非公式に侍を雇用して外部にも内部にも正体は明らかにしなかったの。どうやら他藩の侍を招聘《しょうへい》して指導を依頼していたみたいだけど」

咲月は課長という立場になって、いろいろなことを調べたのだろう。ちょっとだけ得意そうに知識を披露してくれる様子は昔と変わらない。

「そういう実例があるもの、だから同じようにすればいいよ」

「ふむ、頻度と謝金は?」

「月に三回ぐらいだけど、場合によるかな。時間当たりの謝金はこれぐらい」

ほっそりとした人差し指が立てられ、軽く左右に振られる。

「本当はもっと出したいけど、予算が限られてるからあんまりは……」

「ああ、それはな。皆まで言うなよ、どこも予算が厳しいからな」

「ごめんね。あと、危ないのは危ないから怪我《けが》とか、最悪の場合もあるんだけど」

「そりゃ咲月も同じだろうに。そうだな……」

慎之介は軽く想像するが、一回の協力が一時間で終わるということもないだろう。だが、それが三回ほどあったとしたら、必要な貯金をしても家計はとっても潤う。

正体がばれずにやれるなら、素晴らしい話だ。

「謝金があるのは、ありがたいよな。よし、引き受けよう」

「ありがと、慎之介。良かった、嬉しい」

笑顔を見せる咲月が胸の前で手を軽く打ち合わせた。

「あと、教えておくね。陽茉莉ちゃんみたいな回復能力持ちって、幻獣に狙われやすいから。だから慎之介も侍として動ける方が便利なはずよ」

「狙われやすい……⁉　どうして先にそれを言わない。侍でも何でもなってやる」

「だから言わなかったのよ」

浅紫色の瞳《ひとみ》が真正面から見つめてくる。

「言えば慎之介は、自分の意思とか関係なしで決めるでしょ」

確かにその通りだ。どうやら咲月なりの誠意ということだろう。

「敵《かな》わないな」

「そうなんです、慎之介は慎之介だから私には敵わないのです」

「こいつ言ったな」

冗談めかした咲月を軽く指差して、お互いに笑いあう。

「しかし陽茉莉が幻獣に狙われやすいか……今までそういった感じはなかったぞ」

「うーん、多分だけど成長したからじゃないかな。年頃なんだし」

くいっとアイスコーヒーを口にしてから、咲月は目を閉じて考えている。しかし、結局明確な答えは出せないようだった。話を変えるように肩を竦《すく》めている。

「あ、でも慎之介。他に侍能力のことで、内緒にしてることあれば白状して」

「白状ってもな、後は別に大したことではない。昔、近所に住んでた師匠のところで稽古《けいこ》をつけてもらってたぐらいだぞ。でもまぁ、防御の仕方しか教えてもらえなかったけど」

「あんなに強いのに、勿体ないことしてたね」

咲月は机に肘《ひじ》を突き、両手で頬を挟んで残念そうな顔だ。

「それなんだが、僕は強いのか？」

「どういうこと？」

「いや、なんだ。師匠には毎回ぼこぼこにされていたし、その後も幻獣と戦うこともなかったわけだ。実際のところ、自分がどれぐらいの強さか分からんのだよな」

侍を諦めたのは身分の壁や、陽茉莉のことを内緒にするためもあるが、師匠である近所の老人に才能があるのは防御だけと言われ、ガッカリしたことも影響している。

「強いよ、慎之介はとっても強い。私が保証してあげる」

そう咲月が言ったとき、テーブルに置いてあった咲月のスマホが鳴動しだした。裏に番号の記されたシールが張ってあるため、藩から貸与されたものだと分かる。

「ごめん、仕事の連絡」

そう断ってから咲月はスマホを手に取って横を向きつつ、口元を隠しながら電話に出ている。プライベート時に職場から連絡が来たとき特有の、こそこそした後ろめたさのある仕草だ。

慎之介も覚えがあるので邪魔せぬよう視線を逸《そ》らしていると、自分のスマホにメール着信があった。陽茉莉からだ。帰りの時間の連絡だろう、と何気なく確認した慎之介は目を見開く。

「幻獣だって⁉」

慎之介が息を呑《の》むと、ちょうど通話を終えた咲月が見つめてくる。

「こっちは幻獣出現で緊急召集よ。もしかして陽茉莉ちゃん、巻き込まれた？」

「友達と一緒に清水《しみず》町にいるらしいが」

「ええ、その近辺という情報ね。かなりの数が確認されてるみたい」

「行かねば」

慎之介は席を立つと、一直線に出口へと向かう。慌てた咲月が喫茶店の主人に手を合わせ、後で支払う旨を伝えていることにも気付かない。今にも走りだしそうな慎之介を咲月が止めた。

「ちょっと待って」

「なんだ、陽茉莉を助けに行かねばならん」

「目的は同じ、私も幻獣駆除で現場直行だから。私は他の侍の位置が分かって、慎之介は他の侍に見つかりたくない。はい、どうですか」

にっこり笑う咲月に頷《うなず》きを返し、慎之介は喫茶店を飛びだした。

◆◆◆

時は少し戻り、ちょうど昼になった頃のこと。

――うわぁ……。

スマホの通知音に気付いた陽茉莉は画面を見て呆れた。兄からの連絡で、それ自体はいい。問題は中身だ。友達と出かけることを喜び、皆と仲良く楽しんでくるようにと書いてある。

あまりにも過保護すぎで、呆れ返る陽茉莉の様子に、隣の席の友達が気付いた。

「ねえ陽茉莉。誰からー？　もしかして彼氏とか？」

冗談半分とはいえ、スマホ画面を覗《のぞ》き込まれそうになって陽茉莉は慌てた。こんな内容を見られては一生の恥だ。即座に画面を消した。

「あはは、違うし。お兄からメールが来ただけ。というか、彼氏いないし」

「寂しいねぇ。そんで？　お兄さん、早く帰ってこいとか？」

「いやそうじゃないし。いつもの過保護で、煩《うるさ》いだけ。ほんっと、お兄ときたら妹離れできないんだよ。こういうのシスコンって言うんじゃない？」

言ってる言葉はさておき、陽茉莉は笑顔だった。その場に居た皆が目を泳がせ苦笑するのは、誰もが陽茉莉がブラコンだと知っているからだ。

ファーストフード店の一角を占拠して、のんびり昼を過ごしている。

繁華街よりも住宅街に近く駐車場も殆《ほとん》どない店で、学校帰りに寄り道して雑談して過ごすのにちょうど良い位置にある。だから学生たちの溜《た》まり場《ば》になっている店だ。

お陰で店内に居る客は陽茉莉たちも含め全て学生。制服の種類もいくつかあって賑《にぎ》やかしい。聞こえてくる話は主に噂話《うわさばなし》で、誰それが付き合った別れた、教師に対する感想や文句、昨日のドラマの感想や主演の誰それが格好いいかとか。そういったものだ。

配膳《はいぜん》用の猫型ロボがやって来て飲み物の載ったトレイを置いていく。そのタイミングで話題が別のものへと変わった。

「陽茉莉ってさ、またSNSに新作だすの？」

「もちろーん！　今度はこれ、じゃーんっ！　どうだぁ！」

テーブルの上に陽茉莉はスマホを突きだした。

そこに表示されているのは、陽茉莉の描いたイラストだ。イラストを描いて売ったり、それをT

シャツにプリントして売ったりと地道に活動している。そこそこ売れているぐらいだ。

ただしスマホ画面を見た皆の反応は微妙だったが。

「うわ、また冒涜《ぼうとく》的な意味不明な……嘘でしょ、これ猫って書いてある……」

「猫の概念がゲシュタルト崩壊してる。謝って、猫に謝って」

「こんな絵が売れるとか。信じられない、世の中根本的に間違ってるよ。ああ、でも見てると何だか不思議な気分。癖になりそう」

「心をしっかり保って、精神的な脅威に立ち向かわないと」

そんな友人たちの言葉を聞きながら、しかし陽茉莉は澄まし顔で指を振った。軽く反っくり返って小威張りさえしている。

「分かってないね、チミたち。あたしは現代アート作家として評価されてるの」

この活動で月に数万ぐらいの収入を得ていた。もちろんそれは全て生活費に足している。

「ふっふっふ。どうですかー、今ならお友達価格の大特価。一枚五百円で似顔絵を描いたげる。将来きっと何百万円にもなるよ、今の内に手に入れておきたまえ」

しかし誰からも声はあがらなかった。

「ぐぬぬ、芸術を解さない者たちめ」

拗《す》ねた陽茉莉はドリンクのストローを咥《くわ》えた。そのまま行儀悪くぶくぶくさせ店外に視線を向けると、目に入ったのは公家の血を引く者と分かる撫子《なでしこ》色の髪だ。

「あれ？　お嬢様だ」

それは学院の同じクラスの子だ。高貴な身分で誰とも交わろうとせず、いつも物静かに本を読んでいる。教師ですら遠慮するぐらいで、彼女と会話をしたことのある者は殆ど居ない。

しかも登下校は御抱え運転手が送迎するような、とんでもないお嬢様だ。

こんな場所を一人で歩いていることが不思議なくらいである。しかもなぜか重そうなスーツケースを引きずっている。

「あらほんと、我が学院に君臨するクールビューティ様」

「才色兼備のスクールプリンセス。本を読んでる姿が楚々《そそ》として素敵なのよね」

「超がつくお嬢様は、いつもお迎えの車なのに。どうしたんだろ」

「家出かな？　でもま、そんな感じでもないか」

皆は口々に言い、楽しそうだ。しかし陽茉莉はストローを咥えたまま通り過ぎる姿を目で追い、そのお嬢様が本屋に入っていくまで見ていた。

だが直《す》ぐ話の流れが変わり、皆の関心も別へと移ろう。テストの話題は早々に、最近注目のアイドルや人気侍、美味《おい》しいお菓子とスイーツ店についてと話題は変わり続ける。

ようやく店を出る雰囲気になった。


「んーっ！　良い天気だーっ！」

たっぷり喋《しゃべ》って店を出て、陽茉莉は日射《ひざ》しに目を細め、両手を上げ思いっきり伸びをした。

今日は土曜日、午後が休みとなる日だ。

ふと気になるのは、兄の慎之介がちゃんと昼を食べたかどうかだ。あれで意外に面倒くさがり屋で、人の心配はするくせに自身に対しては無頓着《むとんちゃく》という性格だ。

「心配だから何か買って帰った方がいいね。うん、間違いないし」

面倒がってコンビニでお握りを買って齧《かじ》って終わり、そんな光景が目に浮かぶ。だから帰り道で買えそうな食料を思い浮かべるのだが——陽茉莉の思考は、突如として響いた悲鳴によって中断を余儀なくされた。

先日の幻獣騒動での経験もあり、間違いなく異常事態と分かる悲鳴だった。

陽茉莉は表情を変え身構えた。

「今の悲鳴、ちょっと普通じゃないし！　直ぐ避難しないと！」

だが他の皆は先日の幻獣騒動があったにもかかわらず、悲鳴を聞いても気にもせず危機感もなく笑っている。まるっきり、普段通りの様子だ。

「うーん、辻斬《つじぎ》りでも出たかいな？」

「それ恐《こわ》いなー、そんなら逃げた方がいいかも。でも痴漢なら叩《たた》きのめす」

「見つけたら正義の鉄槌《てっつい》だね」

「とか心配してると、単なる冗談って場合もあんだけどさぁ」

交差点の信号が変わった。道行く人たちも訝《いぶか》しそうな顔で周囲を窺《うかが》いつつ、けれど自分の予定を優先して横断歩道を渡り動きだす。

まるで何もなかったように街の営みが再開され、目の前を巡回バスが横切り視界を遮り、通り過ぎ——牛丼系ファーストフードがある角に、白い身体《からだ》の獣の姿があった。

まるで最初からそこに居たかのように、それは佇《たたず》んでいる。間違いなく幻獣だ。人の背丈と同じ位置に頭がある。最近見たばかりなので間違えようもない、イヌカミだ。

「まっず！　これ逃げんと！」

だが、陽茉莉の言葉に反応できた友人はいない。皆、きょとんとしている。

それは、その場にいた殆どの者が同じだった。日常生活に突如として現れた異変。それを認めたくない心理が働き、思考が否定するための理由を探し動けなくなっているのだ。

運転を誤った車が追突事故を起こした。鳴り響く衝突音によって、皆が我に返った。あちこちから一斉に悲鳴があがり必死の形相で逃げだす。

牛丼屋の出入り口では、外へ逃げようと押し合いが生じ怒声が飛び交う。それが近くにいたイヌカミを刺激してしまい、巨体が硝子戸を突き破り襲い掛かる。道路では車がクラクションを鳴らし走り去り、難を逃れたかと思えば、ビルの上から飛び降りた新たなイヌカミによって押《お》し潰された。

さらにあちこちの路地から湧くように、白い獣が姿を現す。

周囲は大混乱に陥った。

「皆、こっち！」

陽茉莉は両手を広げ友達全員を押し、近くの避難シェルターへと向かった。こうした幻獣災害発生時に逃げ込めるよう、有料無料はあるが街のあちこちに設置されているのだ。

市街地ではパニックになった者たちが滅茶苦茶に走りまわっている。路地や大路に悲鳴と怒声と爆発音が何重奏にも響き、辺りは混乱を極めていた。

「うぁあ、もうっ。最悪だーっ！」

陽茉莉は声をあげつつ、一人全力で走っている。

「やるんじゃなかったし！　やめとけばよかったしー」

皆と一緒に避難シェルターに入ろうとして、あることに気付いて心配になってしまって、無理を言って皆と別れ、一人で行動しているところだ。そして——心配は的中した。

本屋の奥まった場所に撫子色した髪色の少女を見つけたのだ。公家の血を引くお嬢様はスーツケースを傍らに、まるで何事もないかのように立ち読みしている。

「はいー、そこまで」

近づいても気付かないので、手を伸ばし本を取り上げた。

「うみゃぁっ……!?　な、なんですかいきなり……びっくり、です」

お嬢様は黄金色した瞳《ひとみ》の目を大きく開き変な悲鳴をあげた。しかも大袈裟《おおげさ》なぐらいに驚き、後退《あとずさ》って今にも転びそうだ。いや実際、陽茉莉が腕を掴《つか》んで支えねば、そうなっただろう。

「ちょっと落ち着こう。静かに、そのまま外を見る」

「えっ……は、はええ!?」

通りに面した硝子越しに、引っ繰り返った車両や煙を上げる建物が見える。

お嬢様は、あんぐりと口を開いて驚愕《きょうがく》の様相となった。クールビューティだのスクールプリンセスだのと呼ばれる人物とは到底思えない。むしろ残念美人という言葉が似合うぐらいだ。

「分かった？　幻獣が出てるの。えーっと？　あー、ごめん。同じクラスだけど名前が……」

「成瀬、成瀬静《しず》奈《な》よ」

「あ、そうだった。成瀬さんだったわ。えっと、あたしはさ」

「設楽陽茉莉、前回の期末試験は学年五十八位。所属クラブはなし。インフルエンサーとして変な

絵とTシャツを売って活躍中。フォロワーは一万六千人ほどで増加傾向にある。家族は藩士の兄が一人で住所は……」

すらすら語った静奈は、我に返って首を竦《すく》めた。上目遣いで恥ずかしそうな素振りをしている。まずいことを言ったと後悔しているらしい。

「ううっ、今の忘れろ……忘れなさい、忘れて下さい」

「あー別に気にしてないから。それより、あたしのこと知ってるんだ」

「うん……クラスメートのプロフィール、全部覚えてる」

「凄《すご》いね」

最初の印象とは全く違う、面白い子だと陽茉莉は感じていた。

「とりあえず、逃げようよ。ここ危ないから。あーっ、でも外の方が危ないか」

陽茉莉は祭り会場での避難を思い出しながら言った。しかし静奈は首を横に振る。

「こ、ここ本屋……本棚だけ……奥に事務室はある。でも隠れるのに適してない、はず。多分」

「なるほど」

こんな時でも陽茉莉は感心した。実を言えば、この成瀬静奈が心配になって突っ走ってきたのだが、その後でどうするかまでは全く考えていなかったのである。

「え、と……こんな時は安全な場所に隠れ、無闇に動くのは禁物。と、されている。でもイヌカミと呼ばれる幻獣は……嗅覚《きゅうかく》が鋭い。隠れても、意味がないの」

「そらそうだわ。この前、イヌカミに追い回されたばっかりだもん」

「SNSで呟《つぶや》いてたね……」

「見てくれてるの？」

「ちょ、ちょっとだけよ。設楽さんをフォローして毎回見てるとか……そんなことはしてないんだから。してないわ、してないの！」

静奈はわたわたと慌てだす。その姿に近寄りがたさは皆無で、むしろ面白いぐらいの雰囲気だ。陽茉莉はこんな時であるのに、にっと笑った。

「まずはなんだけどさ、名前で呼んでよ。陽茉莉って」

「うぇあ⁉　な、名前で⁉」

成瀬静奈は顔を赤らめ目を見開き、明らかに動揺している。

「あ、もしかして嫌だった？」

「……べ、別に……そ、それじゃあ名前……名前で呼ぶわよ……ひ、陽茉莉さん……あと、その……わ、私のことも名前で呼んで……呼びなさい……呼んで、ください」

最後の部分は精一杯勇気を振り絞ったような口ぶりだった。

やっぱり静奈は面白い性格だ。クールビューティや高貴なお嬢様というよりは、ずっと良い。陽茉莉は嬉《うれ》しくなった。

「よろしく静奈。それで逃げる方向だけどさ、御城の方向でいいの？」

「そ、そうよ。侍衆や武装徒士《かち》組が出陣する……から、御城に近い方が安全よ。それと途中に避難シェルターがあれば……そこに逃げ込めばいい」

「じゃあ、そうしよう。でも、その荷物は無理だよ」

「だ、大丈夫よ。中身は全部本だから……置いてく、後で回収する」

どうして大量の本を運んでいたのかは謎だが、今はそれを聞く必要はない。重たい荷物を運ぶ必要がないと分かっただけで十分だった。

「それなら逃げよっか」

「そ、そうね……えっと、えと、ありがと……つまりそのっ、わざわざ来てくれて」

「気にしない、気にしない。それよりさ、今回のが終わったら遊びに行こ」

「うぃっ、行く」

二人は約束を交わして行動を開始した。

第三話　これにて守るに力を尽くす

どこからか銃声が聞こえた。

居合わせた警官もしくは同心が発砲しているのだろうが、周囲にビルが建ち並ぶ環境では、音が反響してしまい位置どころか方向すら分からない。どちらにせよ近づくのは危険だ。

大勢の人が走り、激しく叫ぶ声がそこら中から響いてきて、もうそれだけで頭がくらくらするぐらいだった。そして半ばパニックになった者たちが、避難シェルターの入り口に殺到して渋滞を起こしている。

そこにイヌカミではない白い小型幻獣が突っ込んでいき――。

「ふぁっ」

陽茉莉《ひまり》が思わず視線を逸らす惨状となった。

「あの幻獣って、こないだも見た。名前は忘れたけど」

「テ、テッソ……ね。幻獣が妖怪《ようかい》扱いだった時、ネズミの妖怪だって言われてた。軽幻獣に分類される尖兵《せんぺい》、あんまり強くないって話。だけど……」

それでも人を殺傷することは余裕のようだ。

「こっちは駄目だぁ！　方針変更ーっ！」

陽茉莉は静奈《しずな》の手を掴んだまま、大急ぎでビルの間にある小路に駆け込んだ。

テッソから身を隠すためでもあり、そして辺りの混乱を避けるためでもある。小路を飛びだし、道路に放置された車の間を駆け、角を曲がって大通りを横断し、名古屋高速の高架下にある植栽帯を飛び越え進む。

「うわっとっとと、ちょっと待って」

通りに出ようとして陽茉莉は急停止。角から精一杯に自分の頭を出して辺りの様子を窺った。

道路を規制した工事現場がある。

その周りを何体かのテッソが長い鼻面をゆらゆらさせ歩いていた。その足元には何人かが倒れているが、踏みつけられても動く様子はない。たぶん生きてはいないだろう。

「ちょっとあれは、ヤベーでごぜーますね」

陽茉莉はそっと頭を引っ込めた。

横の静奈が膝《ひざ》に手を突き肩で息をしている。息も絶え絶えといった様子だ。

「はひぃ……」

インドア派で運動が得意でないのは明らかだ。

陽茉莉は動くのは好きだが、これだけ動いて平然としていられるのは多少なりとも士魂が使えるからだ。ただし戦闘能力は殆《ほとん》どなく回復能力の方が強いのだが。

「なんなのよ、こんなの。ほんと……もう、無理……私を置いていきなさい……」

「あ、そういうのいいから」

「でも」

「ここで置いてくなら最初っから助けに行くわけないし。そんなことを言うなら、どうするか考えた方がいいじゃない」

「……そう……そうよね……確かに……そ、それなら」

静奈は荒い息を繰り返しながら考え込む。

「お、思ったより幻獣の数が多い。避難所も無理。それなら、しっかりした建物、そこに避難して隠れた方が良い……かも……そ、そことか？」

ほっそりとした指が指し示すのは、交差点の角に建つコンクリート住宅だ。一階が駐車場となっており、そのシャッターは閉まっている。しかし傍らにある通用口のドアは僅《わず》かに開いていた。

万全な場所とは言えないが、動ける範囲で身を潜めるには最適だろう。

「なるほど確かに。言われんかったら、思いつきもしなかったわ。凄いね」

「べ、別に。そんなんじゃないわ。偶然よ、偶然気付いたの」

「いえいえ凄いって、凄い凄い」

「ううっ……褒めないで、褒めるな……褒めないで、ください」

俯《うつむ》き加減《かげん》の静奈は、その撫子《なでしこ》色した髪と同じぐらいに頰を染めている。面と向かって褒められ照れているらしい。

「よーし、そんじゃ。早いとこ隠れよっか」

二人は辺りを見回し、こそこそ小走りで建物に向かい、僅かに開いたドアから中に滑り込む。

「お邪魔しますでーす」

壁面にある窓から外の光が入るため、中は薄明るかった。

車もなく空っぽで、車用品が幾つかとスタッドレスタイヤが置いてある。近々ゴミに出す予定らしいダンボールが縛ってまとめてあった。念のため、住宅に通じるドアを確認したが、流石《さすが》にそちらは施錠されていた。

「しゃーない、ここで休んで待機ね。ふーどっこいしょ、結構走ったね」

オイルの匂いと埃《ほこり》っぽさが感じられる中で二人は座り込む。コンクリートに直《じか》に座るのは冷たいためダンボールを座布団代わりにする。

少しスマホを弄《いじ》って陽茉莉は笑顔で顔を上げた。

「とりあえず、お兄に助けに来てって連絡したし大丈夫」

「は？　陽茉莉さん、何言って……幻獣のいる場所に来いとか……あなた……鬼？」

「あー、それはね。うーん、それどう言えばいいんだろね」

陽茉莉は頭に手をやった。兄である慎之介《しんのすけ》は侍の力を持ち、テッソどころかイヌカミでさえ余裕で倒せるだろう。しかし、それについては内緒にせねばならない。

「まあ、いろいろあるのよ。うん。うちのお兄は、ちょっと特殊だから」

「は、はぁ……？」

「あんま気にしないで。あとはＳＮＳに投稿して――」

その時、壁に轟音《ごうおん》と共に衝撃がはしった。

窓硝子が砕け、そこに獣の鼻面が突っ込まれる。それがひくつき、一度引っ込む。窓枠の向こうに血走った巨大な目が現れた。

「あちゃー、またイヌカミ来たわ。なんで見つかるかな、気付かれるのかな」

つい先日同じような状況に遭遇したばかりのため、陽茉莉は割と冷静だった。とりあえず硬直している静奈の肩を掴んで引きずり、ジリジリと窓から離れる。

衝撃、轟音、震動。

コンクリートの壁にイヌカミが体当たりを始めた。

重く低い音が響くたびに、窓に残されていた僅かな硝子片が全て落ち、窓枠が外れて転がり、壁のヒビが拡がり大きくなっていく。天井からも埃や細かな破片が落下し、シャッターが波打ち激しい音を響かせた。

ついに壁の一部が崩れる。外の光が差し込み、激しく舞う粉塵《ふんじん》を照らす。大きな獣が這《は》うように押し入ろうとして影が乱舞する。

「う、駄目だー。ここはもう駄目だわ」

切羽詰まって見回すが、駐車場から建物に続く扉は施錠されている。そうなると唯一の出入り口は、ここに入ってきた扉だけ。

「あそこから出るしかないけど、けどさぁ……」

壁に開いた穴からイヌカミの顔が半分以上も入り込み、牙《きば》を剥《む》いている。その前を通るのは危険すぎだ。しかし陽茉莉は決意を目に宿した。

「……行くっきゃないよね！」

近くにあった缶を両手で持って思いっきり投げつける。イヌカミが反応して食い付くが、その中身はエンジンオイル。変な味と食感に驚いてか頭を引っ込めた。

「さあ、今っ！　行っくよ！」

陽茉莉は静奈の手を引き扉へ急ぐ。イヌカミの咆吼に空気が震えヒヤッとするが、それでも扉に辿《たど》り着《つ》き、押して引いて何とか転げるように外へと出た。

「よっし！　成功！」

「ま、まだ……喜ぶのはまだ……どこかに隠れないと！」

安全な場所を探し走り出し——二人は足を止めた。先程の工事現場からテッソの群れが向かってきていたのだ。瓦礫《がれき》が落下する音が響き、先程のイヌカミが駐車場の中から頭を引き抜いた。

逃げねばならないが、逃げても意味がない。

なぜならイヌカミはもう身を屈《かが》め、四肢に力を込め跳躍したのだ。獣の姿をした白い巨体が牙と爪を見せ迫ってくる。

——お兄っ‼

陽茉莉は心の中で助けを求め、静奈を庇《かば》って身を屈めた。だが、イヌカミの攻撃は来なかった。何もない。もう一度心の中で兄に助けを求め、恐る恐る目を開けると、目の前にイヌカミの姿がある。しかし、そのイヌカミは空中でもがいていた。

直感と同時に振り向く陽茉莉は、そこに立つ慎之介の姿を見つけた。

◆

◆

◆

陽茉莉からの連絡を受け、慎之介は急いでいた。

タクシーの運転手が限界を訴える場所まで移動して、そこからは自分の足で移動している。侍の身体能力を解放しているため、かなりの速度だ。もはや走ると言うよりは跳躍するように、藩道四十一号線を駆け抜けていく。

隣に並ぶ咲月《さつき》が手にした刀で前方を指し示した。

「慎之介、テッソがいる」

前方に白いネズミのようなテッソが複数いて一箇所に集まっている。その中心には折り重なる人の姿があったが、それぞれの身体《からだ》は通常ではありえない方向に曲がっていた。

新たな獲物にテッソが反応し素早い動きで向かってくる。

「気を付けて、あのテッソの色は――」

「問題ない。ここは任せてくれ」

「ちょっと慎之介」

咲月の制止を振り切って、慎之介は愛刀に手を掛け加速した。それは功を焦ったのではない。自分の侍能力の強さがどれほどか確認するためだ。

距離が縮まったところで来金道《らいきんみち》を鞘走《さやばし》らせ、そのままテッソたちの間をすり抜ける。陽光の下でキラリキラリと刃《やいば》が翻って、いとも容易《たやす》く幻獣を斬り裂いた。

――防御以外も結構やれるのでは？

軽々と幻獣を倒すことができて、慎之介は少しばかり自信を持った。

「心配するまでもなかったね。うん、慎之介凄《すご》いね」

後に続いてきた咲月は、テッソの返り血を浴びないよう回避しつつ言った。感心したような口ぶりに慎之介は内心はともかく謙遜《けんそん》した。

「どうだろうな。テッソなんてのは、一番弱いって聞いているが」

「このテッソ、体表に朱を帯びてるでしょ。沢山人を殺すとこうなって、力を増していくの。そうなると結構手強《てごわ》いの。だから、自信を持っていいよ」

「なるほど。では、そうするとしよう。どうだ凄いだろう」

「もうっ、さっきのなし」

咲月の文句に笑みを返しておくが、慎之介は調子に乗っているわけではない。陽茉莉のことが心配な気持ちを誤魔化すためだ。それに何より、上手《うま》くいった時ほど自重すべきというのは、これまでの人生で得た教訓である。

そのまま一気に突き進もうとすると、咲月が声を投げかけてきた。

「ちょっと待って。慎之介、そっち監視カメラがあるから」

「監視カメラ……」

慎之介は軽く跳んだ空中で足踏みしながら着地した。

「それはまずい」

「でも、私は特務課だから監視カメラが停止するのです」

「そんな権限が⁉」

「このスマホを中心に半径五十m、それ以内なら安心。遠隔タイプの監視カメラもＡＩが識別して自動的に記録が削除されるの」

「つまり、そのスマホさえあれば……」

得意そうに取り出されたスマホに慎之介が視線を向けると、咲月は慌ててポシェットに戻している。まるで取られまいとする子供のような仕草だった。

「これは駄目。とにかく、私の側《そば》から離れないようにして」

「分かった、なら急ごう。なんなら抱えて走ろうか？」

「ふうん？　昔みたいにおんぶしてもらおうかしら」

「やっぱ止《や》めておこう、重そうだ」

「ひどーい！」

再び走り出すが、逸《はや》る気持ちを抑えながら咲月にペースを合わせて進む。

「で？　便利で助かるが、どうしてまた特務課だと監視カメラが停止するんだ？」

「それはね、侍は藩の戦力だから。他の藩に対する牽制《けんせい》もあって、実力を知られないようにする必要がある……というのが建前」

「うん？」

「つまりね、侍が戦うと周囲に被害が出るでしょ。この前のビルみたいに。うん、それが監視カメラに記録されていると、よろしくないのです」

「つまり、後で特定されて個人的に非難されたり訴えられたりするという意味か？」

「はっきり言わないの。でも、この間のビルの持ち主も大変だったんだよ。誰が壊したんだって、凄い勢いでクレームを言ってきたの」

「ああ……すまないな」

その光景が容易に想像できて、慎之介は謝った。なんにせよ、幻獣よりも人間の方が厄介であり最大最強の敵ということだ。

さらに走っていく。既に避難した後のようで人の姿はなく、乗り捨てられた車が点在するばかりだ。交差点にさしかかるが信号に光はなかった。そこも減速せず突っ走る。

清水《しみず》町に到着し、慎之介は足を止め辺りを見回した。

「ここまで来たはいいが、陽茉莉はどこだ？」

「あれから連絡は来てない？」

「来てない……まさか何かあったのか⁉　陽茉莉はどこだ、大丈夫か⁉」

慌てる慎之介だが、今の状況では当然の反応だろう。

「落ち着いて。陽茉莉ちゃんだから、きっと遠慮して連絡を控えてるのよ」

「あいつが遠慮？　いやいや、そんなことないぞ。夕食のトンカツだって大きい方を持っていくし、風呂《ふろ》も一番に入るし。人のスマホに勝手に――位置情報共有のアプリを入れたと言ってたな」

急いでスマホを取り出す慎之介だが、そこから動きが止まる。スマホは電話としてしか利用しておらず、ホーム画面にアイコンもないアプリを起動するなどできるはずがない。

「咲月……」

慎之介は縋《すが》るような眼差しを向けた。

「もうっ、相変わらずなんだから。はい、貸して。やったげる」

咲月は瞬く間にアイコンを見つけ起動させる。

二人して画面を覗《のぞ》き込むと、アプリの地図に大まかな範囲で陽茉莉の――正確に言えば持っているスマホの――位置が表示された。

「こんなの、お茶の子さいさいよ。はい、あっちです」

咲月はスマホを前にかざし、改めて位置を確認し頷《うなず》く。

そして走る。信号のない交差点を右へ曲がり、ビルの間を駆け抜けた。その先辺りがＧＰＳ信号で確認できた場所だ。

「居ないぞ」

「この辺りというぐらいの精度だもの」

「なるほど、やはりハイテクに頼りすぎはよくないな」

慎之介は頷くとアナログな手法で、地道に辺りに視線を向け捜していく。時間貸駐車場のスペースにも目をやり、念の為に軽く声をかける。だが反応はない。

少し先に行った咲月が小路を覗き込み声をあげた。

「慎之介、いたわ！　あそこ！」

大急ぎで追いかけた慎之介は小路の先に陽茉莉を見つけた。だが、何体かの幻獣に囲まれた絶体絶命の状態だ。慎之介は全身全霊の勢いで跳躍、さらに陽茉莉に飛びかかったイヌカミを念動力で掴《つか》み押し止《とど》めた。

「まったく目を離すとこれだ」

慎之介は腕を振り、念動力で掴んでいたイヌカミを弾《はじ》き飛ばし道路に叩《たた》き付けた。そのまま陽茉莉の横を通り過ぎで前に出て抜刀した。

陽光に輝く刀の銘は、越後守《えちごのかみ》来金道。江戸時代初期の三品《みしな》派の刀鍛冶《かたなかじ》、来金道が鍛えた作。慎之介が亡き父から受け継いだ刀だ。

向こうでイヌカミが跳ね起きた。

慎之介は来金道を構え、僅《わず》かに身を屈め足に力を込める。その姿がぶれて消え――イヌカミの背後で来金道を振り抜いた姿勢で止まった。全身に士魂を巡らせ驚異的な加速で移動したのだ。

イヌカミは真っ二つになって崩れ、慎之介は血振りをして振り向いた。改めて陽茉莉を見やり、軽く驚いているが怪我《けが》もなく無事と確認する。

――誰だ？

そこでようやく、妹の隣に居る存在を認識した。居ること自体は気付いていたが、ようやく意識を向けたのだ。

撫子《なでしこ》色した髪と、黄金色した瞳《ひとみ》の少女だ。それは公家の血を引く者の特徴の一つだ。陽茉莉がそんな相手と一緒に行動していることは予想外だった。

だがそんなことより問題は、士魂を扱う姿を見られたことであり。

「お兄、あたしの友達だよ」

察した陽茉莉が笑顔を見せてくる。

それだけで慎之介は、少女への興味を失った。周りには幻獣がまだいるのだ、まずは妹の安全確保が第一。その他の些事《さじ》はどうでもいい。

「ならいい。待ってろ、直《す》ぐ片付ける」

辺りには、かなりの数のテッソがいて既に咲月が戦いに入っていた。やはり陽茉莉に引き寄せられて集まったのだろう。一体ずつは大したことないが、数が多いので手間取っているようだ。

そちらも含めて安全を確保せねばならない。

覚悟が心の奥底から士魂の力を練り上げ身体に伝播《でんぱ》させる。脳天から爪先までびりびり痺《しび》れ、背筋がぞくぞくする。力を受けた越後守来金道の乱れ刃が淡く輝いた。

「片付ける」

路面を蹴《け》って間合いを詰め、テッソの頭を唐竹割りにしながら進み、右に左に斬りつける。息を

吐き立ち止まる慎之介の後ろで全てのテッソが、ばたばた倒れ動かなくなった。

手こずっていた相手を一瞬で倒され、咲月は驚いたような困ったような顔だ。

そのとき慎之介は辺りを見回し、少し先にある工事現場に目を留めた。

「あれは……あれか」

今まさに仕事で問題となっている工事現場だ。掘削中に出てきた土まみれのコンクリート塊が見えた。慎之介にとって怨《うら》みの塊とも言える存在だ。思わず睨《にら》んでしまう。

――いま工事ができたらいいのに。

近隣住民は避難して誰も居《お》らず、この機会に工事をすれば騒音苦情も来ないだろう。工事担当者を呼び集めコンクリートを破砕できたらどんなによいか。

「……それだっ‼」

慎之介は閃《ひらめ》いた、いま壊せばいいのだと。あのクレーマーのビルを壊したようにすれば問題は解決する。まさに時は今、それをする状況も力も揃《そろ》っている。足りないのは幻獣だけだった。

「ちょっ、お兄⁉　どうしたの」

「これだこれだよ、陽茉莉。分かるか？」

「えっ、分かんないよ。それより、お兄。イヌカミが来てる！」

「イヌカミ⁉　来てくれたか！」

振り向けば三体のイヌカミが、灰色のビルの間を疾走し迫っていた。

慎之介は最高の笑顔で迎え撃ち、擦れ違い様に来金道を薙《な》ぎ払《はら》う。勢いのついたイヌカミは転倒し道路の上を転がっていくが、そのまま念動力を使って投げ飛ばす。

次のイヌカミは路面からビル外壁を蹴り上がって、上から跳びかかってくる。これも念動力で掴んで叩き付けて放り投げておく。一直線に襲い掛かってきたイヌカミには擦れ違いながら跳びかかり、跨《また》がって脳天に来金道を突き立て、やはり放り投げておく。

それら全てを投げた先は、もちろん問題の工事現場だ。

「これで……！」

慎之介は来金道を一度鞘に納め集中、鞘の内に士魂を蓄える。

その状態で路面からガードレール、ビルの外壁へと蹴って移動。高く跳び上がった空中で居合抜きに抜刀。そこから放たれた士魂が光り輝く刃となって飛翔《ひしょう》する。

その威力は相当なものだった。積み重なったイヌカミの三ツ胴を裁断したあげく、その下のコンクリートまでをも両断。さらに解放された力が爆散し、それら全てと懸念の諸々《もろもろ》を粉々にした。

慎之介は飛来してきた欠片《かけら》を念動力で全て払いのけた。

「お兄っ！　ありがとっ」

陽茉莉が駆け寄ってきた。

その妹の手を取って慎之介は喜び踊る。凄く下手《へた》な踊りだ。

「いやいや陽茉莉こそ、ありがとう！」

「え？　え？　なんで？」

「陽茉莉は最高の妹だな」

「え、何それ。意味分かんないし。でも、あたしが最高の妹ってのは当然なんだし。うん、でも普通に意味分かんない」

　困った陽茉莉は視線を咲月に向け助けを求めたが、当然そちらも首を捻《ひね》った。

　そんな二人の様子に気付かぬまま慎之介は喜ぶ。面倒な仕事が一つ解決できたのもあるが、妹を助けられたことも勿論嬉《もちろんうれ》しい。だが、それはそれとして――慎之介は表情を引き締めた。

「なんで、ちゃんと避難してないんだ。駄目だろう」

　コツンと拳《こぶし》で小突いておく。

　しかし、陽茉莉は反省した素振りもなく誤魔化し笑いさえ見せている。

「あー、いや。うん。それはだねー、いろいろ事情があるわけで」

「事情があろうがなんだろうが、危なかっただろ」

「お兄が来てくれるって、あたし信じてたもん！」

「誤魔化そうとするな」

　拳で頭をグリグリしてやれば、陽茉莉は態《わざ》とらしい悲鳴をあげる。どちらも本気ではない。そんな昔と変わらぬ設楽兄妹《したらきょうだい》の様子に咲月は軽く微笑《ほほえ》んでいた。

「ほんと、慎之介は凄《すご》いよね」

「ねえねえ、やっぱりお兄は凄いの？　侍でも強い方なの？」

「強いどころではないわ、これもう別格だから。これからが楽しみね」

「えっと、どういうこと？」

「慎之介がね、私の部隊に協力してくれることになったの。大助かりよ」

　そんな咲月と陽茉莉のやり取りを聞きつつ、慎之介は疑問を差し挟んだ。

「待て待て、これぐらい侍だってやってるだろ。よくテレビでも見るぞ」

「慎之介は何言ってるの？　テレビって、もしかして広報関係のもの？　アレは特殊効果で編集してるプロモーション用だよ。そんなの、今どき誰だって知ってるのに」

「……知ってたさ」

初めて知ったが、そんなことは言えない。慎之介は強がりを言って目を逸《そ》らし、そこでようやく気付いた。撫子色した髪の少女が黄金色の瞳で、凝視するように見つめてきているのだ。

慎之介の小突きで陽茉莉が気付いた。

「この子、静奈。あたしの友達なの」

陽茉莉は両手を向けて静奈を紹介し、そのまま話しかけた。

「それで静奈にお願いだけど。お兄が士魂を使うの秘密なわけ。だから秘密にしてね」

陽茉莉は大変な頼みを気軽にしている。それだけ仲良しなのだろうと慎之介が思っていると、静奈と呼ばれた少女は慎之介を見やって微笑し——予想外の反応を見せた。

「秘密……うふっ、ふふふふ。秘密。ふぅん、そうなの。ふぅん、秘密なのね」

含み笑いをして軽く威張っている。

「だ、だったら私の言うことを聞きなさい、聞くのよ、聞け……聞いて、下さい」

「なんだと？」

「あなたたち……わ、私の……友達になりなさい、なれ……なって」

「どういうことだ？」

困惑した慎之介は説明を求め陽茉莉を見やるのだが、軽く肩を竦《すく》められてしまった。どうすべきかと相談のつもりで咲月を見れば、戸惑いながら頷いている。

害はなさそうなので、慎之介は承諾して頷いた。


「うっ、うがぁ」

落ち着いた静奈は頭を抱え上目遣いで唸《うな》っている。今になって、先程の態度を恥ずかしく思っているらしい。公家の血を引くとは思えない姿である。だが気を取り直すと精一杯に取り繕って頭を下げた。

「え、と……成瀬《なるせ》静奈よ……そのっ、よろしく」

「成瀬？　失礼だが、御家老の成瀬様と何か関係が？」

「うぃっ？　……そ、そうよ。父は家老なのよ」

静奈は両手を腰にやり、ちょっと威張っている。

この少女がとんでもない身分と知り、慎之介と咲月は顔を見合わせた。この静奈に万が一のことがあれば、それこそ大騒動だったに違いない――そこで慎之介は目を見開いた。

「それだ！」

「うひゃぁ⁉」

慎之介の声に静奈は小さく悲鳴をあげ、先程までの威張った姿はどこへやら、首を竦めながらおどおどしている。意外に小心者らしい。

「そうだ御家老だ、御家老なんだよ！」

「お兄？　どしたの？」

「聞いてくれるか、異動の話があったんだ」

普請課から用地課への配属の危機、そこで懸念される用地交渉という難題。激務で面倒な仕事の懸念を慎之介は切々と語る。

理解した咲月は呆《あき》れ顔《がお》だが、しかし陽茉莉の方はピンと来ないらしい。

「それで静奈にどうしろって？」

「だから御家老なら、この異動をなんとかできるだろう」

「えっと？　つまり偉い人にお願いしちゃおうっていう発想？　それっていいの？」

「陽茉莉よ、お前も社会に出れば分かる。誰だって面倒事はやりたくないんだ」

「うあー、分かりたくないなぁ」

「いいのか？　忙しくなると帰るのが遅くなるが」

「やだ。早く帰って」

即座に言った陽茉莉の言葉を遮ったのは静奈だ。

「わ、分かる。その気持ち……分かる。分かるわ、とっても」

何度も頷《うなず》いて心の底から共感している。ただし陽茉莉の言葉に対してではなく、慎之介に対してらしい。

「面倒なことって、凄く嫌」

「用地交渉というのは、話を聞く気のない相手と交渉せねばならない」

「こ、交渉。何て恐ろしい……」

「嫌味を言われたり怒鳴られたりな。反論も許されないまま、延々と理不尽な主張を聞かされ続けることもあるんだ」

「ひいいぃっ」

静奈は恐ろしそうに呟《つぶや》き、怯《おび》えた顔をしている。一方で陽茉莉と咲月は、何のことやらと呆れ返っているのだが。

「だから、御家老に異動の話を何とかしてもらいたい」

「と、友達のためだから何とかする。父に言えばなんとかなる……ううん、させる……脅せばどうとでもなる、から」

「ありがたい」

「でも、対人関係の仕事が嫌という言い方はダメ……今の仕事を、もっと習熟し頑張りたい、とか？　そんな感じに言っておく……任せて」

静奈は自信ありげに笑ってみせた。

藩行政が私心でねじ曲げられそうな運びを見て、咲月は眉間《みけん》を揉《も》んでいる。

「そういうコンプライアンス的に駄目な話、私の前でしないでよ」

「ふん、だ……いいの……そんなの知らない、わ」

咲月の言葉など聞く耳持たぬ様子で、静奈は口元に手をやりぶつぶつ呟いている。かなり真剣な様子だが、少しして頷いた。

「こ、今回の筋書き、こうする――」

助けを求める妹の声に応えた慎之介が我が身を顧みず危険な状況に駆け付け、妹と共に静奈を幻獣から間一髪救出。そして五斗蒔《ごとまき》咲月が到着し幻獣を倒した。

「細かい部分、こうする。で、でも語る時は全部は語らない……それが嘘のコツ」

呆れ顔の皆を他所《よそ》に、静奈はにやりと悪い顔をした。上品で可憐《かれん》な見た目に、それはまあまあ似合っていた。

安堵《あんど》した慎之介はようやく落ち着いて辺りを見た。

支柱の傾いた信号機が手の届きそうな位置にある。足元のアスファルトはめくれ上がり補修は大変そうだ。災害申請を幕府に提出し、予算を貰《もら》って工事に取りかかるが、申請や工事発注や諸々で普請課は大わらわになる。

しばらく残業が続きそうだと慎之介はうんざりした。

「あ、連絡」

咲月が不意にスマホを取り出した。どうやら着信があったようだ。ちゃんとマナーモードにしていたので震動だけらしい。

「御城から武装徒士組《かちぐみ》が出陣したそうよ、これで安心ね」

「侍たちは？」

「既に出陣して周囲に展開してる。もちろん、私の部下たちも。ほら、この通り」

スマホ画面に表示された地図には、侍たちの位置がリアルタイムで表示されていた。それなりに広範囲に散っている。一般人からの救助要請も表示されるようだが、慎之介たちが居る付近にそれは見当たらない。

「これから安全圏まで移動するから。いいわね？」

「幻獣が居たって、お兄がいるから大丈夫」

「あまり油断しては駄目だから。どこに幻獣が潜んでいるか――」

咲月が話している途中、慎之介は地面を蹴《け》って跳び、越後守来金道を振った。小路から恐ろしい勢いで飛びだしてきたイヌカミを一撃で斬り捨てる。アスファルト道路の上に音をたてイヌカミが落ちて転がり、長く伸びたまま動かなくなる。

「はうぁ……」

丁度それが目の前まで来た静奈は、目を大きく見開き硬直している。陽茉莉の方は幾分かましだが顔が引きつっている。

「まだまだ居るようだな」

慎之介は血振りした来金道を肩に預けるように持った。

「うぁー、やっぱ早いとこ移動した方が良いね」

「分かったら、さっさと行こう。咲月は先頭を頼む、僕は後ろから見ながら守る」

慎之介の指示で一行は歩きだした。

いつ襲ってくるか分からぬ幻獣を警戒しながら移動していく。陽茉莉と静奈は手を繋《つな》いで身を寄せ合い、あちこちに視線を巡らせている。

そうやって進んでいくと、ビルとビルの間に名古屋城の雄姿が現れた。

交差点を曲がった通りには放置されたり破損した車両があり、看板が落ち電柱が折れ、破壊されたゴミ箱の中身が散乱している。その先にバリケードがあって動き回る人の姿が確認できた。

「おっ、戦車がいるな」

「テッソ程度なら、ある程度は対応できるけど。あの数ならイヌカミも安心かな」

さらに避難し保護されたと思《おぼ》しき、身を寄せ合う人の姿も確認できる。

「ここから先は戦うとまずいな。次から幻獣が出たら咲月に任せるが、いいか？」

「任せて。そうね、今度は私が皆を守ってあげるんだから。もちろん慎之介も」

「頼りにしている」

軽いやり取りをしつつ進んでいくと、向こうで気付いた徒士組が手を振って合図を送ってくる。バタバタとした動きでバリケードが動かされ、そこから武装車両が走りだしてきた。迎えの車だ。

これでひと安心だと慎之介は安堵して、抜き身の越後守来金道を鞘《さや》に納めた。

◆◆◆

三の丸にある藩庁舎は、どこかざわついていた。

数日前に幻獣が出現した場所は藩庁舎からほど近い名古屋城の北東部となる。いかに全て退治され、いかに城内であっても、間近で発生した幻獣災害に動揺はあった。

そんなどこか不安が漂う空気の中で、慎之介は万歳した。

「よしっ、これで工事が間に合う！」

工事現場を担当する現場代理人から、あの問題だったコンクリート塊が完全に壊れているとの報告があったのだ。そして残骸《ざんがい》処分だけであれば工期は問題ないとも言ってきた。

嬉《うれ》しそうにしていると、隣の風間《かざま》がこれ見よがしに息を吐いた。しかも呆れ顔だ。

「こらこら、人的被害が出てんですよ。それなのに喜ぶのは不謹慎ですよ」

「うっ、それはまあそうですね」

「喜ぶならこっそり静かにってもんです。そういう配慮って大事ですね」

風間は説教するように言った。年齢的には少し上で、しかも身分も上。だから慎之介に対する態度は、いつもそんな感じだ。

「それに感謝するなら特務課にですよ。あの辺りの担当は特務四課。若くして抜擢《ばってき》された五斗蒔家のご令嬢様が大活躍ですよ。幻獣を何体も倒して、逃げ遅れた女子高生を救助。って何ですニヤニヤしちゃって」

「……いえ、別に」

慎之介の活躍を知るのは関係者内でも咲月だけ。無論のこと一般では誰にも知られていない。内緒にせねばならない事項だ。それでも自分がやったことを認められた達成感がある。

もちろんニヤついたつもりはなかったが、ニヤついていたようだ。

反省していると、離席していた普請奉行の春日《かすが》が汗を拭《ふ》きつつ戻ってきた。

「はいはいはい。皆さん仕事です、仕事ですよ。仕事をしましょう」

上司の言葉に風間も雑談をきりあげ仕事に戻る。慎之介もそうしたが、春日はそのまま慎之介の側《そば》まで来た。眉間に皺《しわ》を寄せ困り顔だ。

「設楽君、設楽君。ちょっといい？」

「はい、大丈夫です」

「成瀬御家老がね、君を名指しでお呼びになられてる。何か心当たりあったりする？」

「いや、どうですかね」

慎之介は曖昧《あいまい》な返事をしたが、ようやく来たかと心の中では万歳だ。静奈から働きかけてもらった件での呼び出しに違いないからだ。ただし喜ばないようにと、緩みそうな口元を引き締める。

だが事情を知らない春日は不安そうだ。

「何かあったりしないよね？　もしマズい件であったら、後でもいいから私に相談してね。ちょっとぐらいは力になれるから」

「ありがとうございます。でも、大丈夫だと思います」

「それなら良かった。ほら、早く行きなさい。御家老をお待たせしてはいけないよ」

春日に言われ慎之介は勢いよく立ちあがる。同僚たちの興味津々の視線を背に、弾みそうになる足取りを堪《こら》え廊下に出た。

慎之介は尾張《おわり》藩に仕えて長いが、家老のような重職と直接会うのは初めてだ。

確かにエレベーターで一緒になったり、廊下で擦れ違ったり、何かの会議や集会で見かけることはある。しかし、対面して会話をしたことはない。

もちろん家老の執務室も場所は知っているだけで、入るのは初めてとなる。

そう思うと急に緊張してきた。

入り口前で軽く身だしなみを整え、ノックして入室。噂《うわさ》で聞いていた通り、控えの間があった。そこで待機しているのは秘書役藩士で、家柄が良く能力を見込まれた腹心だ。

「失礼します。普請課、設楽です。御家老様がお呼びと聞きまして」

「承知してますよ、そのままどうぞ」

秘書藩士は気楽な態度で部屋の奥にあるドアを示す。そのお陰で少し気が楽になった。

ドアの先には短い奥廊下があった。足下は赤い絨毯《じゅうたん》になっていて、まるでホテルの廊下みたいな雰囲気だ。突き当たりにあるドアをノックして入室した。

「失礼します」

慎之介は両足を揃《そろ》えて一礼、顔を上げながら室内を観察した。

まさに書斎という印象だ。奥には文献や公文書が収められた書架があり、その前に重厚な執務机。部屋中央に応接セット。右手の壁全面には尾張藩全域の航空写真地図が貼られ、左手は大窓があり薄いカーテン越しに城下が一望できる。

「呼び出して悪かった、よく来てくれた」

成瀬家老は貫禄ある顔立ちの、どっしりした体格だ。執務机からやって来るが、態度も足取りも堂々として、威厳と上品さがあった。ソファへと手で促される。

「座るといい」

「はっ、失礼します」

言われるまま座るがソファが柔らかく、その沈み加減に驚かされた。それでも両手を膝《ひざ》の上に置き、胸を張り背筋を伸ばす。ちょっと腰が痛くなる体勢だ。

「楽にしてくれて構わんよ。呼び立てたのは他でもない、先日の幻獣災害で娘を救ってくれたそうだな。その感謝を伝えたかったからだ」

「はっ、救ったのは僕ではなく、特務四課の五斗蒔隊長です」

事前に静奈が考えたカバーストーリーを外れぬよう答える。成瀬は微苦笑して頷《うなず》いた。

「もちろん聞いておる。だが静奈を間一髪で救ったのは、お主という話ではないか。しかも妹を助ける為め、危険な場所に駆け付けたと聞いた。勇敢だな」

「はっ。お褒めいただき、ありがとうございます」

「さらに、お主の妹さんが静奈と友人になったそうだが――」

成瀬は口を横一文字に引き結び眉《まゆ》を顰《ひそ》めてみせたが、それは単に表情を抑えようとしてのことだったらしい。堪えきれなくなった様子で破顔した。

「実に喜ばしいなぁ！」

好々爺《こうこうや》とまでは言わないが、膝まで叩《たた》いて嬉しそうだ。

「あの子は昔っから友達を作るのが下手《へた》でな。一人で本ばかり読んでおったので、親としては心配だったわけだ。友達ができたと聞いた儂《わし》の気持ちが分かるか、ん？　秘蔵のワインを一本開けて飲んでしまったぐらいだ」

それから成瀬は散々に娘自慢をした。慎之介の持っている成瀬のイメージとは随分と違う様子ではあったが、それでも静奈が大事に想《おも》われていることは理解できた。

「――ああ、それとな。お主の用地課配属の話。取りやめさせておいたぞ」

成瀬は最後になって、取って付けたように言った。江戸時代から連綿と続く藩政は、未《いま》だ縁故人事が色濃い。今までそうしたことと無縁だった慎之介だが、初めてそれに助けられた。

しかし成瀬の話は、礼に関する言葉が二割、娘自慢が七割、異動の話が一割だった。どうやら家老の成瀬は親バカらしいと慎之介は理解した。

仕事の問題は片付き異動の話も消えた。

この世の春のような気分で仕事に戻って、風間から成瀬に呼ばれたことで質問攻めにあったが、それも気にもならない。適当に返事をして定時になったところで退庁した。

今日は用事がある。

地下鉄には乗らず徒歩で北東方向の清水町に向かう。そこは幻獣災害のあった地区だ。まだ焼け焦げた車両の撤去や、落下した看板や壊れた物の片付けが行われている最中。あちこち立入禁止のテープが張り巡らされている。

尾張藩から安全宣言が出されているが道行く人は少ない。

「もぉー遅ぉい。とりゃぁ」

学院の制服姿の陽茉莉は走ってくるとチョップを放ってきた。妹の可愛《かわい》い攻撃を甘んじて受け止めた兄は反撃で額を突《つつ》いてやる。

「仕事の終わり時間があるから仕方ないだろ」

「ぐぬぬ……でもまぁ、いいけど。こっちも来たとこだし」

「それなら良かった。あー、ところで彼女は？」

「静奈なら。ほら、ちょうど出てきた」

成瀬静奈が重そうなスーツケースを手に本屋から出てきた。撫子《なでしこ》色をした髪を揺らし、お見送りに出た店員に向け怜悧《れいり》さを漂わせた顔で会釈をしている。どう見てもお嬢様だ。

だが慎之介を見つけると表情を変え、スーツケースを置いて嬉しそうにやって来た。

「荷物、運んで。運びなさい……運べ、運んで下さい」

命令したり頼んだり忙しいが、どことなく距離感を推し量っているような感じがある。慎之介がどこまで許容してくれるか確認しているような雰囲気だ。

慎之介が笑ってスーツケースを持ち上げると静奈は顔を赤くした。

「あ、ありがと……」

三人並んで歩くが、慎之介としては妹が一人増えたぐらいの気分だ。人通りの少ない閑散とした道に陽茉莉の機嫌の良い嬉しそうな声が広がる。

「でも良かったねー、それが無事で」

「うん……感謝、助かった」

幻獣災害の避難時に、本屋に置いてきたスーツケースのことだ。今日はそれを引き取りに来た。預かってくれていた店に静奈は感謝しているが、災害時に店員は静奈を置いて逃げている。慎之介は自分が気付いたことは黙っておいた。

少し歩いてコンビニに向かう。

慎之介が呼ばれた理由は荷物運びを頼まれたからだが、陽茉莉にねだられてコンビニスイーツを食べさせてやることにも――なぜか――なっていた。

だが入り口前で静奈が立ち止まる。

「ま、待って。入る前にメニュー……確認しておきたい」

「うん？　メニューとは？」

「何でもあるって聞いてる……だから入って悩むより、ここで決めてから注文する……お勧めがあれば教えて……お、教えなさい」

お嬢様の静奈はコンビニがどんな場所か、それすら把握していないようだ。ひょっとすると料亭やレストランのように思っているのかもしれない。

「あ、あと……奢《おご》られるよりは、奢る……だって助けてもらったから……でも、面子《メンツ》を潰《つぶ》す気はないわ。だから……これを使って奢りなさい、奢って」

静奈は財布から紙幣を束で取り出した。全部一万円札だ。それを慎之介に差し出したあげく、足りないかどうか心配そうに聞いてくる。流石《さすが》は華族で、相当な箱入り娘だ。

しかし成瀬家老の親バカぶりを思い出せば、無理からぬものかもしれない。


慎之介はコンビニの概念や利用方法という、到底説明する機会のないことを説明した後に、自分の財布を取り出しコンビニスイーツを奢った。

陽茉莉は電子マネーを使う気配すらない二人に呆《あき》れ気味だが、小豆《あずき》コーラ胡瓜紫蘇《きゅうりしそ》の濃厚ミルク味という大福を所望した。明らかにチャレンジャーな味だ。

「あははっ、これ面白い味だぁ！」

味覚が心配になるような発言をしている。

同じ物を手に静奈は固まっているが、味に対する心配が原因ではないらしい。

「つ、ついに買い食い……なのね」

「こういうのは、ガブッといくの。もちもち食感も美味《おい》しいから」

「そうなの……ガブッ」

陽茉莉の指導のままいって、静奈は小さく口を開けカプッとやった。少しして目を白黒させ変な顔をしている。どうやら味覚は正常らしく、初コンビニは大惨事となった。

慎之介は念の為に買っておいたお茶を無言で差し出す。

「お兄も食べる？　一口ならいいよ」

「食べるわけないだろ。大福なら粒餡《あん》、百歩譲って漉《こ》し餡だ」

「またそうやって頑固だし。これ面白い味なのにね」

呆れたことを言う陽茉莉の横で慎之介はペットボトルのお茶を口にする。しばらくして、口の中が甘くなりすぎた陽茉莉のため追加でお茶を買いに行った。何だかんだと妹には甘いのだ。

「それより今日、御家老と会ったよ」

「ふうん、そうなの。ちゃ、ちゃんとしてくれてた？」

「君を助けたことを感謝されて――」

「ま、待って……待ちなさい。待って、下さい」

「ん？」

戸惑う慎之介の前で静奈は下を向きながら上目遣いで見つめてくる。

「静奈、そう呼びなさい……よ、呼んで。呼んで下さい」

「そういうわけにはな。とにかく助けたことを感謝されて、それから異動の話を取りやめさせたと言われたよ」

成瀬家老の話の大半は、親バカぶりを披露する娘自慢だったことは黙っておく。しかし、自分が役に立ったと嬉《うれ》しそうにする静奈を見れば、似た者親子だと思えた。

「そ、そう……よか、った……ふふっ」

「感謝するよ」

「別に、感謝しなくたっていいの……と、友達なんだから」

そっぽを向いた静奈は、大福の残りを口にした。どうやら頑張って食べるつもりらしい。

「それにほら……本だって運んでもらってる……で、でも感謝してるなら。これからも私の言うことを聞いて、言うことを聞きなさい……聞いて、下さい」

「ああ、そうしよう」

この素直なようで素直でない少女を、慎之介は純粋に気に入っていた。妹の友達として、仲良くやって欲しいと思っている。

「このスーツケース、どうりで重いはずだ。本が入ってるのか。しかし、どうしてまた本なんだ。もしかして売るつもりだったとか？」

「売る⁉　ち、違う！」

静奈の説明によると、家に置いておけなくなった本を運び出したらしい。

「こんな本はダメだって言うの。だ、だからお夕飯まで家出して。貸金庫に預けるか、アパートを借りて置こうか迷って。でも本屋で……立ち読みして……」

本のためにそこまでする心情と財力が慎之介と陽茉莉には衝撃的で、揃って驚くばかりだ。

「では、これはどこに運べば？」

「ど、どうしよう……そうだ、よい考え……設楽家で預かって」

「はい？」

「め、命令。命令なんだから。これ預かって、あと本を読める場所も用意して……用意しなさい。そしたら……あ、遊びに。遊びに行く、から」

そう言って静奈は上目遣いで、期待と不安の入り交じった顔をした。

「……それは」

元は両親を含めた家族四人で生活していた家に、今は陽茉莉と二人で暮らしている。だから空いてる部屋はある。少し思案して慎之介は頷いた。

「用意しよう」

「ちょっと、お兄。それ本気!?」

「別に問題ないだろう」

打算的に考えれば成瀬家老への伝手《つて》は残しておきたかった。

あの親バカぶりを見れば、何かあれば静奈の口添えは期待できるだろう。空いている部屋を好きに使ってもらっても十分にお釣りが出る。

もちろん静奈という少女の人となりが確認できているからこそだが。

「そか、お兄がいいって言うならいいけど」

「じゃあ、じゃあ……遊びに行っていい、の？」

「いいよー、いつでも来てよ」

「夢みたい！」

静奈は胸の前で手を組んで、お嬢様っぽい仕草でくるりと回転してみせた。そんな喜び具合に、慎之介と陽茉莉は軽く微笑《ほほえ》んだ。

閑話　ふと来《きた》るは頼まれごと

「えぇーっ？　それどういうことですか」

担任教師の米原《よねはら》の言葉に対し、陽茉莉《ひまり》は首を傾《かし》げた。職員室に呼び出され、心当たりはないが多少ドギマギしながら来たのだが、全く予想外のことを言われたのだ。戸惑いもする。

「あれっ、ごめんね。分かんなかったかな？　じゃあもう一度説明しますね」

「あ、それいいですんで。話の内容自体は分かってます。つまり静奈《しずな》の、あーいえ、成瀬《なるせ》さんと皆の仲を取り持てって話ですよね」

「そうそう、そうなの。分かってくれてて良かったぁ」

嬉しそうな顔で両手を打ち合わせる米原は、大学出たての新任教師だ。はっきり言って教師の貫《かん》禄《ろく》は皆無。生徒たちからは親しみを込め、米ちゃんと呼ばれている。

人のよさそうな顔で、いつも一生懸命やっているが、鈍臭いのか失敗ばかりしている。

「じゃっ、じゃーあ。お願いしてもいいかな？」

どことなく他の教師たちを気にしつつ、頼んでくる米原に教師という雰囲気はない。むしろ同じ生徒と話しているような感じだ。

だから陽茉莉もテーブルに頬杖《ほおづえ》を突きそっぽを向くなど、くだけた態度になる。

「えぇー、嫌だし。だって、そういうのって無理にやるもんじゃないし」

「でも同じクラスの子が一人でいるのって気にならない？　なるよね。皆で仲良くできた方が楽しいって思わない？　思うよね」

「いやー、どうなんだろ。それ本人が一人で居たがってるのに、周りが無理やり迫ったって意味ないんでは？」

「ううっ……」

哀《かな》しそうな顔をする米原の姿に陽茉莉は頬を掻《か》いた。自分の姉とも思う咲月《さつき》お姉と、この米原が同じ年とは到底思えないのだ。

「ていうかですね、どうして急にそんなこと言いだしたんです？」

「そっ、それは……教師として、しっかりしようと思って」

「あーそーなんだ」

陽茉莉は疑いの眼差しを投げかけた。そうなると米原は、やはり疚《やま》しい気持ちがあるらしく落ち着きをなくしていく。

「本当よ、本当にそう思ってるから」

「ふぅーん？　いやぁ、米ちゃんが困ってるなら協力しようかって思ってたんだけど。違うんならいっか。そっかー心配して損したわー」

「…………」

「教師としてしっかりしたいだけなら、それは自分で頑張んなきゃだよね」

陽茉莉が立ちあがると米原は縋《すが》るようにして手を掴《つか》んだ。

「実は困ってるの、お願い助けて」

そして、うるうるした目でお願いされた。

学院の廊下の一画は広々としてテーブルが並び、窓にはカウンターテーブルがある。自販機が置いてあることからも分かるように、そこは休憩室であった。

休み時間や放課後などに、皆が思い思いにやって来て、喋《しゃべ》ったり勉強したりする。

「マジで？　米ちゃん、そんなので困ってんの？」

話を聞いた一人が呆れたような声をあげた。

頷《うなず》きながら、陽茉莉は自分がテーブルに置いた菓子に手を伸ばす。どうぞ、と皆にも勧めつつ軽く口に放り込んだ。

「ん、美味しい。でねー、米ちゃんっ。ある人からいろいろ言われて、せっつかれてるそうでさ。それ誰だと思いますか。分かる人は挙手して下さい」

真面目《まじめ》ぶった声に挙手がある。

「はい、それは教頭センセが怪しいと思います。名探偵のあたくしの目に間違いなし！」

「いやー、学院の人なら誰だって分かるって思うな」

周りも揃《そろ》って頷いた。この学院で一番嫌われていると言えば教頭になる。いろいろ嫌味を言って居丈高、何でも頭ごなしに言って偉そうなのだ。

「うちのお兄が言うに、そういう人が退職したらクレーマーになるんだってさ」

「ふーん、何でだろ？」

「威張れる相手が居なくなるから」

「うわぁ、確かにそうかも。陽茉莉のお兄さん慧眼《けいがん》だわ」

「そんなんで慧眼とかないって思うなー、うんうん」

否定気味に言う陽茉莉だが顔には嬉しさが思いっきり出ている。

「それはともかくだよ。御家老様のお嬢様が独りぼっちなのは良くないから何とかしろって、言われてるんだってさー」

陽茉莉の言葉に皆は揃って手をぱたぱた振った。

「いやいや無理っしょ」

「だね、本人が好きで一人で居るんだもん」

「話しかけると肯いてくれるけど、それ以上ないからねぇ」

「別に嫌いとかないけど、声かけたら怒られそうな感じするんよ」

皆は陽茉莉の勧める菓子に手を伸ばし、好き勝手言っている。

それぞれ静奈のことを気にはしているのだが、しかし他人との関係を必要とせず孤高を貫く態度に遠慮しているのである。

しかして静奈の実態は、単に臆病《おくびょう》でコミュニケーションが取れないだけなのだ。

両方の事情を知る陽茉莉としては、どうして良いのか困ってしまう。

「そうは言ってもさー、米ちゃん困ってるし。すみませんが、お集まりの皆さん。何とかしてあげようって気はありませんですかね」

「でもさ、お嬢様の御機嫌損ねたら大変なんだよ。尾張藩筆頭家老様の一人娘なわけだからさぁ。だもんで、我が家のことを考えるとリスクが高いんよ」

「そうはならんと思うけど。うーん、まあ。今はいっか」

陽茉莉は肩を竦《すく》めた。

「でもさー、そのうち協力してもらうよ。皆が食べたお菓子、米ちゃんからのだから」

皆が天井を仰いで呻《うめ》いた。

ただ、何だかんだ言いつつも、彼女たちも機会さえあれば、静奈とお近づきになりたいと思ってはいる。それ以上の否定的な反応はしなかった。


頼まれた静奈の独りぼっち脱却に向け陽茉莉が始めたのは、まずは頼れる相手に相談することである。その相手は姉とも思う咲月だ。

「——というわけなんだけど」

陽茉莉はあらましを説明した。

仕事帰りの咲月に相談があると連絡して、それで指定されたカフェで落ち合ったのだが、店内はノスタルジックな音楽が流れた大人びた雰囲気だった。値段が不安になる陽茉莉だったが、咲月がご馳走《ちそう》してくれると聞くなり、遠慮なくパンケーキなどを頼んでいる。

「そういうのは難しいわね」

「えーっ？　お姉ならちょちょいのちょいで解決できるんじゃ？」

「もうっ、私を何だと思っているの。たかだか二十年かそこらしか生きてないんだから、解決方法なんて出ないわよ」

「そうかなー」

陽茉莉は見る者を幸せにする顔でパンケーキを大きめに切り分け、ぱくっと齧《かじ》りつく。それを微笑ましく眺めつつ、咲月は紅茶の入ったティーカップを口元に運ぶ。

「その先生も気を揉《も》んでるのね」

「まーねー。そういや米ちゃんって。あっ、米ちゃんてのは学院の先生なんだけどね。お姉と同い年で学院出身だし、もしかしなくてもお姉の同級生かも」

「うーん、同じ呼び方をしてた子がいたわね」

「そお？　米ちゃんって、米原って苗字だけど」

「もしかして――」

二人で米ちゃんの特徴を言い合うと、どうやら同一人物らしいと結論が出た。

「うあー、世間狭っ！」

「尾張藩《おわり》の中だもの、そんなものでしょ。でも、米ちゃん先生になってたんだ」

呟《つぶや》く咲月は遠くを見る目をして嬉《うれ》しそうだ。

そうしている姿が綺麗《きれい》で、陽茉莉はパンケーキに伸ばす手を思わず止めた。ただし、それも一瞬のことでしかなかったが。

「はわー、お姉と米ちゃんが同い年とは思えないや」

「そう？」

「お姉って凄《すご》く大人っぽいのに。でも米ちゃんは、あたしと同じだもん」

「うーん……陽茉莉ちゃん、それは違うよ」

咲月は軽く口元に手をやると、吊《つ》り下《さ》がるペンダントライトを見やった。何かを思い出すような懐かしむような、そして考えるような顔だ。

「私は別に大人っぽくないよ」

「そぉ？　そうは思えないけど」

「ちょっと知識が増えて、判断の選択肢が増えただけね。大人っぽく見えるのは、そう見せてるだけ。ぜーんぜん大人じゃないから」

「そうは思えないんですけどー」

陽茉莉は子供っぽい仕草で頬を膨らませた。

「私だって甘えたり子供っぽく振る舞う時はあるよ。たとえば慎之介《しんのすけ》に対してとか。でも陽茉莉ちゃんの前では、お姉さんでありたいから、そう振る舞っているのです」

なるほどと陽茉莉は思った。最後のパンケーキを口にしながら、本当の大人っぽいとは何だろうと思った。しかし、すっかり米ちゃんの頼みについては忘れていた。


咲月が店の支払いを済ませて出ると、そこには慎之介の姿があった。肩を竦めて身を縮めていた陽茉莉は素早く動いて咲月に抱きつき、その後ろに隠れた。そこが慎之介に対して一番安全な場所だと知っているのだ。

「すまないな、陽茉莉が迷惑をかけた」

三人で一緒に帰るつもりで連絡をしたが、そう言われて咲月は不満の顔だ。

「もうっ、そうやって勝手に迷惑とか決めるのやめてよ。私だって陽茉莉ちゃんと一緒に食事したいの。私はそういうの少しも迷惑だなんて思ってない」

「むっ……そうか、すまない」

「分かればよろしいです」

慎之介と咲月のやり取りで、安全を察した陽茉莉が笑顔で出てくる。この辺りのタイミングは妹という存在が身に付ける、ちゃっかりさが関係しているに違いない。

「ねーねー、お兄に聞きたいけどさー」

「こいつめ……で、何だ?」

「お兄が思う大人っぽい人ってどんな人?」

慎之介が諦《あきら》めると、陽茉莉がそう尋ねた。三人は陽茉莉を真ん中に挟んで歩いている。もう夕暮れを過ぎた時間帯で、帰宅を急ぐサラリーマンが早足で追い越していく。

「藪《やぶ》から棒になんだ」

「いーから教えて」

「まったく、兄をなんだと思ってるのやら……」

ぶつくさ言いながら、しかし陽茉莉の質問に対して真剣に考えるのが慎之介だ。

空に出ている小望月《こもちづき》が明るめの光を投げかけているが、人工の光に負けている。三人は繁華街を避けて、やや遠回りをして地下鉄の駅に向かっていく。

「どうせ精神年齢が高いとか落ち着いてるとか。そういった曖昧《あいまい》な基準で大人っぽいかどうかを考えてるだろ」

「でも、そうでしょ」

「違うな。人間なんてのは、幾つになっても心は変わらんと思うぞ。堅物の同心が飲み会で下らん冗談を言うし、五十を過ぎた奉行がアニメの話をしたりする」

慎之介が笑って、先に立って地下鉄への階段を降りだした。一段抜かしで追いついた陽茉莉が横に並び、話の続きを促すように顔を見上げている。

「で、大人っぽいってのはどーなのさ」

「自分にできることとできないことが分かって、分からないことを他人に聞けるとか。相手の立場と考えを尊重できて、誰とでも対等に話せる奴《やつ》とか？」

「あたしの思ってる大人っぽいと違う」

「まあ少なくとも、そうやって大人っぽいか子供っぽいかを気にする間は子供だな」

言い合って階段を降りていく二人の様子が昔から変わらぬため、後ろを歩く咲月は笑いを堪《こら》えている。この後に起きるであろうことも想像がついてしまう。

「咲月はどう思う？」

「お姉はどう思う？」

想像していた通りの反応が来て、咲月は笑いを堪えたまま肩を震わせた。慎之介と陽茉莉は顔を見合わせ不思議そうにした。そのまま改札を通ってホームに出て電車を待つ。若干混雑するため人の少ない端の方に行くと、電車の到着を告げる間延びしたアナウンスが響いた。

「なんで、そんな話になったんだ？」

「んー、そういえば……まあ、静奈に友達を作れないかってのが発端かな」

「……また難問だな」

慎之介が呟くと咲月も同意して頷いている。米ちゃんの苦悩は当分続きそうだ。

第二章

第四話　あるいは休らい日に頼みを受け

陽茉莉《ひまり》と静奈《しずな》が友達になり、そして慎之介《しんのすけ》の異動の話がなくなって数日。

学校も会社も午前中だけ出て帰る半ドンの土曜日を利用して、三人は栄《さかえ》・錦《にしき》と呼ばれる尾張《おわり》国の繁華街に来ていた。名古屋城から南に位置し、歩いて直《す》ぐ行ける場所だ。

「ほう、ここがそうなのか……」

慎之介は慎重な足取りで部屋に入った。いかにも仕事帰りといったスーツ姿で、上着は半分に折って片手に掛けている。背後には学院の制服を着た静奈が身を隠しており、恐る恐る顔をだして黄金色した瞳《ひとみ》を部屋のあちこちに向け首を竦めている。

「ひぇっ！　こ、こうなっていた……のね」

「中は意外に手狭だな、マイクにスピーカーか」

「みっ、見なさい、見て。天井にキラキラしたボール！」

「なるほど派手なもんだな」

その手狭な部屋の大半はソファとテーブルで占められており、大きな壁掛けモニターとスピーカーが目を引く。奥には小さなスペースがあって、スタンドマイクもある。

「なるほど、これがカラオケボックスというものか」

慎之介は呟きテーブルの上にあるマイクを手に取って観察した。

「こらーっ、前で止まるなー。二人とも早く入って、座って」

後ろから文句が聞こえ、慎之介は肩を竦めソファに腰掛けた。座り心地は悪く背中が痛くなりそうだ。しかし静奈は半分固まった様子で立ち尽くし、カラオケルーム内を見やっている。

「ほれほれ、適当に座っちゃって」

陽茉莉は促しても動かない静奈の両肩に手を置き、そのまま慎之介の向かいに座らせ自分も隣に座った。如何《いか》にも慣れた様子でメニュー表を広げている。

「ここドリンクオーダー制だから、あたしはグレープジュースね。お兄は？」

「緑茶で頼む、冷たいので。なければ麦茶でもいい」

「またそーいうの頼むし。ま、いいけどさ。静奈はどうするー？　……ああ、うん。選べそうにないね。じゃ、あたしと同じのにしとくよ」

タブレットをさくさく扱い陽茉莉が注文。食べ物関係は何も聞かずに勝手に決めているが、聞くだけ無駄という判断だ。ほぼノータイムで壁のハッチが開いて注文の品が提供された。

「静奈は緊張しすぎ、そんな警戒しなくていいからさ」

手早く配膳《はいぜん》する陽茉莉は、ついでにフライドポテトの何本かを引き抜いて摘《つま》み、さっそくモグモグやっている。勧められた静奈も真似《まね》して食べて、塩気に驚いた様子で背筋を伸ばした。

「で、でも……こういうとこ初めて……カラオケだなんて」

「大丈夫、ほら見て。アナログ人間のお兄ですら、この文明に囲まれた中で平然としてるし」

酷《ひど》い言われように慎之介は渋い顔でお茶を啜《すす》った。

「それでは今日の目的の話をするぞ」

「打ち合わせだね」

「その打ち合わせというのはな。まあ、いいか」

社会人の慎之介にとって打ち合わせとは、案件に対する意思疎通と合意の場という認識だ。しかし学生の陽茉莉は、話し合いの場という認識となる。ちゃんと教えてやりたいが、今はそれを教える場面ではない。

「それでは説明をしよう、僕と陽茉莉の力について」

秘密を共有する仲間として、静奈にも事情を話すのだ。

その場所をどうするかで迷っていると、陽茉莉が提案したのがカラオケルームだった。防音で密室で、飲み物も食べ物もある。確かに内密な話をする場に適していた。

飲んだり食べたりしつつ、あらましを語った。

「――というわけで、陽茉莉は他の侍と違って戦う力は殆《ほとん》どない。その代わり、侍しか治せないが回復能力がある」

「とっても珍しいんだよね？　レアだね、スーパーレア？　うーんウルトラレアか」

気楽そうな陽茉莉は、まだその能力の弊害――幻獣に狙われやすくなるというもの――を知らない。言っておくべきだろうが、余計な心配や恐怖を与えたくないため言うに言えない。

フライドポテトを食べ終わる頃に、ようやく話が終わる。

最後に一つ残ったポテトは遠慮の塊になって慎之介と静奈が互いに譲り合い、埒《らち》が明かないとみた陽茉莉が食べて片付けた。

静奈は真剣な顔で聞き、ふむふむ言いながら頷《うなず》いている。

「なるほど。そう、そうなのね」

「この秘密は守ってもらいたい」

「も、勿論《もちろん》。ふふふっ、二人のことは利用させてもらうんだから……だ、だから大丈夫よ。絶対言わない、言わないから。安心して」

静奈は両手を握りしめながら頷いた。しかし我に返ると急に恥ずかしそうに頬を染め、もじもじしながら俯《うつむ》き加減《かげん》となる。時々、軽く顔を上げるが直ぐ下を向いてしまう。

「秘密を教えてくれた二人に、私の……秘密、話しておくわ。は、恥ずかしいけど……わ、私。実はしょ……しょ……でして……」

その言葉に慎之介は眉《まゆ》を寄せ、困ったように頬を掻《か》く。それであるのに陽茉莉に睨《にら》まれ、あげくにテーブルの下で足を蹴飛《けと》ばされるなど散々だ。とんだとばっちりである。

陽茉莉は少し困った顔で手を擦り合わせた。

「あーいや、言わんでいいし。そういう話題はなしね。プライベートなセンシティブなもんとか、そーいうのはなしなし。止《や》めようよ」

「いえ言うわ。ふ、二人の秘密だけ知って私だけ言わないのは……卑怯《ひきょう》。だから聞け、聞きなさい。聞いて、下さい。私は、私は……しょ、小説家です」

「「…………」」

慎之介は微妙な気まずさと安堵《あんど》で息を吐き首を振った。それをどのように捉《とら》えたかは不明だが、妹に足を蹴飛ばされるという理不尽な目に遭っている。

「そか、そーなんだ。そういう趣味って、大事だよね」

「違う……趣味でなくって商業ベースで活動……してる」

「え？　待って、それ本当⁉　凄《すご》い！　なんて名前？　本名でやってないよね」

「作家名は……茄逗子《なずし》セルナ……」

緑茶を口にしていた慎之介は、危うく噴きだしそうになった。テーブルに勢いよくコップを置くと、静奈がビクッとするが気付きもせず身を乗り出す。

「あの女子高生作家の茄逗子セルナ⁉　読んでるぞ。ラノベなら『勇者の嫁の魔王さま』、時代小説なら『おてんば姫様捕物帖《ちょう》』。どっちのシリーズも新刊を待ちかねてる」

「うああっ！　ど、読者に直接会うの初めて……緊張する……感想とか言わないで、言わないで下さい……言うなぁ」

静奈は両手を顔に当て、恥ずかしさで悶絶《もんぜつ》している。

「ねえねえ、お兄。なに？　有名なん？」

ちょいちょいと陽茉莉が突《つつ》いて尋ねてきた。

「愚か者め、茄逗子セルナと言えばラノベから時代小説まで書く作家だ。新聞の書評では、女子高生とは思えぬ深みのある文章が絶賛されたぐらいだ。累計販売部数は百万部超え、コミカライズも大ヒットしてアニメ化も確定しているぞ」

「うぁあ、アニメ化？　凄い！」

「当たり前だ、下手《へた》な絵を売っている奴よりも凄いぞ」

「それ、もしかしてあたし？　待って、あたしフォロワー二万だし！　二万って凄いの！　凄いって言って、褒めてよ！　ていうか、下手な絵ってなに？　あれはアートなの。アート！」

怒った陽茉莉は両手を上下させ訴えている。実際ＳＮＳのフォロワーが一万人を超える割合は十％にも満たず、かなりの成果だ。しかもイラストが売れているという点も凄い部類だった。

ただアナログな慎之介には理解の範疇《はんちゅう》外だ。

「アートだと？　あれをアートと言うならば、全世界のアーティストに謝った方がいい。女子高生作家のように凄い作品を書く方々に――」

「うい？　私は一人で書いてない」

「……いま何と？」

「母と二人で書いてる、の」

静奈はストローを咥《くわ》えた。半透明の筒の中を液体が上昇して、しばらくして下降していく。

「女子高生作家、という言葉。ウケが良いから……それに母、人前出たくないから。私もだけど……とにかく内緒よ。内緒なんだから」

ひょっとして自分たちの秘密より、もっと度合いが高い秘密を聞かされたのではないかと、慎之介と陽茉莉は思って顔を見合わせた。

カラオケルームは意外に心地がよい。

エアコンもあって快適温度であるし、防音で他からの音も殆ど気にならない。さらに食べ物も飲み物も頼めば直ぐに出てくる。座席の座り心地以外は良い空間だ。

静奈も場に慣れたのか寛《くつろ》いだ様子を見せている。両手でコップを持ちストローを咥える姿は、ちょっと幼くも見えるが、流石《さすが》に尾張《おわり》藩筆頭家老の娘だけあって所作そのものは上品だった。

「し、慎之介お兄さん」

呼びかけられ、おやっと思った。お兄さん呼びをされるとは予想外だ。しかし、そんな素振りは微塵《みじん》も見せない。

「ん？　何かな」

「小説のこと、父には内緒。言わないように、ね」

「御家老には内緒？　なんでまた？　言えば良いのに」

「やだ、言ったりしたら、怒るからね……っ」

慎之介は心の中で成瀬《なるせ》家老に同情した。あれだけ親バカぶりを発揮して娘大事で自慢までしているのに、当の娘からの扱いは凄く適当なのだ。気の毒が過ぎる。

「それは──」

言いながら慎之介は思考を巡らせる。

自分の立場では家老との接点などない。先日は人事異動の件もあって呼び出され、そこで娘自慢をされたが、もうそんな機会はない。つまり静奈と約束したところで気を使う必要は皆無。むしろ静奈の機嫌を取っておいた方が良いに決まっている。

慎之介はキリッとした顔で頷いた。

「分かった。それは知らぬフリをしておこう」

「な、なら……新しいシリーズの構想を思いついたの。だ、だから私に協力を……協力をするって言いなさい。言って、下さい？」

静奈は不安そうに様子を窺《うかが》ってくる。どうやら拒否されることを恐れているらしい。しかし慎之介は自分の好きな作家の新シリーズと聞いて頷いた。

「セルナ先生の新作か。もちろん協力しよう」

「先日の慎之介お兄さんの戦いぶり、凄かった……参考にする」

「身バレさえしなければ」

「そ、それなら陽茉莉さんにも……取材に出る時、一緒にいい？　一人で行くと父が煩《うるさ》いから。ほんと面倒。でも陽茉莉さんと一緒なら文句言わない……はず」

あれだけ娘に友達ができたと喜んでいた成瀬だ。その娘が友達と出かけると言えば、それはもう大興奮して祝い酒を飲むだろう。間違いない。

「うん、いいよー。あたしも楽しいし」

陽茉莉も笑顔で頷いた。

「でも、その代わり。いろいろ広告するし。ＳＮＳの投稿で絡んでいい？　あたし顔出ししてるけど、静奈の身バレはしないよう気を付けるから」

「出版情報とかは編集者さんの許可いるから……内緒。でも、それ以外、顔出しなしなら大丈夫」

「もちろん十分に気を付けるし。うん、あとは上手《うま》いこと広告やるね」

「ん、よろしく」

利害が一致した二人は手を取り合って笑ってる。

麗しい友情、和やかな楽しい雰囲気。しかし、それも次の言葉が出るまでだ。

「それじゃあ、この話はここまで。というわけで、歌ってみよっか」

陽茉莉の言葉に静奈は、まるで恐ろしい事実を知らされたかのように、顔を引きつらせ身をのけぞらせた。信じていた相手に裏切られた猫のような顔だ。

「ひぇっ⁉　う、うう、歌……歌うぅ⁉」

人前に立つことも苦手で、喋《しゃべ》ることも苦手で、大きな声は発するのも聞くのも苦手という静奈にとって、人前で歌うという行為は想像すらできぬことだったらしい。

「ひっ、人は歌わずとも生きられる……それに歌は、聞くもので歌うものじゃない。だ、だから……歌わない、絶っっ対によ」

「そこまで嫌がんなくってもいいのに」

「無理、無理よ。それより陽茉莉さんの歌、聞きたい。慎之介お兄さんの歌とか」

静奈は、歌いたくない一心で必死に懇願している。

「あーもー、これだから。何事も最初の一歩が大事じゃない？　いつか歌わないといけない日がくるかもしれないし、今ここで歌っておいたら？」

「うぇぁあっ……無理、そんなの無理……死んでしまう」

「はぁ、そこまで言うなら無理強いしないよ。じゃあ、お兄に歌ってもらおうか」

言われた慎之介は頷き、そして辺りを見回している。

「そういや、お兄が歌うの聞くの初めてかな。って、なに探してんの？」

「曲を探す本があると聞いた覚えがあるのだが」

「……そんなものはない！　はい、あたしが決めたげるから」

マイクが押し付けられ前に行かされ、勝手に選曲までされてイントロが流れだす。

室内の壁や天井が全て映像に変わり、大勢の観客がいる景色となった。ライブ会場に立っているような具合だ。そのハイテクぶりに驚きながら、慎之介は気分よく歌いだした。

だがしかし、慎之介の歌――まるで空き地でリサイタルを開くガキ大将のようなホゲホゲした歌――によって静奈は調子を悪くして、陽茉莉は耳を塞《ふさ》いで悲鳴をあげることになった。

◆　◆　◆

名古屋駅近くのホテル、そこでは尾張藩主催による幻獣対策危機管理検討委員会が開催されていた。それは幻獣対策が的確に行われたか、または被害軽減にどれだけの効果があったかを、学識経験者が検証し評価を行う委員会である。

「次、特務四課の五斗蒔《ごとまき》課長。報告準備を、お願いします」

「はい」

委員長に名前を呼ばれた咲月《さつき》は返事をして立ちあがった。黒のレディーススーツ姿だ。きびきびと歩いて説明用の席に移動する。一緒に来た部下の志野織莉子《しのおりこ》がパソコンを操作し、説明用資料を画面に表示させる。

「お待たせしました。それでは、特務四課の活動実績について説明させて頂きます」

説明の準備が終わると咲月は、二十代前半という年齢に見合わぬ落ち着いた態度をみせ、委員長に対し目礼。マイクとレーザーポインターを手に説明しだす。

「まず特務四課が担当しております管轄範囲は、画面に表示されております名古屋城東部の北部から南部にかけてで、また藩内北西部の地区も受け持っています。次、お願いします」

合図で志野がパソコンを操作し表示画面を進める。

「人員は内勤の者を含めまして総勢十五名。課長の下に副長二名がつき、それぞれが各所の地圧観測値を監視しながら幻獣出現に備えております。次、お願いします」

咲月は浅紫色の瞳《ひとみ》がいつもより鋭く、やはり緊張しているのは事実だ。それでも言《い》い淀《よど》むこともなく、各月における出撃回数と幻獣の撃破数を説明。その際に生じた物損等の被害額に対し、出撃がなかった場合に想定される被害額とを比較したグラフなども説明していく。

「このように四課の出動によって、想定被害よりも実被害が大きく抑えられておりますが、今後はさらに被害が抑えられるよう、より一層の努力を重ねていく所存です。以上で四課からの報告を終わります。ご静聴有り難うございました。ご審議のほど、よろしくお願い致します」

若干早口になったが、最後まで説明をしきって一礼をする。

報告に対し委員の何人かが挙手して、順番に質問をしてくる。だが、咲月は全てを流麗な口調で的確に答えていく。やがて、進行役でもある委員長が時計を見た。

「えー、あー。質問も出尽くしたと思います。それでは特務四課の活動につきましては問題なく、幻獣に対して的確に対応ができているとの判断でよろしいでしょうか……はい。各委員からの異議がないため、特務四課の活動は問題なしと承認いたします」

その言葉に咲月は深々とお辞儀をしてみせた。

次の説明者である特務五課が呼ばれ、説明者と補助者が前に出てくる。そちらに会釈をして擦れ違い咲月は一旦《いったん》会場を出た。誰も居ない廊下で緊張の解けた咲月は両手をギュッとした。

「良かったぁ、無事に終わったわ。御手伝いありがと、志野さん」

「はぁ……咲月様、もう超絶素敵でした……」

「志野さん？」

「えっ？　ああ、そうですね。大役お疲れ様でした」

取り繕うように咳払《せきばら》いして、志野は歳下上司の咲月に優しい目を向けた。

新任の課長である咲月は知らぬが、そもそもこれは出来レースだ。藩は学識者の承認という大義名分を手に入れ、学識者は藩から意見を求められる立場という名誉が手に入る。

そういった関係で成り立つため、委員会で否定的な意見が述べられることはないのだ。

「でも咲月様、素敵。流石は私の推し……」

「また、始まった。そろそろ会場に戻りましょう」

一息ついたところで、こそっと会場に戻り特務十課までの報告と質疑応答を聞く。全て問題なく委員会の承認が出ると、委員長が立ちあがって締めの言葉を述べた。

「特務課の皆さん、お疲れ様でした。えー、ここ最近の幻獣出現率は高く、しかも出現区域が以前と変わって繁華街など人の多い場所となる傾向が見られております。この傾向は間違いなく、当分の間は続くと予想されるため、引き続き警戒を厳に臨機応変な対応を、藩に対し求めて参ります。以上を当委員会からの提言とさせて頂きます。それでは進行役を事務局にお返し致します」

咲月は真剣な顔で話を聞き、何度も頷《うなず》いていた。

それに隣席の志野は優しく微笑《ほほえ》む。なぜならこの委員長の言葉も、原稿自体が尾張藩の用意したもので、この言葉をもって次年度の幻獣対策予算が滞りなく執行される根拠となるからだ。

検討委員会が終了した。

家老や奉行が委員のもとに行って労《ねぎら》いや感謝を告げ、和やかに挨拶《あいさつ》を交わす。そして偉い人たちが三々五々と帰っていくと、特務課の者たちでテーブルや椅子や備品の片付けをする。

「さあ、最後まで頑張りましょ」

咲月は両手で椅子を運んで、専用の運搬台の上へと積み上げていく。

そうやって他の者たちに交じって作業をしていると、気付いた志野が飛ぶように走ってきた。咲月の手から椅子を取り上げると、軽く叱るような顔をする。

「咲月様がこのようなことをなさってはいけません」

「別にいいのに」

「いけません、咲月様。ご自分の立場をお考えになって下さい」

志野は五斗蒔家の数ある分家の出身だ。それもあって主従の関係であるし、何より志野自身が咲月に対して過保護と言うべきか、自分の主《あるじ》と認定して仕えているような節がある。

「もうっ、そんなの構わないのに」

若干ふて腐れつつ、咲月は諦《あきら》めて壁際に移動した。抵抗したところで志野は絶対に考えを変えないし、そこにいれば皆の邪魔になるだけと理解している。

ただ実際のところ志野の方が正しいかもしれない。少なくともこの場では。

各特務課の課長たちは、いずれも上士の中でも上澄みの家系ばかり。誰も下働きのようなことをせず、部下たちの行動を腕組みしながら眺め、早く終わらせるよう言葉を投げかける程度だ。

浮かない顔をする咲月のもとに一人の男が近づいた。

「こないだは、えらい活躍しとったみたいやな」

特務一課の柳生包利《やぎゆうかねとし》だ。からかうような口調は、いつも通りである。その名が示す通り柳生一族の者で、一課を任されるだけあって実力は他の侍よりも頭一つも二つも抜きん出ている。

背は高く均整のとれたシャープな体型で顔つきは今風の爽《さわ》やかさ。有名侍としてサイン会や握手会はいつも大行列。一方で、女優やモデルと浮名を流しゴシップ雑誌の誌面を賑《にぎ》わせてもいる。

しかし咲月はチラッと見て、興味のない顔をした。

「そうですね」

「なんや、えらい素っ気ないな。おうじょこくわ」

「それは失礼」

「ちいとばっか、愛想があっても良かろうに。あかんわー」

それからも熱心に話しかける包利に対し、咲月はあくまでも儀礼的に対応する。前に四課の活躍が少ないことを笑ってきた相手だ。愛想良くしろと言う方が無理であった。

志野が大急ぎで駆け付けた。

「咲月様！　片付けが完了しました。さあ行きましょう、直《す》ぐ行きましょう！」

「そう、良かった。じゃあ行きましょ」

咲月は頷き歩きだす。後ろで一課の柳生が、ニヤニヤした他の課長から小突かれる様子など全く気付きもしない。志野は気付いていて、軽く鼻で笑う。機嫌良く咲月の後を追うのは、お嬢様に余計な男を近づかせぬことを使命としているからだ。

委員会を終え、咲月は特務四課の侍専用車両に乗り込んだ。

混雑を避けながら外堀通りに出て堀川を渡って直進し、本町橋を渡って本町門を通って三の丸に入る。その辺りは官庁街となって、侍たちの本部庁舎は護国神社の隣にあった。

鉄筋コンクリート造だが、平成初期に建造されたもので、既に五十年近く経過した古いビルとなる。しかし中は改装されており、そこそこ快適な状態だ。

ここでも荷物を運ぼうとした咲月は志野に怒られ、不満そうに頬を膨らませる。

「もーっ、酷《ひど》い。志野さんは厳しい」

「こんなことを咲月様にさせられません！　咲月様は五斗蒔家のご令嬢なのですから！」

「そんなの別にいいのに」

咲月はぼやくが、志野に睨《にら》まれて諦めた。

「皆、ごめんね。荷物を片付けたら、部屋で打ち合わせするから」

「了解でっす！」

咲月の言葉に、部下の一人である赤津《あかつ》ジャックが元気よく返事をした。

尾張藩では珍しく母親が外国出身である。いろいろ苦労はあっただろうが、それを感じさせない調子の良さで、特務四課のムードメーカーとなっている。

「おっしゃー！　課長を待たせるな、一気に荷物を運ぶぞー！　野郎ども、やっちまえー！」

赤津の言葉に笑い交じりで応じる声があがり、まるで競走するかのようにして、委員会で使用した機材や資料などの荷物類を車から運びだす。転んで怪我《けが》しないか心配なぐらいだ。

特務四課の人員は、課長の咲月に合わせ五斗蒔家に関係する者で構成されている。しかも副長の志野も女性であるように女性が多い。全体として、和気藹々《わきあいあい》とした雰囲気である。

荷物運びのお片付けが完了した。

軽い打ち上げを特務四課の部屋で行い、咲月がコップを掲げる。もちろん中身は麦茶だ。

「委員会が無事終わったことに乾杯！　みんな、お疲れ」

「「「お疲れ様です！」」」

全員が唱和して麦茶を飲んで、一斉に拍手した。

「しかし、課長の受け答えは見事でした。他の課長連中より、ずっと立派でしたよ！」

大きな声で言う赤津に皆も頷くが、志野は手を握りしめ力説しだす。

「そうです！　委員会の老人たちの回りくどくって長ったらしい質問！　あれに対して、すらすらと答えていく咲月様のお姿！　後で録画を皆に配布しておきます！」

「また始まった……そういうの、やめなさい」

「何を仰《おつしや》います！　咲月様は私の推しなんです！　この情熱は誰にも止められません！」

志野の言葉に咲月は呆れ顔《あきがお》の困り顔だ。しかし、厄介なことに他の課員も志野と同じ系統。皆がわいわい咲月の受け答えの凛々しさや、素敵さを語りだした。

お陰で咲月は軽く頭を抱えてしまった。

「はぁ……もう、止めて。それより今日は四課が宿直当番、それ忘れてないわよね」

尾張藩内で発生する幻獣災害に備え、夜間休日も侍の誰かが侍本部庁舎に詰めねばならない。これは全十課での持ち回りだが、今日は四課の当番となる。

「お任せ下さい、この私が行います！」

即座に志野が引き受けると宣言して手を上げる。しかし咲月は静かに首を横に振った。

「今月の超勤予算、ほぼ限度額行ってるでしょ。だから私がやるわ」

管理職は基本的に残業手当がつかない。今回のような幻獣対応でのみ特別勤務手当が出るが、時給換算すれば四百円程度。最低賃金にすら満たない額である。

「うっ……で、ですが！　咲月様にそのようなことはさせられません」

「予算に勝てるとでも？」

「力及ばず、申し訳ありません」

志野はさめざめと泣いており、赤津や四課の皆は少し呆れ顔だった。


宿直内容は職場に待機して、幻獣災害発生時には初動体制の構築をするというものだ。

尾張藩内の各所に地圧観測所が設置されており、その観測データで自動的にアラートが発せられ、自動音声で通知が出される。しかし最終判断は人が行わねばならないし、関係各所への連絡にしても確実に相手に伝わったかの確認は人が行わねばならない。そうした重要な仕事だ。

ただ逆に言えば、それだけである。

だから宿直はのんびり過ごす者が多いのだが、咲月はそういった性格ではなかった。

「さて頑張ろ」

軽く腕まくりをして『幻獣白書』を広げる。

それは幕府が発刊する、幻獣被害の実態や対策などの現状と将来への見通し、幻獣についての分析などを取りまとめた資料だ。毎年発刊されるが、白書を真面目《まじめ》に読む者は僅少《きんしょう》だろう。

だが、咲月はそれを読む。

自分にできることをやろうと真面目に考え、知識を身に付けるための努力だ。誰も居ない執務室で白書を読み、メモを取っては頷き勉強を続けていく。

ようやく顔を上げた咲月は、目頭を揉《も》みながら大きく息を吐いた。

「あれっ？　もう二時間経《た》ってた」

窓を見れば外は真っ暗だ。

鏡のようになった窓に映る自分の姿は侍の制服姿。紺瑠璃《こんるり》色の上着は脱いで白シャツ姿だが、すっかり大人になった自分が見返している。

なんとなく感慨深くなってしまうのは、久しぶりに慎之介に会ったせいだ。

母親同士の仲が良かったので、最初は母に連れられて一緒に設楽《したら》家に行っていた。少し大きくなると、自分一人で行くようになって楽しい日々を過ごした。

あの頃から随分と時が過ぎてしまい――しかし不思議なもので、気分は少女時代と大差ない。二十歳《はたち》を過ぎれば、もっと大人になると思っていたが、身体《からだ》が成長して知識が増えただけで中身はあまり変わっていない。

「ふぅ……」

小さく息を吐いて窓に近寄る。外から丸見えであるし、小さな羽虫や蛾《が》が窓に体当たりを繰り返している。ブラインドを下ろして、ついでにエアコンの温度も調整した。

「うーん、こういうの家だったら絶対に食べられないわよね」

夕食は買い置きのカップラーメン、お湯を注げば三分で食べられるものだ。普段許されないものに手を出すのは、ちょっとだけ背徳感がある。

「でも、良かった。慎之介に会えて」

京都に留学していて、ここ最近会えていなかったが、少しも変わってなくて嬉《うれ》しかった。しかも四課の活動に協力してくれて、また気軽に会えることも良かった。いろいろ言えて、言ってくれる気が置けない間柄。信用できて安心ができるのだから。

「感謝として、食事でもご馳走《ちそう》した方が良いよね。うーん？　それよりここは気持ちを込めて、ご飯を作るのが良いかな」

咲月は懐かしさに微笑した。

もう一度、子供の頃に設楽家で過ごした日々を思い出したのだ。慎之介の母から料理を習い、それを食べて無邪気に笑っていたあの頃。それは咲月にとって大切な思い出だ。慎之介も同じ気持ちに違いないと、半分願いながら信じている。

「うん、そうしよう。それがいいよね」

三分経った。軽く手を合わせ、カップラーメンによる夕食を始めた。味は不思議な感じで劇的に美味《おい》しいものではないが、食べられないというものではない。お腹《なか》いっぱいにはなった。

食べ終えてカップを洗って片付け、また白書を読むのだが流石《さすが》に集中力が続かない。

「ふぁ……」

ちょっと眠くなって伸びをして、行儀悪く欠伸《あくび》までする。

一応仮眠室もあるが、しかし利用する気はない。男女兼用のため、たとえ自分一人しか居なくても利用はしたくない。そもそも置いてある毛布も、いつ洗って干したか分からないのだ。

だから自席で自分のミニ毛布を使い、机に突っ伏した方が遥かに良い。間違いない。

「でも絶っ対、お肌には悪いわね」

完全徹夜ではないが、それに近い半徹状態。幸い明日は日曜日なので、ゆっくりと休める。これが平日なら、翌日も夕方までは勤務があるので、実質一日半も起きている状態だ。

「侍も大変なのよ、うん」

咲月はテーブルに敷いたタオルに頭を預け、軽くぼやいた。

◆ ◆ ◆

居間の床で慎之介は寝転がっていた。

特に理由はない。半分寝たり起きたりぼんやりと、日曜日というものを満喫しているだけだ。

家の中は静かで時計の音に冷蔵庫の駆動音。外からは配送トラックらしき走行音、それに反応した近所の犬の吠《ほ》え声が耳に届く。

窓から斜めに差し込む日射《ひざ》しの中で、小さな埃《ほこり》が舞う様をぼんやりと見つめる。

「……ああ、この素晴らしき休み感」

休日にやる予定は、仕事中はいろいろと思うものだ。

しかし人というものは不思議なもので、そうやって考えても、いざ休日になると何もしない。そして何かをしたい、せねば、といった気持ちを抱えたまま怠惰に過ごしてしまう。

玄関で物音がした。

僅《わず》かに気を引き締めるが、しかし鍵《かぎ》を構う音や解錠する音は馴染《なじ》みのあるものなので、また直ぐにだらける。やはり聞き慣れた足音がしてドアが開いた。

そして買い物袋を提げた陽茉莉が入ってくる。

「うぁーっ、重かったよ。って、お兄ってば。またそんなところで寝てるし、こりゃ！」

陽茉莉は注意とも文句ともつかぬことを言ったあげく、足先で兄の脇腹を小突くという暴挙をしてきた。どうやら尊敬やら敬意といった言葉を知らぬらしい。

「休みの日はいっつもこれなんだから。こらもーっ、庭の草むしりとか、掃き掃除とか、掃除機とか一緒にやろうよ」

「もう全部やった」

「じゃあ、買い物に行ってきた可愛《かわい》い妹を褒めるのは？」

「買い物おつかれ、偉いぞ」

「ふふーん、よろしい」

陽茉莉は機嫌の良い声をあげ、慎之介の隣に座り込む。買い物袋から戦利品を取り出すと、ひとつずつ見せて嬉しそうに説明しだす。どうやら、もっと褒めて欲しいらしい。

慎之介は起き上がって胡座《あぐら》をかいた。

期待に応えて手を叩《たた》き褒めてやると、陽茉莉は手を腰にあて得意満面といった様子だ。

「じゃーん！　どうだぁ、このお肉！　なんと半額！　壮絶なバトルを制して手に入れたよ」

「いや、それは見切り品なだけでは……」

「だから今日中に食べないとね。今日の料理当番はお兄だから、よろしゅうに」

「仕方ないな。で、何が食べたいんだ？」

「んーっ、美味しいもの」

とても酷い発言に慎之介は批判的眼差しを向けるのだが、陽茉莉は軽く舌を出して笑っている。

そのまま鼻歌交じりで冷蔵庫に詰め込みに行き、ひょいっと顔を出す。

「あとねー、お兄の好きな和菓子。買ってきたの。食べるー？　食べるよね」

「仏壇に供えてからな」

「勿論《もちろん》。じゃあ、お兄はお茶淹《い》れてね。むむっ、このシャツ脱いだままじゃないの。うあーっ、しかも裏返しだ！　なんて極悪な所業を！」

陽茉莉は文句を言いつつ、仮置きしておいたシャツの裏返しを直している。そんな賑《にぎ》やかな雰囲気に背中を押され、慎之介は立ち上がって伸びをして、お茶の準備を始めた。

湯気たつ湯飲みに、皿にのる大福。

「……んぐっ⁉」

大福を喜んで口にした慎之介は目を見開く。餡子《あんこ》と思っていたら、中身はカスタードクリームだったのだ。完全なる不意打ちに、心に深い傷を負ってしまう。

もう一つある大福を恨みがましく見つめ、口をへの字にして拗《す》ねる。

「謀ったな。好きな和菓子と言ったじゃないか……」

「あれ？　餡子のつもりだったのに間違えたね。でも美味しいから良いよねー」

陽茉莉は美味しそうに、もぎゅもぎゅと大福を口にしている。

トラブルはあるが、休日の設楽家ではよく見られる光景だった。特に会話もないが、まったりした雰囲気で過ごしていると、玄関のインターホンが鳴る。

「ん？」

動こうとした慎之介より先に陽茉莉が立ち上がる。

「あ、いいよ。あたし出るから」

「そうか。変な奴《やつ》だったら直《す》ぐ声をあげるんだぞ、最近は何かと物騒だからな」

「子供じゃないんだから」

陽茉莉は子供のように頬を膨らませ、パタパタと玄関に駆けていった。

それを見送った慎之介だったが、ふと不安になってきた。最近は何かと物騒で、押し売り紛《まが》いの訪問営業もあれば、変な宗教の勧誘だってある。しかも陽茉莉は可愛いのだから、ストーカーという危険な存在に狙われる可能性も考えられ――ついに慎之介は刀を取るため立ちあがった。

だが、玄関から弾むような声が聞こえる。

「うあーっ、いらっしゃい！　凄《すご》く嬉しい。早くあがって！」

どうやら心配は杞憂《きゆう》だったらしい。

それはそれとして、やっぱり慎之介は迷った。陽茉莉の友人が来たなら、自分は邪魔者。挨拶《あいさつ》だけして、邪魔せぬように出かけた方が良い。だが、どこに出かけるか急には思いつかないのだ。

――とりあえず公園にでも行って時間を潰《つぶ》すか……。

そんなことを考えていると、陽茉莉が機嫌良く戻ってきた。

「大福食べてたの。まだあるから良かった。お茶淹れるからさ。適当に座っててね」

陽茉莉がぱたぱた台所に向かい、それから客人が居間に姿を現す。陽茉莉の反応と足音で相手が誰か慎之介には分かっていた。

予想通り白い髪に浅紫色の瞳《ひとみ》をした相手が入ってきて、慎之介は軽く手を上げる。

「よく来たな、咲月が家に来るのは久しぶりだな」

「はいそーでーす」

やって来た咲月だが、微妙に普段と口調が違う。強いて言うなら子供の頃の喋《しゃべ》り方に近い。そう思って観察すれば、妙に疲れたような顔をしている。浅紫色の瞳もどこか力ない。

「なにか調子が悪そうに見えるが、どうした？」

「うん、そうね。今朝まで宿直してたの」

「なるほど宿直か、いやしかし仮眠はしなかったのか？」

「自分の席で寝ようとしたけど駄目、やっぱりベッドでないと寝られないよ」

咲月は手を口にあてて、小さく欠伸をした。勝手知ったるなんとやら、慣れた様子で椅子に座るとテーブルに腕を置き、ちょこんと頭を置いた。かなり気怠《けだる》そうな仕草だった。

「眠たそうだな。家に帰って寝た方がいいんじゃないか？」

「家に帰ると、また煩《うるさ》いこと言われるもん。宿直なんて下々の者にやらせなさい、とかって。でもね、私そういうの違うって思うの」

「なるほど」

藩内の多くの部署では、身分血筋によって作業が決められ、労多い作業は下の者に押しつけられることが大半だ。しかし咲月はそうはせず、きちんと部下のことを考え行動している。どうやら良い課長をやっているらしい。

そして内部事情を知る慎之介は軽く笑った。

「課長が宿直か。察するに、今月の超勤予算が上限に達したとかだな」

「凄い、分かっちゃうんだ。どうして？」

「どこも同じさ、仕事はあっても予算がない。ま、予算が欲しいなら幻獣とか災害関連にかこつけて確保するのがコツだぞ」

「そうなんだ。なるほど……次からそうしてみる。ありがと、やっぱり慎之介は頼りになる」

陽茉莉はお湯を沸かしているので、まだお茶は来そうにない。手を合わせ嬉しそうに微笑《ほほえ》んだ咲月は、テーブルで湯気をたてる湯飲みを手に取り口にした。

「おい、それはだな」

「ん？　なーに？」

まったりした顔で咲月が言った。お茶を飲んで、一息つけた様子だ。

「いや、何でもない」

「変な慎之介」

そう言われた慎之介は軽く苦笑するしかない。自分の湯飲みが咲月の手にあるため、やや手持ち無沙汰《ぶさた》となっている。

「はい、濃いめのお茶」

陽茉莉は昔からある咲月用湯飲みを持ってきた。しかし咲月の前にある慎之介の湯飲みを見て、あらかたの事情を察したようだ。少し考え慎之介の前に咲月用湯飲みを置き、咲月の持つ湯飲みに熱いお茶を注ぐ。

一方慎之介は、自分の前にあった大福を咲月に差し出し熱心に勧める。

「ささっ、この大福を食べるといい。美味しいぞ」

「ありがと、慎之介。頂くわね」

「まあ、一応言っておくが。中身は餡子ではなくて、カスタードだがな」

「ふーん、そうなの。うん、確かに美味しいわね」

自分の食べたくないものを押し付けた罪悪感があるので説明したが、咲月は気にした様子もなく大福を食べている。むしろ美味しそうなぐらいで、慎之介は自分の味覚に不安を抱いた。

こうしてテーブルを囲み三人で賑やかに会話をしていると、ふと懐かしくなる。

母親同士が友人だった関係もあり、咲月も小さな頃から設楽家に遊びに来ていた。その頃の咲月はなかなか腕白で、年上の慎之介が振り回されるほどだった。

——懐かしいな。

父がいて母がいて、慎之介は苦労を知らず、自分のことだけ気にして生きられた。気付けば両親がいない生活が当たり前になっていたが、思いがけず子供時代の郷愁と僅かな切なさを伴う記憶が呼び覚まされていた。

だが、その頃は幼かった陽茉莉にそういった記憶はないらしい。

「それより、お姉はどうしてまた家に？　もちろん来てくれたのは嬉しいけど」

「うん、慎之介に頼み事をしようと思って」

「お兄に？」

「そうそう、手伝ってもらおうと思って」

「そっか、いいよ。大丈夫、手伝うから。気にせずどんどん、お兄を使ってね」

「よかったぁ」

陽茉莉は勝手に承諾しているし、咲月も気にせず笑っている。

「こらこら、そこの二人。勝手に決めるんじゃない」

「冗談よ。頼み事というのは、昨日から寝ないで考えてたことなの。あのね、うちの課の戦力アップをしなきゃって思って」

しれっと言った咲月は濃いめのお茶をぐいっと飲み干した。小さく満足の息を吐いている。

「実績の積み上げ、任務達成率向上に被害減少。他の課と比べるものじゃないけど、でもやっぱり比べられる。四課はそれがちょっと低いの。だから戦力アップを考えないと駄目なの」

「そういうのは地道にやるしかないのでは？」

「うん、そうね。そうだけど、そうも言ってらんないでしょ。それにね、もし部下が殉職なんてなったら。うん、私はきっと耐えられないよ」

「まあ……それはそうだろうな」

咲月は優しい。冷静に見えて、自分よりも周りを大事にする。誰かが傷つくぐらいなら、自分が率先して傷つくという性分でもある。

これは上司に相応《ふさわ》しいが、同時に最も相応しくない性格とも言える。なぜなら上司は成果をあげるほど有能と評価される。たとえそのために部下を使い潰してもだ。

「それで具体的な方法は考えてあるのか?」

「うん、合同訓練をしようと思って」

咲月は自信ありげに胸を張ってみせた。何かとんでもなく面倒なことが起こりそうな気がする。いや、間違いなく起きる。そう慎之介は思ったが、その予感は当たった。

「そこで慎之介に仮想敵の役をやって欲しいの」

「なんだって?」

「アドバイザーの謝金、ありがたいって言ってたから。ちょうど良いかなって」

咲月はにっこりするが、それは子供の頃に慎之介を振り回していた笑顔そのものだ。

「ちょっと待て、落ち着け。疲れているんだ」

慎之介が冷静に言うと、笑っていた咲月が仏頂面をした。しかも子供のような仕草だ。どうやら徹夜明けのナチュラルハイ状態なのは間違いない。

「疲れてるけど大丈夫よ。とにかく、気付いたの。イヌカミを倒せるのは慎之介だから、慎之介を倒せればイヌカミも倒せる。そうでしょ?」

「なるほど、分かった。よし少し休んでくるといい、寝てないんだろ?」

「大丈夫。ちょっとウトウトして、合計で二時間ぐらいは寝てるはずだから」

「そうかそうか。とにかく一時間でいいから横になって寝るんだ」

重ねて慎之介が言うと、咲月は頬に指をあて唸《うな》った。

「うーん、分かりました。慎之介が言うなら、ちょっと横にならせてもらう」

ちらり見て合図をすると陽茉莉も心得たもので、頷いて咲月を手招きする。大丈夫と繰り返す咲月の手を引き、そのまま二階の部屋に連れていく。

「ちょっと、お姉ってば。そっちは、お兄の部屋だよ」

「うん、知ってるよ。それが？」

「ああもうっ、横になるんだよね。お姉って、どこで寝るつもり⁉」

「えっ？　……あっ！　ううっ……陽茉莉ちゃんの借りるね」

何か一悶着《ひともんちゃく》を起こしてバタバタやっている。

少しして陽茉莉だけが戻ってくるが、ちょっと呆《あき》れたような疲れたような様子だ。

「お姉ってば、意外にマイペースだよ。お兄の部屋に行こうとしてた」

「はぁ……そういや小さい頃の咲月は。うん、小学校低学年の頃だがな。勝手に人のベッドを使って、お昼寝してたな。それは陽茉莉も同じだが」

「あたし、そんなの覚えてない」

陽茉莉はぷいとそっぽを向いた。

「お姉ってば、結構疲れてたみたい。横になったら直ぐ寝ちゃってた」

「そらそうだろな、徹夜は慣れてないと辛《つら》いからな」

実際のところ徹夜は一番良くない。効率は落ちミスも増え、体調への影響も長く尾を引く。だから極力避けるべきだが、それでも徹夜仕事は社会人にとっては通過儀礼。それを経験して、適度に手を抜き体力を温存する術《すべ》を学んでいくものである。

しかし咲月は能力があり真面目《まじめ》なだけに、その辺りが全く学べてないようだが。

「でさ、お姉の言ってる合同訓練。どうするの？」

「そらまあ……どうするかな」

腕を組んで天井を見上げ考える。

自分で自分の実力を把握しきれてない。これまで他の侍と接したことがなく、基準となるのは近所に住んでいた師匠だけ。その師匠には、稽古《けいこ》でいつもぼこぼこにされた。お陰で防御だけは得意になったが、自分には侍の才能はないと思っていた。

しかし、ここ最近の戦いや咲月の反応からすると、才能がないと思っていたのは間違いと思えなくもない。だから模擬戦を行い、他の侍の実力を知ることは良いことにも思える。

「ねえ、お兄。協力できるなら、したげてって思う。もち、お兄の考えが一番大事だけど」

「うーん」

唸りながら慎之介は、さらに考え込む。咲月の考えは理解できるし、部下を大事にする気持ちも素晴らしい。だから協力してやりたい。さらに言えば、なかなか美味《おい》しい話でもある。

先日の幻獣騒動でさっそく協力金を貰《もら》ったが、なかなか嬉《うれ》しくなる額だったのだ。

「よし、引き受けるか。だが、どんな訓練をすればいいのだろな?」

「あたしが思うに、やっぱり戦わないと強くならないよ」

「ほう」

「ここはお姉が言ったみたく、お兄が仮想敵で皆が追いかけて囲んで攻撃すればいいんだよ」

「お前、鬼だろ」

素直な感想を述べた慎之介は鬼のような妹に足を踏まれた。

第五話　しかるに思わぬ事態に驚いて

『慎之介《しんのすけ》、今からでもいいかな？』

電話の相手は咲月《さつき》だった。

仕事中にかかってきた電話だ。藩庁舎の普請課は書類仕事が主のため静かであるし、こういったプライベート電話に興味津々で聞き耳を立てる者もいる。

だから、できるだけプライベート感を出さぬように返事をせねばならない。

「用件については承知しました。こちらに問題はないので、ただちに向かいます」

『どうしたの？　何かあった？』

「いえ、特に問題はありません。指定の場所に移動しますので少々お待ちを」

『もうっ、変な慎之介。それなら待ってるからね』

「承知しました、直《す》ぐに向かいますので」

通話を終えた慎之介が小さく息を吐くと、隣の席の風間《かざま》が椅子ごと身を寄せてきた。凄《すご》くイイ笑顔で身を乗り出し、目をキラキラと輝かせている。見るからに好奇心いっぱいといった様子だ。

「どちら様からの電話です？　なんだか親しそうでしたけど」

「いえ別にそんなことはないですよ、単なる連絡ですよ」

「惚《とぼ》ける慎之介に教えて差し上げましょうか。その通話、音漏れしてます」

「……そうですか」

慎之介はマジマジとスマホを見つめた。これだから機械というものは信用ならないのだ、と半ば八つ当たり気味に思う。だが、今更どうしようもない。

「妹からですよ」

適当に言い繕うが風間のイイ笑顔は深まるばかり。

「本当ですかぁ、怪しいなぁ。当ててみせましょう、これは彼女ですね。おめでとうございます」

「それは違いますよ」

努めて平静さを装い休暇簿を取りに行く。尾張《おわり》藩勤めの良いところは、休暇取得が楽という点だろう。理由の記載も必要なく、取得したい時間を申請するだけなのだ。

ただしお役所という場所柄、申請は未《いま》だに手書きと押印が必要となる。なお押印廃止は昔から出ては有耶無耶《うやむや》になるを繰り返している。

「御奉行、今から休暇を頂きます」

「はいどうぞ」

春日《かすが》は直ぐに印鑑を押してくれる。もちろん理由も問わないし、何も余計なことを言わない。この休暇の取りやすさだけでも、ありがたい上司である。

席に戻っても風間はまだ探る様子で話しかけてくるが、それを笑って誤魔化す。鞄《かばん》を取りだし、手に取った刀を歩きながら帯びる。

「すみません、お先に失礼します。お先に、お先に」

休暇の申請は楽であっても、やっぱり皆が仕事をしている中を帰るのは気が引けるもの。殊更に軽い口調で声をかけつつ、手刀をちょんちょんと縦に振り、そそくさ執務室を後にした。

廊下に出ると、静かな廊下を小走りで移動し、エレベーターで一階まで移動。出入り口の守衛に挨拶《あいさつ》をして外に出る。向かうのは藩庁舎から歩いて直ぐ、侍本部庁舎の裏手にある神社だ。

咲月との約束は、つまるところ数日前に話のあった訓練である。

護国神社に着くと、既に咲月が来ていた。紺瑠璃《こんるり》色した制服姿で、慎之介に気付くなり嬉しそうな笑顔をみせ手を振ってくる。

「ありがと、来てくれて。でも、さっきの電話はどうしたの？　変な様子だったけれど」

「周りに同僚が居たから、それなりにな」

「ああ、そういうこと」

咲月は察した様子で笑った後で、軽く冗談めかして手を合わせた。

「お仕事中にごめんね」

「問題ない。うちの有給取得は寛容だし、今の時期なら取りやすい」

「そうなんだ羨《うらや》ましいね。車はあそこ」

木々の間の目立たない駐車場に、目立つ赤色の車両がある。通称で赤備えパトカーと呼ばれる侍専用車で、緊急時も含め優先走行が認められている。とにかく目立つという点が難点だが。

「あー、あれで行くんだ」

「使える車が、あれしか空いてなかったの。でも、いいよね」

ばつが悪そうに咲月は肩を竦《すく》めている。どこもかしこも備品や装備不足は否めない。そうした事情はよく分かるので、それ以上の文句は言わない。困った具合の息一つを吐くだけだ。

「さあ、乗って。出発するから」

「もしかして咲月の運転か」

「侍専用の車で私は侍、他に侍はいません。はい、どうでしょうか」

「仰る通りでございますな」

慎之介が軽く肩を竦めるのは、他人の運転する車というものが、どうにも苦手だからだ。仕事で同僚の運転する車に乗るが、ブレーキタイミングの違いや、加速加減や車間距離など、それら微妙な違いでヒヤヒヤするのである。

できれば自分で運転したいが、そうもいかない。諦《あきら》めて咲月が手招きする車に乗り込むと、エンジンが始動した。車が動きだすが、咲月はハンドルを手にしていない。

「おい、大丈夫か？」

「自動運転だもの、別に問題ないよ」

「それは分かってるがな……ちゃんと前を見た方が……」

「もうっ、まだ機械を信用してないのね。大丈夫よ、これは最新式なんだから」

不安がる慎之介に咲月は笑顔で答えた。

ＡＩによる自動運転は一般化しており、今や車の半数以上はそれで動いている。設楽《したら》家でも買い換えが主張されているが、慎之介は却下している状態だ。

不安がる慎之介を他所《よそ》に車は走りだす。

標識の法定速度通りで進み、滑らかに動いて車線合流もした。

咲月が運転席から身を寄せてくると、タブレットを差し出した。画面には人の姿が表示されているが、どうやら課員を紹介してくれるらしい。

「この人が副長の志野《しの》さんね、慎之介は覚えてる？」

「微《かす》かにだが、確か……五斗蒔《ごとまき》家の分家の人だったな」

「そうよ。だから相変わらず、ちょっと……うーん、かなり私を本家のお嬢様扱いしてるの。侍能力はある方だけど、でも指揮することが多いかな」

だが慎之介は車の方を気にしている。

「信号だぞ、大丈夫だろうな」

「大丈夫なんです。それでね、こっちが赤津《あかつ》ジャック君。お母さんが外国の人。けっこう突っ走るタイプ。危なっかしいところはあるけど、いざという時はアテになるかな」

「もっとスピードが出ないのか、まどろっこしい」

「ねえ、ちゃんと聞いてる？」

咲月は口をへの字にして、浅紫色の瞳《ひとみ》で睨《にら》んできた。

「聞いてるし見てる」

「もう、仕方ないんだから」

軽く言い合いする間にも赤備えパトカーは制限速度ぴったりで、名古屋城の東を移動。そこらは混雑するため、あまり進まない。あげく自動運転は過度に安全第一のため、行けそうな時でも進まないので余計に遅い。

周りから注目を集めているが、車の硝子はスモークフィルム加工となっているので中までは見られない。しかしそんなことより慎之介は辺りを見やった。見覚えのある場所だ。

「おっ、陽茉莉《ひまり》の学校の近くだな」

尾張藩立明倫堂《めいりんどう》高等学院が見えてきた。開校は天明三年と歴史があり、尾張藩の将来を担う優秀な人材を多数輩出してきた名門校だ。陽茉莉の将来のためには此処《ここ》しかないと、学費は高いが頑張って用意し通わせている。

通り過ぎるかと思えば、信号で左折し小道に入って学校の裏手を進みだした。幅狭な生活道路の左には学校の校舎、右にはマンションといった場所だ。

「どうして此処に？」

「うん、それはね――ほら、あそこ」

咲月は前方を指し示した。

道の先、グラウンドの防球ネットの傍らに制服姿の女子学生二人が立っている。どう見ても陽茉莉と静奈《しずな》だ。妹の姿は遠くからでも見分けられるし、もう一方の撫子《なでしこ》色した髪はよく目立つ。

「実は陽茉莉ちゃんから、一緒に行きたいって頼まれたの」

「おい、おいおいおい」

「そういうわけだから。車両、一時停止」

音声指示によって車が道の端に寄り停止、小癪《こしゃく》なことに自動でハザードランプも点灯している。

二人が駆けてくると、ボタン操作でドアが開いた。

さっそく陽茉莉が乗り込んでくる。

「お姉、ありがとー」

「ごめんね、ちょっと待たせたよね。うん、乗って。直ぐに出るから」

「はーいはい」

後ろから車が来ているため、陽茉莉は急いで座席の上を横に移動した。続いて静奈も乗り込んで来るのだが、鈍臭く頭をぶつけている。

「はぅっ」

「大丈夫？」

「へ、平気よ。これぐらい……平気、なんだから」

百歩譲って陽茉莉は分かるが、どうしてか静奈も一緒だ。

ちらりと後ろを見れば、静奈は頭を押さえ呻《うめ》いている。なぜ来たかと聞きたいが、尋ね方によっては酷《ひど》い言葉になる。言葉選びを考えていると、陽茉莉が後ろから身を乗り出してきた。

「あたしが話したら静奈も来たいって。いいでしょ」

「よ、よろしく……もしかして……私が居たら駄目……駄目……？　駄目って言ったら、絶対許さない……許さない。だから連れてきなさい……連れてって、下さい」

「大丈夫、お兄はそんなこと言わないし」

「そ、そうよね。私だけ仲間はずれ、そういうの……ないよね……ううっ、そういうの……」

後ろの席からそんな声が聞こえると、もはや慎之介は何も言えなくなる。しかも隣の席からは抑えた笑いが聞こえるが、じろりと睨むと軽く舌を出されてしまう。もうどうしようもない。

また自動運転で車が滑らかに走りだす。

「……御家老の許可は貰《もら》ってるよな？」

念押しするように慎之介は確認を取る。静奈の父親は尾張藩筆頭家老。しかも娘に友達ができただけで一時間は語れる親バカ、あげく娘のために権力を行使することを躊躇《ちゅうちょ》しない人物だ。

そんな娘を連れ回して大丈夫かという心配が強い。下手《へた》すれば捜索願いが出されたあげく、各所で検問が行われ捜索隊が派遣される懸念さえある。割と本気で。

「だ、大丈夫……お夕飯まで家出するって、父には伝えた」

「それは大丈夫じゃないと思うが」

「うい？　詳しいことは母には伝えてある。ネタ探しって言ってあるから大丈夫……たぶん」

静奈は母と共同で小説を執筆しており、そのために張り切っているらしい。

思わず慎之介が頭を抱えてしまうと、静奈の持つ学校指定の革鞄《かわかばん》から音が響いた。間違いなく着信音だ。ごそごそ取り出し確認している。

「むうっ、また父から……本当しつこい、とってもしつこい……着信拒否」

えいっと呟《つぶや》きが聞こえ音が途切れた。どうやら本当に着信拒否がなされたらしい。あまりにも気の毒な扱いである。

「それより、今日の訓練、特訓？　……是非見たい。戦闘シーンのネタ、欲しい。楽しみ」

ウキウキした声は、もう完全に行く気だ。

困って咲月を見ると仕方なさそうに肩を竦めている。

「うーん、広報の一環で見学を許可したけれど。御家族に言ってないのは良くないわね。けど仕方ないよ。私から本部に一報入れて、そこから御家老様に伝えてもらうわ」

「その方が良さそうだ」

止めても無駄なのは明らか。こうなると慎之介としては妥協しつつ対処を頼むしかない。

「見るのは構わない。でも、御家老にだけは後でもいいから、ちゃんと言ってくれないか」

「えっ？　嫌……かな」

「そんなことを言わずに」

「ふうん、どうしよう。何かお願い聞いてもらう……何にしよう」

静奈はどこか嬉《うれ》しそうな口調だ。

お願いは保留にされ、陽茉莉が中心となって会話が始まった。主に授業のことや学校の些細《ささい》なことなどを話しているが、途中で静奈にも話題を振って楽しくやっている。

——仲良きことは良きかね……。

慎之介は心の中でこっそり溜《た》め息《いき》を吐《つ》いた。


高速道路で木曽川《きそがわ》、長良川《ながらがわ》、揖斐川《いびがわ》を越えて養老へ、そこから東海環状自動車道に乗り換え尾張藩領の大野神戸《おおのごうど》へと移動。そこから揖斐川の上流に向かって進んでいく。

「ここが目的の場所なのか？」

道路の直《す》ぐ横に急斜面が迫りトンネルが幾つもあって、数軒程度の集落が点々と存在している。風光明媚《ふうこうめいび》なだけにツーリング中のバイク集団とも擦れ違う。

「もう少し行くと、閉鎖された道の駅があるの」

十二年前に尾張を襲った大幻獣災で被災して閉鎖されたが、地元地区には撤去する財力がなく放置された状態だ。不審者が住み着いたり、不法投棄がされたり問題となって、最近では不審火による小火《ぼや》も起きていた。

「それで管理に困った自治体の要請で尾張藩が引き取って、特務課の訓練施設になったの」

「訓練施設って、そんなところでか？」

「残った建物でも、そういう状況での訓練に使えるもの。あ、でも今日は広い場所でやるから使わないよ。でも周りを気にせず動けるから安心して」

咲月は楽しそうに言った。

ダム湖を横に見つつ、山沿いの曲がりくねった道を行く。途中には猿の群れが居て、車が近づくと大急ぎで路肩に避難し、そこから警戒しながら見つめてくる。都会では見られない光景だ。陽茉莉と静奈は大喜びで、咲月もちょっとだけ目を奪われていた。

「他の侍、さっきの説明のあった部下の人たちが来るんだよな？」

「うん、もう来て自主訓練してるはずよ」

「だったら、ここらで一度降りるか」

「どうして？」

「一緒に行くと関係を疑われるだろ」

「それもそうよね、うん。だったら、これ今ここで渡しておくわ」

咲月は身を捻《ひね》って後部座席の足元に置いてあった紙袋を引っ張り出した。中から取り出すのは、真っ黒な緩い半円形の物体だ。

「展開」

咲月が呟くと、半円の物体がスライドしフルフェイスのヘルメットになる。全てが真っ黒だが顔にあたる部分は艶《つや》があり、顎《あご》回りから後頭部にかけては金属質。左右に短いブレードアンテナが二本ずつ伸びている。

「これは……」

慎之介はヘルメットを手に取り、前から横から上から下から眺め見た。

「もしかしてこれ！　大幻獣災で活躍した尾張の剣聖と同じなんじゃ？」

尾張の剣聖とは、十数年前に自らの命と引き換えに尾張藩を幻獣から救った侍の英雄だ。慎之介も実際に、このヘルメット姿を間近で見ている。

「うん、四課の倉庫に放置されてた遺品なの。正確に言えば、予備だったみたいだから使ったかどうかまでは分からないわ。でも顔を隠すのには丁度良いでしょ？」

「凄《すご》いな。こんな貴重な物……使っていいのか？」

「構わないわよ、だって使わない方が勿体《もったい》ないもの。それでここを押して、収納」

もう一度咲月が呟くと、ヘルメットは半円形に戻る。

「嬉しいな。いや待てよ……この格好でそのヘルメット姿か」

慎之介は仕事帰りの背広姿だ。それで真っ黒なフルフェイスは、全く怪しい。

「分かってます、もう一つあるんだから」

言って咲月はヘルメットを慎之介に手渡し、また身を捻って後ろに手をやる。今度は取るのに苦労して頑張るので、身体《からだ》が必要以上に慎之介の方へ寄ってくる。陽茉莉に手伝ってもらって、紙袋から黒い塊が引っ張り出された。どうやら布系らしいが、手触りは滑らかだ。

「はい、これ。こっちは試作用のもの」

「これは？」

「広げるとコートになるの。コストが高すぎで採用は見送られたけど、性能は凄いんだから」

良いことをしたといった感じで笑い、咲月はパネルを操作し車を止めた。

そして慎之介はヘルメットとコートを抱えたまま降ろされた。ドアが自動で閉まり発進する。その走行音が遠ざかると、辺りは静寂に包まれ鳥の鳴き声や風の音ばかりが耳をつく。

「ふふっ、展開」

慎之介は笑ってヘルメットをかぶった。気分はすっかり英雄、尾張の侍だ。黒い布の塊は確かに一振りすると、コートになった。それを羽織って具合を確認し、侍らしい速度で駆けだした。

◆◆◆

山間の景色は青々として、日射《ひざ》しを浴びた緑の枝葉は賑《にぎ》やかなほど眩《まぶ》しい。

立ち並ぶ木々の下をヘルメットにコート姿の慎之介が駆けていく。足元は葛《くず》がはびこり丈の長い草もある斜面で、名も知らぬ小虫が飛び回って、何かの小動物が慌てて逃げていく。

ヘルメットからの視界は良好だった。

外からは真っ黒でも中からは問題なく見えており、しかもモニター状態になっているため様々な情報が表示されている。ただアナログ派な慎之介にとっては細々した情報はむしろ邪魔なだけで、時刻や気温の表示ぐらいしか興味がない。

コートは重さを感じないほど軽い。それでいて頑丈なので藪《やぶ》を突っ切っても平気であるし、激しく動いてもばさばさ音をさせないのでありがたかった。

「これ、案外と普段着でも良さそうだな」

木々の間を透かして見える広場に、何台かの車両が見えた。途中まで乗ってきた赤備えパトカーも見える。整列する十人ほどの侍たちや、そこから離れて立つ陽茉莉と静奈の姿も確認できた。

「はてさて……」

慎之介は足を止め、身を潜めて木々の間から様子を窺《うかが》う。

明るい日射しの中に立つ皆の姿はこちらからはよく見えたが、向こうからは慎之介の場所は木陰になる。しかも黒系の装備のため気付かれない。

見ていると咲月が皆の前に出た。

白い髪は日射しを浴び、輝いて見える。昔はそれを単に綺麗《きれい》なものとだけ感じていたが、今はそこに公家の血筋という一種の近寄りがたさを感じてしまう。

大学を卒業したばかりという若さながら、部下たちの前に立つ姿は堂々として、特務四課の課長という貫禄《かんろく》があった。やはり公家の血筋や、それに応じた育ちのせいかもしれない。

「――の目的は一つ、市民を救うこと。幻獣を倒すことは手段で目的ではありません。でも幻獣を倒せないと何もかも駄目になる。なので今日は戦うための訓練をします。各自励んで下さい」

そんな咲月の声を耳にしつつ、慎之介は困った。完全に出るタイミングを逸している。到着した勢いのまま出れば良かったが、訓示めいた話をしている最中では出るに出られなかった。

陽茉莉や静奈が辺りをキョロキョロしているのは、慎之介を探してのことだろう。だが慎之介本人は、出るタイミングを迷っている。

「咲月様の仰《おつしや》る通りです！」

身を乗り出さんばかりにしているのが、志野織莉子《おりこ》だ。来る途中で話があったように、咲月を本家のお嬢様扱いしている。それどころか、何か崇拝しているような気配もあった。

「うぃーっす、ちょっくら頑張るか」

拳《こぶし》を握り気合いを入れた男が赤津ジャックだ。事前に画像を見た時にも思ったが、陽気で軽薄そうな雰囲気がある。何となくお調子者に感じられ、あまり良い印象ではない。

「でぇ？　そっちの可愛《かわい》い子らは何です？」

赤津の言いぶりに慎之介は片眉《まゆ》を上げた。

「侍の力を知りたいというから見学。広報活動の一環ね」

「そうですか。五斗蒔課長の知り合いだけあって可愛いっすなぁ！」

「私の大事な知り合いよ。ふざけると本気で怒るから」

「へいへーい。でもま、お嬢ちゃんらが俺に惚《ほ》れちゃうのは仕方ないっしょ」

赤津は見るからにお調子者なポーズをとっている。陽茉莉や静奈、もちろん咲月にも効果はなかった。呆《あき》れた視線を向けられているだけだ。

しかし慎之介に対しては十分な挑発効果があった。ザクザクと下草を割って歩み出た。

「あっ、慎之――」

気付いた咲月が名前を言いかけ、ヘルメット姿を見て正体を隠していることを思い出したらしく慌てて黙り込む。

「シンノ？　咲月様、この方が話にあった協力者ですか⁉」

「えっと……ええそうよ、シンノ。シンノよ」

「この姿、もしかして！　間違いないです。尾張の剣聖⁉　まさか生きていらっしゃった⁉」

「そ、それは違うの。つまりこれは、ええっと……シンノの趣味のコスプレよ！」

焦った咲月が無茶苦茶なことを言っているが、慎之介は聞いてはいない。大股《おおまた》に歩いて進んで立ち止まった場所は陽茉莉と静奈の前だが、しかし赤津の視線を遮る場所でもあった。

咲月は喜んだ様子で慎之介に近づいた。

「もうっ、遅いから道に迷ってるのかって思ったわよ」

「久しぶりの山歩きを楽しんだ、それだけだ」

「そうなの、それなら紹介するけど――」

「そういうのはいい」

紹介しようとする咲月の前で手を振り言葉を遮る。アドバイザーという立場であるし、下手に喋《しゃべ》って交流を持てば、どこかで正体がばれる危険性もあった。理解した咲月は何度か頷《うなず》いた。

しかし志野はそうはいかない。

「ちょっと、貴方《あなた》！　咲月様に無礼じゃありません？」

「志野さん、いいの。シンノは私にとっての特別、それに無理を言って来てもらってるの」

それは慎之介が幼馴染《おさななじ》みで、有給休暇を取得してきたことを意味しての発言だが、志野や侍たちはそこまで分からない。不満を溜め込んだ顔で黙り込んだ。

「訓練だけど、いいわよね。じゃあ誰に――」

咲月の言葉を、しかし慎之介は再度遮った。

「別に全員で構わない」

「えっ、本当？　全員でいいの？」

一通り全員と剣を交えた方が、自分の実力も相手の実力も推し量れて丁度良い。それは当然であるのに、なぜか咲月が念押ししてくる。慎之介は頷いた。

「その方がいいだろ」

「じゃあ、全員でかかるね」

「ああ構わない――――ん？」

慎之介は順番に全員と行うつもりだったが、咲月は一度に全員のつもりだった。目を剥《む》くが生憎《あいにく》とフルフェイスのヘルメットだ。その表情は誰にも分からない。一方で侍たちの表情はよく見える。非常によろしくない。

「うあーっ、ほっ、本当に全員で？　危なくない？」

流石《さすが》は妹、全員で追い回せばいいなどと言っていたが本心は違うらしい。だが隣の静奈がずいっと前に出て、公家らしい堂々とした態度で胸の下で腕を組んだ。

「はっ、危ない？　構わないって言ったの。だから大丈夫。余裕……全員相手でも余裕なのよ」

「んー、そらそうか。じゃあ、がんばー」

「応援する。が、頑張れ……頑張りなさい、頑張って下さい」

陽茉莉と静奈は悪意の欠片《かけら》もなく慎之介を追い詰めてきた。唯一止められそうな存在である咲月までもが頷いている。

「そうね、シンノなら大丈夫だものね。うん、良かった。やっぱり来てもらって正解だったわ」

もはや侍たちの敵意は高まりに高まっており、どうにもなりそうにない。

だが慎之介に全く自信がないかと言えば、実はそうでもなかった。何となくの肌感覚ではあったが、やれそうな気もしている。

「致し方ない、やるか」

慎之介が向き直って抜刀すると、志野や赤津たちは目を見開いて後退《あとずさ》った。戸惑っていると横からコツンとされた。呆れ顔をした咲月が竹刀《しない》を差し出している。

「慎――シンノ、それ違うから。こっち」

「竹刀？」

「そうよ、真剣なんて使いません。これは訓練なんだから」

「確かにそうだが、だからって竹刀……？　せめて木刀では？」

「木刀だって危ないよ」

「………………」

慎之介の脳裏に師匠との稽古《けいこ》が蘇《よみがえ》る。

師匠からは木刀でもってビシバシ全身を打たれ、打擲の絶えない日はなかったぐらいだ。時には真剣で追い回され、必死に避《よ》けまくっていた。どうやら、それは普通ではなかったらしい。

胸中にちょっぴり恨めしい気持ちが込み上げてきた。

「じゃあ、よろしくね」

咲月の合図で訓練が始まる。

慎之介は受け取った竹刀の先に侍たちを見た。真剣な顔もあれば、侮り呆れた顔もある。その中から不機嫌そうな顔をした赤津が前に出てくる。

「このコスプレには魂を感じない！　コスプレってのはね、姿を真似《まね》れば良いんじゃない。魂を真似ないと駄目なんです！　いくら咲月様が呼んだ相手だろうと、そこは譲れませんよ」

どうやらコスプレには一家言あるらしい。赤津はいきなり打ちかかってきた。

斜めから肩を狙ってきたが、慎之介は一歩引いて躱《かわ》した。体勢を直す間もなく赤津の竹刀が胴を狙い腹に来る。それに竹刀を合わせて弾《はじ》く。どうやら相手に遠慮はないらしい。

慎之介は次の攻撃も軽く払って防いだ。

考えるよりも身体が動くと言うべきか、次々放たれる攻撃を弾いて躱す。かつて師匠から叩《たた》き込《こ》まれた防御の技は普通ではないらしく、赤津の動きがよく見えて反応もできた。

「ちょこまか！　動いてんじゃ！　ねぇっての！」

声をあげた赤津が激しく振り下ろしてきた。

力のこもった一撃は、唸《うな》りを響かせる勢いだったが、慎之介は軽く払って軌道を逸《そ》らした。そのまま手元で竹刀を旋回させ、その先端で赤津の首元を狙い、先端が肌に触れる寸前で止めた。

――侍って、こんなものなのか？

慎之介は眉を寄せた。思った以上に相手の動きが鈍く悪い。

プロモーション映像で侍の強さを誤解していたが。もう一つ、師匠との稽古もあって、侍をもっと強いと思い込んでいた。そして、その師匠の動きと比べ、赤津は動きが鈍く無駄が多い。しかも冷や汗を流す赤津の顔を見れば、本気でやっているのだと分かる。

これらを経て、慎之介はようやく自分と相手の力量差というものに気付きだしていた。

「退《ど》いて！」

鋭い声と共に、横から志野が迫ってくる。思った以上に素早かった。

その勢いのまま下から払い上げる一撃は鋭いが、慎之介は自分の竹刀で払った。即座に振り回された攻撃も、横から弾くようにして防いだ。さらに隙を狙う赤津の竹刀も回避する。

「こいつ瑛守流《えいしゅ》を使うぞ」

「豪《ごう》流の奴《やつ》は不利だ気を付けろ！　敏《びん》流の奴は前にでろ！」

慎之介は、この時初めて自分が瑛守流だと知った。一応知識として流派のことは知っており、豪流は敏流に、敏流は瑛守流に、瑛守流は豪流に有利と耳にはしている。

声をあげ殺到してくる特務課の侍たちの竹刀に、ヒヤリとした感情を持った時、慎之介は自分の中で何かがカチリと嵌《は》まった気がした。それが何かは不明だ。しかし、士魂が漲《みなぎ》り身体《からだ》全体に力が行き渡る。途端に、あちこちから襲ってくる竹刀の動きが、全てがゆっくりに見える。

士魂の力により感覚と反応速度が向上したのだ。もちろん同時に、身体能力も高まっていた。

そして何より、慎之介の心は鎮まっていた。

真正面からの赤津の攻撃を弾き、代わりに腹にカウンターを決める。横から払われた志野の竹刀を飛び退《の》いて回避すると、流れた体勢の肩を打つ。別の者の一撃に竹刀を合わせ、絡めるようにして弾き飛ばす。その他の者が次々と放つ攻撃も全て防いで反撃を決めていく。

気付くと、攻撃してきた全員に一撃を与えていた。それぞれが口を半開きにしたまま凝視してくる。それだけ慎之介の動きは鋭く素早かったのだ。

——防御は得意なんだよ。

心の中で呟《つぶや》き、ヘルメットの下で笑みをみせる。

防いで躱して避けて、それでできた相手の隙に攻撃をする。

それはかつて慎之介が、師匠にぼこぼこにされながら身に付けた戦い方だ。激しい稽古に恨みこそないが、お陰で自分は弱く才能がないと一方的に思い込んでいたし、痛い思いをした割には十年以上も使うことがなかった。いま、ようやくそれが役立っている。ちょっと嬉《うれ》しくなる。

「私も負けてられないよね、うん。皆、退いて」

咲月が出てくると竹刀を構えた。特務課の侍たちは顔を見合わせ、おずおずと数歩下がった。それは志野や赤津も同じだ。

「いくよ」

呼びかけるように言うと、咲月は真剣さを宿す挑むような顔になった。しかしそれは迫力よりも目を引くような華やかさがあった。

軽い足取りで数歩前に、竹刀の先を下に向け突っ込んでくる。慎之介も合わせて前に出て、下から来る竹刀に竹刀をぶつけ擦れ違う。今の自分の速度に咲月が応じていることが嬉しいぐらいだ。

咲月が跳躍し空中で身を捻《ひね》り竹刀を振り下ろしてきた。

応じて受けた慎之介は、直後に着地した咲月の足元を狙う。それが跳ねるように回避されたかと思うと、次の瞬間に鋭く反撃される。二人は加速しながら縦横無尽に竹刀を操りぶつけあい、互いに楽しそうに動いて——しかし二人同時に竹刀が弾けて壊れた。

「引き分けか」

「ううん。私の、負け」

息も切らしていない慎之介の前で咲月は息も絶え絶え言った。

「いやいや引き分けだろう」

「有利な敏流でこんなだもの、私の負けだもん」

「何で、負けを認めたがるんだ」

「そっちも、どうして引き分けにしたいの」

言い合う二人に周りの侍たちは静まり返ったままだった。代わりに賑《にぎ》やかなのは陽茉莉で嬉しそうに腕を上下に振りやって来る。

「今の凄《すご》い！　バッチリ撮影したよ！　再生数、百億万回行きそうな勢い！」

「そんな数字ありません。変なこと言わないの」

「むむむ。でも、それぐらい凄かったの。感動した、お姉も凄い！」

「ありがと。でも、動画配信は駄目よ。侍の規約に引っかかるもの」

「えーっ、そんなぁ。でも、いいもん。一人で楽しむもん」

「だったら後で私にも見せてね」

陽茉莉と咲月が気心知れた様子を慎之介は、半ば呆れ半ば嬉しく思いながら見ている。だが、コートの袖《そで》が引かれた。静奈が側《そば》に来て黄金色の瞳《ひとみ》で見上げてくる。

「え、と……今の動き……その……うん、凄かった。良いって思う。だから褒めてあげる……ご、ごめん……偉そうだった、かな？」

「いや、ありがとう。嬉しいよ」

「っ！　……ふ、ふん。そう、嬉しいの、嬉しいのね。う、嬉しい」

静奈は喜んでいるのか威張っているのか、さっぱり分からない反応だ。

やれやれと慎之介が頭を振ったとき、辺りに激しい鳥の鳴き声が響いた。視線を向けた先で一斉に飛び立つ鳥の群れの姿がある。

「なんだ？」

慎之介が声をあげるのと同時に、その山の間から滲《にじ》み出《で》るように白いものが次々と現れていた。

◆　◆　◆

「五斗蒔咲月です、局所的大量発生の幻獣を発見――目視だけでも百以上を確認、さらに増加すると思われます――座標は先程送信しました――四課、迎撃に入ります」

咲月は緊迫した口調の報告を終えた。

幻獣発見時は即座に尾張藩に報告、その了解を得た上で動く手順がある。了解がなければ、活動に伴う物品損傷や負傷死亡時の補償もされず、危険手当の付与もされないというわけだ。

山から湧き出した幻獣がやって来る。木々は揺さぶられ枝葉が散り、草や藪《やぶ》は踏み荒らされ、緑や深緑の地を白の流れが蹂躙《じゅうりん》していく。

「軽幻獣はコタマばかりのようです、まだマシと言うべきでしょうか……」

双眼鏡を構えた志野が目を凝らし呟いた。幻獣の数は凄いが人型のコタマだ。イヌカミやテッソといった獣型と比べれば移動速度は遅いため、時間的余裕があると言いたいのだろう。

「咲月様、本部からはどのように？」

「近隣住民の避難を手伝い、幻獣を迎撃せよ。いつもの定型指示ね」

「畏《かしこ》まりました。この付近の防衛拠点ですと洞堂谷振興事務所があります。小規模ですが拠点要塞《ようさい》になっておりますので、十分戦えるはずです」

「そうね、私たちだけでは厳しいもの」

咲月と志野の会話を聞きつつ、四課の者たちは戦闘態勢と移動準備を進めていた。もちろん慎之介も陽茉莉と静奈の安全を最優先として車に押し込んでいた。

「うひーっ、お兄がいるけど。やっぱ危ないかなぁ」

「だ、大丈夫……お兄さん、とっても強い……もの。だから、安心」

「んー、そらそうだね。あたしもそれは思う」

後部座席に座らせた二人にシートベルトをするよう促しドアを閉めた。パニックにならず落ち着いてくれていることは嬉しいが、それにしても肝が太すぎだと思う。慎之介が辺りを見回していると、突如として山間部にサイレンが鳴り響く。

サイレンは危機感をかき立てる響きで三回鳴り、続けて放送が始まった。

『こちらは、尾張藩です。付近に、幻獣が、出現、しました。近隣住民、の方は、直ちに、安全な場所へ、避難、してください』

屋外放送特有の区切りで自動音声が流れる。そしてまたサイレンが鳴り、同じ内容の放送を繰り返す。元が道の駅だった場所なので、間近に放送設備がある。かなり五月蠅《うるさ》い。

「移動するよ、乗って」

駆け足で来た咲月が助手席を指差した。向こうで志野が不満そうな顔をしているが、きっと咲月を心配して一緒が良かったのだろう。ただ部下に促され、渋々と別の車に乗り込んだ。

「ほら、シンノ……うん、もういいよね。慎之介、早く早く」

周りに誰も居ないため咲月は言い直し急《せ》かした。

「ちょっと待て、僕が運転する」

「だから、これは私じゃないと――」

「急いで陽茉莉や静奈を避難所に連れていきたい。それが最優先だ。自動運転でのんびり移動してる場合じゃないだろ。ほら、分かったら助手席に行ってくれ」

慎之介は言って運転席に乗り込み――マニュアルモードへの切り替えを咲月にやってもらい――アクセルを思いきり踏み込んだ。タイヤが音をあげ、赤備えパトカーは急発進した。迫っていた幻獣が見る間に遠ざかっていく。

自動運転では活《い》かせない車本来の性能が発揮され、後部座席からは悲鳴があがるものの、慎之介は構わず車を走らせる。先に出発した他の侍たちの車を一気に追い越し突き進む。

後ろの陽茉莉が文句を言って怒っているが、慎之介は気にもしない。

「避難所は防衛拠点でいいよな？」

「慎之介、ちゃんと前見て！　それにスピードの出しすぎよ」

「分かってる。それよりどうなんだ？」

「もうっ！　そうよ。平成の大合併で町に編入された旧村役場、それを改造したところ。要塞化されて指定避難所にもなってるわ。そこで大丈夫よ――危ないよ！」

「大丈夫だ、見てる」

先行する特務四課の車両に追いつき、抜き去り、引き離す。

「ほらな、自動運転なんかだとあの程度だ」

緊急時の避難施設は民間公共を問わず各地に存在する。しかし、こうした山間部で侍の到着が遅れる場所には戦闘用設備も兼ねた公共の避難所が配置されている。

慎之介は片手でヘルメットを外し、軽い唸りと共に眉《まゆ》を寄せた。

「合流はいいが……」

「いいから、運転に集中して。でも、何？　どうしたの？」

「いや、なんでもない」

余計なことで不安にさせたくないので慎之介は黙った。

思ったのは、幻獣対策の実態についてだ。幻獣との戦いは侍が行い、支援や補助を与力や同心や警官が行う。しかし人員が限られるため、一般事務職の藩士が駆り出されるのが現状だ。

その一般事務職も幻獣対策訓練は行っているが、それは年に一回程度。

慎之介たち尾張藩庁舎であれば、整列して点呼を行う集合訓練が行われる。そして業務が忙しすぎるため、殆《ほとん》どの者は直《す》ぐ仕事に戻っていく。若手の一部が銃器類の保管場所を確認し、マニュアルを見ながら機器の取り扱い方法を練習する程度だ。

ここは山間部なので危機感を持ち、念入りに対策や訓練を行っているかもしれないが、もしかしたら都心部と同じかもしれない。藩士として実態を知る慎之介には、不安しかなかった。

「大丈夫かね……」

慎之介は車内の悲鳴を気にせず運転し、山道を最速で駆け抜けた。

時刻は午後の三時を過ぎた頃合い。

空は青く明るいが、山と山に挟まれた地域は少し気温が下がってきていた。

防衛拠点の洞堂谷振興事務所は、直ぐ間近に迫る山の斜面の途中の僅《わず》かな平場にあった。古びた家々が疎《まば》らに存在する集落だ。周りは山陰のため薄暗く見えるが、谷を挟んだ真向かいの山の上半分が日射《ひざ》しを浴びて明るい。

明と暗を分けるような光の強弱がある景色だった。

そして——集落に人の姿はなく、犬小屋があっても犬はおらず、猫の一匹すらいない。

「駄目です、もぬけの殻です」

辺りを確認し戻った志野の顔は険しい。唇を噛《か》みしめ怒りを堪《こら》えた様子だ。

「周辺住居だけでなく、事務所にも誰も居ません」

「そうなの、そうすると確定ね。皆は避難したのね——藩士も含めて」

振興事務所の地下にあるシェルターに住民は避難したようだが、幻獣と応戦することになっている藩士たちも一緒に避難したらしい。

「これは敵前逃亡ですよ、サボタージュです！　必ず厳罰を下してやります！」

「落ち着いて。それをするのは私たちではないわよ。私たちがすべきは幻獣と戦うこと」

「ですけど咲月様を危険に晒《さら》すだなんて！　絶対に許せません！」

「怒るのはいいけれど、まずは生き延びる方が先かな」

咲月の言葉に志野を含め、特務四課の皆は不安な顔をした。

そこに陽茉莉と静奈を伴った慎之介がやって来る。二人を避難所に連れていったはずだが二人と一緒だ。不機嫌そうな歩き方を見れば、理由は概《おおむ》ね察せられる。

「避難所には入れない。内部からロックされて、緊急時のインターホンにも応答しない」

「そう、せめて二人だけでも避難させたかったのに。困ったものね」

「予想の斜め上を行かれたな。戦力にならない可能性は考えていたが、それすらないのだから」

「どうしてこんなことするのかな」

「どうして？　いや簡単なことだろ。誰も来なくて監視もない。命懸けで戦うよりは、隠れてやり過ごした方が安全だろ」

慎之介の説明に、しかし咲月は小首を傾《かし》げている。

どうやら侍として気高くあるため、小市民的な感覚が分からないらしい。

幻獣は銃火器で戦ったところで効果は薄く、しかし命懸け。されど守るべき住民は避難シェルターが充実して安全が確保出来ている。それであれば、侍が到着するまで持ちこたえられなかったことにして、最初から避難した方が賢い。それが普通の感覚だろう。

「集落全体が親類縁者なら、口裏合わせは簡単だ。残弾数の辻褄《つじつま》合わせや書類の修正など、小細工はいるだろう。だが、そんなの分かりゃしない」

慎之介であるシンノの言葉に、志野は納得が行かない様子だ。

「そんなこと許されませんよ」

「許す許さないでなく、現実にそうなってるわけだ」

「うーっ！　絶対に許しません。服務規程違反に敵前逃亡、コンプライアンス違反！　何より咲月様を危険な目に遭わせたこと。絶対に糾弾して処罰してやります！」

どうやら志野は規則に煩く咲月が大事らしく、手を握り悔しがった。

しかし咲月は困った様子で肩を竦《すく》めた。

「処罰も生き残れたらの話よね。ところで、赤津君。それ動きそう？」

「遮断機ですか？　駄目っす！　全く動きそうにありません」

鋼鉄製の柱が横に伸び道路を塞《ふさ》いでいる。

その遮断機の本来の役目は、幻獣出現区域に誤って通行者が入り込まぬよう道路利用を制限するためのものだ。しかし今はそれが災いして、この集落から車で出ることができなかった。

「もしかすると、逃げられないようにするための遮断機かもしれんな」

慎之介の言葉に、志野や赤津に他の侍たちもギョッとした。

「目撃者は消せということ……？」

「どうだかな。何にせよ連中はシェルターの中だ。どうにもならんことで騒いでも仕方ない。それより、来たぞ」

慎之介は遮断機と反対側の道路の先を指差した。

白い人影がゆらゆらと身体《からだ》を揺らしやって来ていた。その後ろには少し距離を置いて、まだまだコタマが続いている。どうやら幻獣も通りやすい場所を選んで移動するらしい。

動揺の声があがるなか、慎之介は陽茉莉と静奈を見やった。それから咲月を見るが、ヘルメットのモニター越しでも眼差しの意味を理解してくれる。

「ん、分かってる。任せて」

「頼む。こちらは勝手にやらせてもらう」

「いってらっしゃい」

やや硬い微笑《ほほえ》みをみせた咲月に頷《うなず》き、慎之介は踵《きびす》を返した。手を振る陽茉莉や静奈に軽く手を上げて走りだす。この三人もだが特務四課の皆も守る必要がある。

「ここは退けない。命の懸けどきってやつか？」

走りながら軽く身を屈《かが》め、腰に帯びた愛刀越後守来金道《えちごのかみらいきんみち》の鞘《さや》に手をかける。抜刀と同時に先頭を来るコタマに斬りつけ一撃で両断。士魂を纏《まと》わせた来金道の斬れ味は抜群だ。

士魂を使い慣れてきたお陰か、以前よりもスムーズに行えるようになっている。

「そいっ！」

倒れるコタマの背後から跳躍し飛びかかってきたコタマへと、カウンターを入れるように来金道を振るい、これも軽々と斬り裂いて真っ二つにする。

次に襲ってきたコタマを避《よ》けながら斬りつけ、別方向に蹴《け》りを放って転倒させ足で踏み砕いて仕留める。防御は得意だ。押し寄せるコタマの波の中で右に左に動き、相手を散らすようにして回避と同時に来金道を振るう。

だが数が多い。

僅かに飛び退《の》いて距離をとり、迫るコタマたちに手を広げて突きつける。使うのは念動力で、数体をまとめて掴《つか》んで持ち上げると、それを振り回して投げつけ、コタマの群れを掻《か》き乱す。

——とりあえず、まとめて後ろに行かせない。

自分の実力を完全には理解できてない慎之介だが、少なくとも訓練を通し特務四課の強さは理解している。だから、これだけのコタマの群れが迫れば皆が防ぎきれるとは思えなかった。

陽茉莉と咲月と静奈を守るには、ここでコタマを少しでも減らすべきだ。

ありとあらゆる方向から攻撃されるが、受け、逸《そ》らし、弾《はじ》き、避け、その全てを回避し——慎之介は師匠から受けた訓練の勘を少しずつ取り戻していく。

「うん、いけるな。師匠の訓練に比べればマシだ」

戦いながら過去を重ね思い出す。

何も知らない子供時代、頑張れば侍になれると信じ師匠のもとに通い続けた。稽古場《けいこば》に入った瞬間に横から斬りかかられ、一礼をしたところで不意をつかれ、手招きされ近づくと襲われた。それを稽古《けいこ》と信じて頑張った。今思えば相当に酷《ひど》い。だが、そのお陰で今こうしていられる。

「確かに回避だけなら免許皆伝は、嘘じゃなさそうだ」

慎之介は目まぐるしく身体の位置を変え、右に左にと来金道を振り、少しも止まらず動き回る。それに合わせコタマがばたばたと音をたて倒れていく。

押し寄せる白い波の中で慎之介は、ひたすら剣を振るい続けた。

「なんなんですか、あの人は……」

志野が擦《かす》れた声で呟《つぶや》いている。正直なところ咲月も同じ気持ちだった。自分の知らない慎之介の姿を見て凄《すご》いと思う。胸が熱くなってドキドキする。

コタマという幻獣が持つ恐ろしさは集団で動く習性にある。一体ずつは弱いが群れとして動き、四方八方から襲い掛かり相手の動きを封じてバラバラに引き裂くのだ。

「そうね。来てもらって、ほーんとうに良かった」

「ですが咲月様。あの戦いぶり！　本当は尾張の剣聖なんですね！　そうなのですね！」

「うーん、それは違うんだけど」

どれだけ手練《てだ》れの侍であっても集団となったコタマは警戒し近寄らず、ましてその中に飛び込むということはしない。それなのに慎之介は飛び込み、その中を動き回って無事でいる。そんなことができるとすれば、やっぱり剣聖としか言い表せないだろう。

「確かにそう見えるわよね……」

咲月は感心しながら呟いた。ふと脳裏を過《よぎ》るのは、慎之介が偶《たま》に口にする師匠という存在だ。あれだけの動きができる慎之介が散々な目に遭わされたという師匠はどれほどなのか。

「では咲月様、あの方は本当に何者なんですか」

気付けば志野が知りたそうに詰め寄ってきている。

「絶対に誰にも言いませんから、教えて下さい」

「え？　えーっと、言えないけど。でも、私の一番頼りになる人かな」

その言葉に志野がぎょっとするが、咲月は気を引き締め自分のすべきことを改めて自覚する。

「全員、注目。迎撃態勢を取ります」

手を叩《たた》いて皆の視線を集め、咲月は次の指示を出す。

「幻獣対策マニュアル、コタマ対策編にのっとり動線の制限を実施。防壁はないけれど、車を使えば簡単にできるはず。志野さん、指示をお願い。それから赤津君は使えそうな資材を――」

咲月は志野の返事を待たず他の隊員にも矢継ぎ早に指示を出す。折角慎之介が時間を稼いでくれているのだから、これを活《い》かさない手はない。

ふと見ると陽茉莉が手を庇《ひさし》にして、慎之介の方を見ている。

「うああ、大丈夫かな。ほんと大丈夫かな」

そんな声に咲月は黙った。陽茉莉は幻獣を引きつける体質のため、間違いなく狙われる。それを阻止すべく慎之介が戦っており、そしてその慎之介のためにも陽茉莉を、そして静奈を守るのが自分の役目というものだ。

「陽茉莉ちゃんと静奈さん、恐《こわ》いかもしれないけど、目の届く範囲に居てね。それから、こっちの建物の前に居てくれると守りやすいから」

「任せて！　ちゃんと大人しくする」

「ごめんね。ちゃーんと守るから我慢してね」

「平気平気。いやー、こういうのも結構慣れたし。あはは、嫌な慣れだけどさ」

陽茉莉は笑っており、その隣も青い顔で頷いた。

「だ、大丈夫……私だって慣れたから、平気。それに――」

静奈は道の向こうを、コタマの群れの中を縦横無尽に動く姿を見つめた。

「守ってくれる人が……いる。だから恐くない」

「だよねー。お兄頑張ってるし、あたしだって頑張んないと。いま頑張んのは、皆に迷惑かけないってこと。それ分かってるもん」

そんなことを言う二人に咲月は微笑み、これなら大丈夫だと頷いた。特務四課の皆に指示を出し幻獣対策に集中することにした。

第六話　はては予想の外を斬る

山が近すぎて、壁に囲まれ空が蓋《ふた》をするような場所だ。

道路は谷間の平地を縫うようにして続き、先は緩いカーブで山向こうに姿を消している。そこから白い流れとなったコタマが押し寄せ、疎《まば》らに並ぶ住居を削るように突き進み、犬小屋を蹴散《けち》らし、標識や電柱をわさわさと揺らしていた。

慎之介《しんのすけ》がコタマと戦っているのは信号のある交差点だ。

咲月《さつき》たち特務四課は、交差点から続く橋の手前で待機している。下手《へた》な手出しはむしろ邪魔になるからで、何もせず目の前の戦いを見ているしかない。

「ほんっと、凄いわね」

少しずつだがコタマが橋に近づきだしている。しかし咲月が見たところ、それは慎之介が故意に通していた。倒せる程度を通してくれているらしい。本当に気が利いている、どこまでも。

「抜刀、迎撃態勢に入って」

指示に気合いに満ちた応諾が帰ってくる。

特務四課の皆は目の前で繰り広げられる戦いぶりに高揚しているようだ。

「みんな、深呼吸をして。私からの注意はそれだけ。日頃の訓練通りに行動すれば大丈夫。それが一番大事だから」

部下に注意した咲月だが、その言葉は半ば自身にも向けていた。慎之介の戦いぶりに、背筋がぞくぞくする高揚を感じており、今にも飛びだし肩を並べ戦いたい気分になっていた。

——落ち着かないと駄目。

咲月は特務四課の課長だ。そして課長は部下をマネジメントして、管理指導しながら課全体をまとめねばならない立場となる。だから先頭に立って突っ込むことは許されない。

深呼吸してコタマをしっかりと見据える。

表面が真っ白でのっぺりした質感で、長い腕を振り上体を揺らした動きだ。単体であれば問題ないが、物量で圧《お》してくる相手のため、常に周囲へ気を配り囲まれないようにする必要があった。

全体を見計らう咲月は、迫るコタマの姿に頷いた。

「志野《しの》さん、二人連れて対応を。残りは待機」

じりじりして待っていた志野が部下の名を呼び前に出ると、呼ばれた二人が咲月の脇を走り抜け続いた。コタマは橋の半ばまで来ている。欄干の側《そば》から近づいた相手に反応した。

一人が刀を上段に構えコタマに向かう。だが見当違いの場所に刃《やいば》を振り下ろしてしまう。当然空振りだ。嘘みたいなミスだが、緊張しすぎればそうもなる。それを補佐するのが志野で、直《す》ぐに動いてコタマを斬り、もう一人が緊張する仲間の背中を叩いて活を入れている。

他の者が自分の番を待ちかね、請うような目を向けてくる。

——私だって戦いたいのよ。

心の中で文句を言うが、咲月が動く時ではない。目の前の敵を倒すことも確かに大事だが、もっと先を見据える立場として部下に少しでも多くの経験を積ませる必要がある。それもできるだけ慎重にだ。

「赤津《あかつ》君、二人選んで交代準備。でも合図するまで動かないで」

咲月は背筋を伸ばし全体の様子を見やる。慎之介の戦い、そこから来るコタマの動き、志野たちの戦い、部下たちの状態。

全体を見ながら指揮をとる、それがいま咲月がやるべきことだった。


傾いた日射《ひざ》しが照りつけ、慎之介は汗をかいていた。ヘルメットのせいで顔も拭《ぬぐ》えず、顔を顰《しか》めて我慢する。動きすぎで足の裏が痛く、焼けているような気がする。

来金道を突き出し、コタマの二体をまとめて刺し貫いた。そこに士魂を流し込む。コタマは爆発するように弾けた。流石《さすが》に疲れを感じだしている。疲れているのは身体《からだ》だけでない。目まぐるしく思考を続ける頭も、絶えず使い続ける士魂で疲れているような感覚がある。

強さでは慎之介の方が遥かに上回るが、コタマは数が多く恐れることをしない。

仲間の死骸《しがい》を乗り越え次々と襲ってくる。今も斬り倒したコタマを押しのけ次が来た。

「このっ！」

地を蹴ったコタマが飛びついてくる。慎之介は素早く後退するが、足元のコタマの死骸に僅《わず》かに足を取られた。そこに周囲から一斉にコタマが飛びついて覆い被《かぶ》さってくる。

だが、その全てを念動力で弾き飛ばした。

「片付けついでだ！」

足元に大量に転がるコタマの死骸を浮き上がらせ、それを旋回させながらコタマの群れに叩き付け巻き込んで打ち倒す。士魂の使いすぎか、頭痛が酷く身体の芯《しん》が重くなる。

「まったく、よう終わりゃせん」

思わず出た言葉は、母が偶に呟いていた愚痴だ。それに気付き、こんな時であるのに嬉《うれ》しくなって苦笑してしまう。だが、それで少しだけ心に余裕ができた。

お陰で気付けた。濁流のように迫るコタマの向こうに、そのコタマより一回り以上も大きな姿が現れていたのだ。テレビで得た知識が咄嗟《とっさ》に出てくる。

「ダイダラか⁉」

人型の中でも上位種となる重幻獣ダイダラだ。大きく頑丈で力もあり、背面に持つ触手から礫《つぶて》を放ってくる厄介な相手だ。それが複数。嫌な予感に、コタマを蹴飛《けと》ばし斜めに跳び退《の》く。

「っ……！」

それまで居た辺りを無数の礫が通過、その先のアスファルトを抉《えぐ》って弾痕《だんこん》を穿《うが》った。途中に居たコタマが貫かれ倒れていく。しかし助かったと安堵《あんど》をする間もなく、跳び退いた先のコタマを斬り払い、さらに弾丸のように飛んでくる礫を左右に跳んで回避せねばならない。

流石にコタマの群れに対応しきれなくなる。

しかし一瞬見た後方では赤みを増してきた日射しの中で白刃を振るい、奮戦する特務四課の姿があった。そちらは信じて任せて大丈夫そうだ。

――だったら！

慎之介は対処を止《や》めたコタマの上を跳び越し、そのままダイダラに斬りかかる。来金道の刃が白い身体を捉《とら》え袈裟《けさ》斬りに両断。放たれる寸前だった礫が破裂するように周囲へと撒《ま》き散《ち》らされる。

「ここを斬ると爆発？　なるほどな」

別のダイダラを盾として礫を回避した慎之介は呟いた。

周囲からコタマたちの手が伸び、別のダイダラが豪腕を振り上げ襲ってくるが、慎之介は来金道を操り、斬った相手を踏み台として囲みを跳びだした。電柱を蹴《け》って向きを変え、囲みの外から幻獣たちに襲い掛かる。

「まだ幻獣が出てくる。龍脈でも発生してるのか？」

斜面にそって大地の気が上に移動すれば、地圧が下がり不安定化する。悪条件が重なれば、どんどん動きが激しさを増し周囲の地圧をも引きずりだす。そして地圧の境である地脈が荒れ狂い、その状態を龍に喩《たと》えて龍脈と呼ぶ。

そして、それが収まらぬ限りは幻獣が湧き続けるのだ。

——大丈夫だ、ひとまずダイダラたちは片付けた。

周りの幻獣の動きがよく見えている。横から襲ってくるコタマを斬り捨て、その後ろから跳びかかるコタマも上手《うま》く躱《かわ》している。それだけ戦っても、まだ身体は十分に動けていた。

——まだ行ける、集中するんだ。

全方位の幻獣の位置を把握し、その中を高速で動き回る。

跳んで回避、着地しながら後ろを斬る。身を屈《かが》め攻撃を躱し、そのまま這《は》うように駆け抜け右に左に斬り付ける。横のコタマを蹴りつけ別のコタマにぶつけ、諸共《もろとも》に刺し貫く。

斬る、走る、斬る、跳ね、斬る、跳ぶ、斬る、潰《つぶ》す、斬る。

素早く目まぐるしい身体の動きを制御し、同時に幻獣たちの動きを把握し予測し次の行動を先の先まで読む。侍能力を使うほどに意識が研ぎ澄まされていく。辺りを埋め尽くすような幻獣の中を駆け抜け、何の制約も妨げもなく、何も気にせず思うがままに動ける。

そんな圧倒的な戦いぶりのなか──不意に気付く。

コタマの向こうに先程を上回る大量のダイダラが群れていた。身構え次々と礫を放ってくる。

「ちいっ！」

慎之介は後ろに撥《は》ね飛ばされた。目の前に迫ったコタマが視界を遮り、飛来した礫を躱しきれなかったのだ。左の脇腹を礫が貫通した。激しい衝撃、そこが火に焼かれているように痛む。

「ええいっ、厄介なっ！」

膝《ひざ》をついたところにコタマたちが跳びかかってくる。来金道を大きく振り回し周囲を撫《な》で斬《ぎ》りにして片付けた。飛来したダイダラの礫を横っ飛びになって回避。

しかし踏ん張った足が滑って体勢を崩しかける。周りから一斉にコタマが押し寄せてきた。

「まだだ、まだ！　この程度、師匠の稽古《けいこ》に比べればっ！」

慎之介はコタマを念動力で弾《はじ》き飛ばし、力一杯気合いを入れた。


「あいつ、なんで幻獣のど真ん中で戦えんだよ……」

赤津の声には紛れもない称賛と興奮があり、同時に羨望《せんぼう》と嫉妬《しっと》もあった。

「俺らはこれでいいのかよ。ここでコタマだけ相手にしてて、いいのかよ！」

「止めなさい赤津君！　咲月様の指示は絶対なのです。それに私たちだって戦って怪我《けが》して疲れてボロボロなの」

「違《ち》げぇよ、志野さん！　そんなのどうだっていいんだよ。あの戦い見て！　何とも思わないのかよ！　侍として！　ここで動かないでいいのかよ！」

咆《ほ》えるような言葉を吐くと同時に赤津は背後を振り向いた。その先にいる咲月は軽く唇を噛《か》み、堪《こら》えるようにして前を見つめている。視線の先にあるのは孤軍奮闘する一人の侍だ。

「咲月様！　指示くれ！　指示を！　このままじゃ終われねぇっすよ！」

「でも、私は皆を危険には――」

「俺らを信じてくださいよ！　俺ら誰も死なんです！　むしろ、ここで行かなきゃ心が死んじまうよ！　もう戦えなくなっちまう！」

「それは……」

自分の指示一つが部下たちの命を左右する。誰にとってもとてつもなく重い責任だが、それを二十歳《はたち》そこそこで任されているのだ。

「咲月様」

志野はコタマを断り捨て、ひとっ跳びで咲月の傍らに来た。志野の顔には包み込むような笑みがあり、それは穏やかな励ますようなものだった。

「珍しく赤津君の言うとおりですよ。皆を信じて下さい、そして命じて下さい」

「志野さん……」

「大丈夫ですよ、私は咲月様のためなら全力を尽くせます！」

前方でシンノとして戦う慎之介は凄《すご》い動きを見せているが、しかしダイダラの攻撃に苦戦しているのは事実だ。その姿は咲月にとって眩《まぶ》しいもので、幼い頃から隣に立ちたいと憧《あこが》れていたものである。

だから咲月は笑顔で頷《うなず》いた。

「特務四課！　攻勢に出ます！」

咲月の言葉に特務四課の皆が声をあげ突撃した。

ふいに幻獣の動きに変化が生じた。

激しい気合いの声が響き、周りにいるコタマの動きに僅かな遅れが生じ、離れた位置のコタマたちは声に反応し注意が逸《そ》れた。

「咲月か⁉」

慎之介はヘルメットの中で目を見開き、驚きの声をあげた。だが遅滞は一瞬であり、瞬時に判断して思いきりアスファルト舗装を蹴って前に出る。注意の逸れたコタマの間を縫い、目指すのは厄介なダイダラだ。

「退《ど》け！」

片手を突き出し、前方のコタマを念動力で突き飛ばす。そのままダイダラの群れに迫ると両手持ちにした来金道を頭上に振り上げた。

「ひとぉつ！」

越後守来金道が閃《ひらめ》き、ダイダラを真っ二つにした。即座に脇に構えて横に跳び、攻撃をしてきた次のダイダラへと薙《な》ぎ払《はら》いで斬りつける。

「ふたつっ！」

飛ぶように動いて次々と斬りつけていく。

「みっつ！　よつ、いつ、むつ、ななつやつここのつとぉ！」

振って動いて振って、思う存分に周りのダイダラを尽《ことごと》く斬った。だが、まだ山向こうに続く道路には、そこを下ってくる幻獣の群れが見える。

「だったら」

来金道を鞘《さや》へと納め、鞘に手をかけ集中。思いきりそこに士魂を集中させ、歯を食い縛ってさらに集中。身体が震えるほどに集中していくと、自然と前屈みになっていく。

「ぬううぅ、っりゃあぁぁっ！」

鞘を強く握り、一気に抜刀。限界以上に蓄えられた士魂が太陽のような強い光となり、巨大な刃となって飛翔《ひしょう》。途中にいた幻獣たちを消し飛ばしながら山へと激突――斜面がパックリ裂けた。巨大な質量は重い音を響かせゆっくりと下方へと動き、やがて分裂しだすと一気に雪崩《なだれ》をうって落下。その下にいた幻獣の群れを尽く呑《の》み込み押し潰した。

「……あれ？」

慎之介は抜刀した姿勢で呆然《ぼうぜん》とした。もちろん後ろで戦っていた咲月たちも同じ状態だった。

鳥の鳴き声に風に揺れる梢《こずえ》の音、そうしたものが一つずつ戻ってきた。

小石が一つ土の剥《む》き出《だ》しとなった斜面を転がり、勢いをつけて点々と跳んで、最後に大きく跳ねてアスファルト舗装の上に落下。少し転がり――咲月の靴に当たって止まった。

「ほんと、こんなことして。言い訳できない、できないよ」

咲月は目を瞑《つぶ》って嘆きの声をあげ、両腕を上下に振っている。小さい頃に泣いて訴えていた姿そのままだ。つまり、かなり本気で困っているらしい。

「不可抗力だな」

「不可抗力？　そうじゃないよ。ああもうっ、どうしよう」

「つまり犯人は幻獣ということだな。こういう事例はないのか」

「ううっ、確か二百年前の記述にあるよ。あるにはあるんだけど……」

「ならいいじゃないか。よし、そういうことにしておこう。問題解決だな」

少なくとも山を斬るような侍は、この二百年間は居なかったということだ。それぐらいの凄さと自負してよさそうだ、と慎之介は心の中で思っていた。

「もう……分かりました。それしかないよね」

咲月は拗《す》ね気味に言って項垂《うなだ》れた。

やや離れた位置で、四課の侍たちが口を半開きにしたまま崩落した斜面を見ていた。偶《たま》に慎之介を見て、また斜面に視線を戻している。想像を超える出来事に理解が追いついてないらしい。

静奈《しずな》が側《そば》に駆けてくると、何か言いたげな顔で見てくる。

「心配した、凄く心配したの。大丈夫？　怪我、大丈夫？　大丈夫って言え、言いなさい。言って下さい……」

「あんまり大丈夫でもないんだが」

「うえぁ!?　すっ、すすす、すぐ手当て。手当てしないと」

「冗談だ、そんなに深手《ふかで》ではない」

「良かった……で、でも酷《ひど》い、からかって言った……のね。馬鹿、嫌い、大嫌い」

機嫌を損ねた静奈は目を細め黄金色の瞳《ひとみ》で睨《にら》んでくる。それを宥《なだ》めようとする慎之介だったが、何か言う前に陽茉莉《ひまり》に飛びつかれた。

「うぁあぁっ、ほんと心配したよぉ！」

「ちょっと待て怪我、痛いって！」

「いやっ！　放さない！　心配したんだもん、怪我してるし！」

陽茉莉が抱きついたのは心配もあるが、こっそり癒やしの力を使うためでもある。しかし何も知らぬ四課の皆には、女の子に囲まれチヤホヤされているようにしか見えなかったことだろう。

咲月は微笑《ほほえ》んだ。ここで幻獣が止められねば、広域災害となって市街地で大被害が出たのは間違いないからだ。何より、お陰で四課の皆が誰一人欠けることなく生き残れたのだ。

「ありがと、慎之介」

小さな呟《つぶや》きは、辺りの虫の音に滲《にじ》んで消えた。

◆
◆
◆

「彼女とのデートはどうでした？」

風間《かざま》が身を乗り出し聞いてくる。すっかり慎之介がデートに出かけたと決め付けている。弄《いじ》ろうとしている雰囲気は明らかだ。しかし風間は士族で上士のため邪険な態度もとれない。

「ですから、それは違いますよ」

「なんだ、そうでしたか。これは失敬失敬。でぇ、本当のところは？」

「でーすーかーらー」

「まぁまぁ、いいじゃないですか。恥ずかしがらないで下さいよ。イチャイチャニャンニャンしてきたんですね。ここはもう、真実を話しましょうよ」

なかなかしつこい。ちょっとでも同意を見せれば最後。あっという間に尾ひれをつけて、あちこちで面白おかしく話すに決まっている。日頃の行動を見れば間違いない。

慎之介は小さく息を吐き声を潜めた。

「仕方がありませんね。では、本当のところを言いましょう。内緒ですよ」

「良いですねぇ、人間素直が一番ですよ」

「実はですね、幻獣と戦うために呼ばれまして。次々と押し寄せる幻獣を相手に斬った張った、大爆発の中を駆け、右に左に斬り付けてきたんですよ」

「……はーっ、つまんないですね。もう少し冗談の修業をしたらどうです？」

誰にも言えない自分の活躍を、本気にされないと思い言ってみたのだが、やはり本気にされなかった。上手くいったが、これはこれで残念という微妙な心境である。

何にせよ、ようやく風間はしつこい追及を諦《あきら》めてくれた。

「つまらないですか？」

「御奉行様が言う冗談並ですねぇ」

「それは残念です」

偶に言う冗談が凄くつまらない奉行の春日《かすが》が執務室に入ってきた。

やや早足だが視線を慎之介に向け、手招きしながら一直線にやって来る。今の話を聞いての反応ではなさそうだが、何かしら慌てた雰囲気があった。面倒事の予感だ。

「設楽《したら》君、設楽君。ちょーっといい？」

「はい、構いませんが」

「成瀬《なるせ》御家老様がね、また君をお呼びになられている。えらい剣幕だが、心当たりは？」

「ええっ⁉」

「なさそうだね……」

以前に人事の問題などで助けてもらったが、その後は特に関わりはない。しかも、えらい剣幕となると何なのか。接点と言えば静奈であるが、それで自分が呼ばれるとは思いにくかった。

「うん、まあいいけど。早く御家老のところに行きなさい。お待たせしない方がいいからね。でも面倒事だったら私も口添えして、ご寛恕《かんじょ》を請うからね。何でも相談してよ」

春日がそう言っている間に、風間はトラブルの気配と思ってかぶりつき状態。それは課内の他の者も同じで、何が起きたのか興味津々の様子で聞き耳を立てている。

――これは、さっさと行った方がいいな。

皆の視線を感じながら、そそくさ部屋を出て後ろ手にドアを閉めた。

廊下は誰もおらず静かな空間である。通路は左右に延びているが誰の姿もない。歩きだせば自分の足音が耳につき、自然と静かに歩いてしまう。

――心当たりはないが、やはり静奈の件か？

御家老と言えば静奈で、静奈と言えば訓練での幻獣騒動だ。しかし、そこに慎之介が関わっていることは御家老でも知らないはず。そうなると呼び出される理由が全く思いつかない。

いったい、どんな用件なのか。急に不安になってきた。

不安な気持ちで家老の執務室に到着、ノックして顔を出す。先日同様に、入り口の小部屋で秘書藩士が二人待機している。何かを言う前に、奥のドアを指し示された。

しかし横を通るとき、お疲れ様などと笑いを含んだ小声で言われた。

「失礼します」

小廊下の先のドアをノックして中に入る。御家老の成瀬は奥のテーブルにいたが、慎之介の姿を見るなり立ちあがった。早足で歩いてくると応接セットに座るよう促してきた。

「お主の妹御が、うちの娘と出かけたのは知っておろうな」

ソファに座ると同時に成瀬は言った。片膝《かたひざ》を貧乏揺すりで上下させ、明らかに落ち着かない様子である。先日の悠然とした態度からは想像もつかない姿だ。

「はい。知っておりますが」

「どこへ行ったかは聞いておるか？」

「ええ、まあ一応は」

言葉を濁す。あの場に行ったのはシンノと呼ばれる特務四課の協力者で、慎之介自身はそこに行っていないことになっている。詳しい素振りをみせ、正体を気取られるわけにはいかない。

「特務四課の皆と出かけたと聞いてます」

「そうだ。で、あろうことか！　幻獣騒動に巻き込まれた。しかも直《す》ぐ側で山が崩れた」

「……山ですか」

「うむ、そのお陰で地圧の動きが止まったのは不幸中の幸いだったが」

山が崩れたことで地圧の流れが変わり、龍脈になりかけた地脈が鎮まった。そうでなければ幻獣が湧き続け、大きな幻獣災害になっていたかもしれないとのことだ。

心の中で自分を褒める慎之介に、成瀬が気付くはずもない。

「それぐらい危険な場所だったのだ。幸いにも無事だったが、一歩間違えばあの子がどうなっていたことか……」

「まあ、確かに」

「なんだその生返事は。お主の妹御も危険だったのだぞ。妹御はどう言っておった」

「ちょっと恐《こわ》かったそうですが、四課の皆さんに守ってもらって嬉《うれ》しかった、と」

「ふむ、良い子だな。しかし、そんな危険な場所に連れていかれたわけではないか。四課の連中、後で厳しく叱責してやらねば」

何やら無茶を言っており、先程の秘書藩士の言葉の意味が理解できる。しかしこれは咲月のピンチだ。それが本人の知らぬ場で起きようとしている。慎之介は咄嗟《とっさ》に声をあげた。

「お待ち下さい」

「何だ？」

成瀬はジロッと睨んできたが、慎之介は怯《ひる》まなかった。ここは気張るべきところだ。咲月を守ってやらねばならない。それに特務四課の皆の頑張りだって無下にはできない。

「二人が無理を言って一緒に行った先で幻獣が出現し、特務四課は二人をよく守っています。それであるのに叱責されては報われません。悪いのは二人、いえ幻獣です」

「言いおったな」

真正面から見つめてくる目は強さを増すばかり。しかし慎之介はそれに怯まず、むしろ見つめ返した。それだけ必死であったし、やはり幻獣との戦いを経て少し度胸がついたのかもしれない。

相手を説得するには、押すだけでは駄目で引く必要がある。

「僕も思うところはあります、妹が危険だったのですから」

同調してみせ、その次は相手の急所を突く。

「ですが四課を責めれば、妹は怒るでしょうからそこは何も言っておりません。ええ、それで怒って口を利いてくれなくなると宥めるのが大変ですので」

妹という言葉を使い静奈を暗示させ、シレッと脅しを混ぜ込んだ。もちろん静奈が成瀬からの電話を着信拒否した時の具合を見てのものである。

「…………」

成瀬は沈黙しているが、静奈が取りそうな行動について想像したらしい。微妙に動揺し狼狽《うろた》えた顔を見せると、身体《からだ》つきまでしぼんだような様子になった。

「むっ、まあ……そうだな。四課に責任はないな。いや、むしろよくやったな。褒めて特別報奨でも出してやるとしよう」

静奈が絡むと暴走し、静奈が絡むと大人しくなる。親バカと言えば親バカだが、それだけ娘が大事なのである。しかし娘からは、着信拒否までされてしまう扱いだ。

ちょっと気の毒になってしまう。

「お主の妹御は静奈と一緒に出かけるぐらいだ。とても仲が良いのだな」

「はあ、夕食の時などはよく話題に出ます」

むしろ本人が夕食に参加――もちろん勝手に――するので話題どころか、直接話を聞くこともある。だが、それを口にしないだけの分別が慎之介にはあった。

余計な発言を控えることは、最も賢い生き方だ。

「よしよし、これからも頼むぞ。お主に言っても仕方ないが、妹御には直接言えぬからな」

満足そうな成瀬だが、その後は気を抜いたように笑っている。

「あのっ。ところで妹から聞いたのですが」

だから慎之介は言葉を選びながら、気になっていたことを成瀬に尋ねてみた。

「幻獣の出現した地の防衛拠点が、拠点として機能してなかったそうですが」

後で咲月から聞いたのだが、やはり山間部の振興事務所は最初から戦いを放棄してシェルターの中に籠《こ》もっていた。その点は良くない。

しかし振興事務所の者は、地元住民の避難誘導を飼い犬や飼い猫に至るまで、迅速かつ完璧《かんぺき》にやっていた。あの遮断機も、人が立ち入らぬようにとの配慮だったそうだ。確かに間違ったことをしたかもしれないが、侍も居ない中での精一杯の対応とも言える。

実際、事情を知る多くの藩士は同情的であるし、慎之介も同じ気持ちだった。責める気はなく、むしろ少しでも罪が軽くなり、厳重注意ぐらいで終わればと思っている。

だが、成瀬は無情にも告げた。

「拠点が機能しなかった点は、極めて重大な違反事項。関係者は厳正に処分し、領外追放とした」

「領外追放ですか……」

追放された者は財産没収に加え全ての権利を失う。他領に行っても受け入れられず、頼れるのは裏社会の悪徳ブローカーぐらい。そして重労働で低賃金の生活が待っているというわけだ。

「ん？　気の毒にでも思っておるのか？　変わった奴《やつ》だな」

成瀬は慎之介をマジマジと見つめ、ややあって呆《あき》れた様子で息を吐いた。しかも何度か頭を横に振ってまでいる。どうやら心証を損ねてしまったようだ。

「よいか、あのような行為が他でも行われておれば大勢の領民が危険に晒《さら》されてしまう。故に一罰百戒。ここは厳しく処断せざるを得ない。これによって、もし他でも同じことを行っておったとして、その者たちは自らの行いを改めることだろう」

「そうですね……」

慎之介が肩を落とすと、成瀬は軽く笑った。

「ただし領外追放した者と似た名の者が、あそこに居るやもしれぬがな」

「え？」

戸惑う慎之介に成瀬はにやりと笑った。してやったりといった顔だ。

「領外追放された者の行く先を確認する者などおらぬ。山の中の集落に似た名の藩士が居たとして、それに誰が気付く？　親類縁者で口裏合わせをするような集落だ。余計な噂《うわさ》も広まるまい」

「はっ、はぁ……」

厳罰を訴える志野のような者は納得、事情を知らぬ者は震え上がり気を引き締める。当事者たちは、与えられた最後のチャンスに縋《すが》りつく。どうやら尾張《おわり》藩の筆頭家老は、とんだ狸親父《たぬきおやじ》らしい。

「そういうことであるからな、余計なことは口にするでないぞ」

成瀬は軽く笑って念を押した。

藩庁舎は八階建てで六階までが一般藩士の働く階層、七階は食堂やら大会議室、八階は藩主や家老といった要職の使用する執務室となる。そのため八階に来る者は殆《ほとん》ど居ない。

静かな環境に身を置くと、あの幻獣との戦いが嘘のように平穏を感じる。

——こうして生き延びられたのも師匠のお陰か。

侍になりたくて稽古《けいこ》をつけてもらい、しかし侍にはなれず。ただ単に痛い思いをしただけで終わって全く無駄だとすら思っていたが、そのお陰で幻獣が倒せたのだ。いつか会うことがあれば礼を言わねばならないだろう。

——それにしても、御家老は凄《すご》いな。

大股《おおまた》でゆっくり廊下を進み感心する。杓子定規《しやくしじようぎ》に物事を運ぶようにみせ、その実は人情も持っている。しかも、バレると大事《おおごと》になりそうなことを堂々とやってのける腹が太いところもある。

尊敬できると言うべきか、何となく憧《あこが》れてしまう。

エレベーターは使わず階段を一足飛びにおりて四階に到着。いろいろ行政書類があるため各課は部屋ごとに分かれているため、階段を出ると廊下となって左右に点々と扉がある状態だ。

歩きだしたところで、向かいからやって来る集団に気付いた。

先頭を歩く相手の姿に慎之介は一瞬、声をあげそうになる。知り合いなどではないが、有名な相手であるため広報資料や、あちこちに貼られたポスターなどで一方的に知っている相手だった。

——特務課の若きエース柳生包利《やぎゆうかねとし》。

その包利が堂々と廊下の真ん中を来るため、慎之介は何となく壁際に寄った。そのまま様子を窺《うかが》うように見つめる。自分とさして変わらぬ年齢だ。

「………」

自信に溢《あふ》れ堂々として部下を従えている。誰からも認められ注目され将来を嘱望される、まさに英雄だ。友人も多く知人は更に多く大勢に囲まれ、ファンは数え切れないほどいる。

包利は慎之介を一瞥《いちべつ》にすらせず通り過ぎていく。無視したのではない。路傍の石のように意識らしていいなかった。包利のように有名人であれば、それは仕方ないことで当然のことだった。

だが、それでも慎之介は反発する気持ちを覚えずにはいられなかった。

以前ならそんな気持ちを持つことすらなかった。だが今は違う。幻獣退治で競えば勝てるかもしれないとさえ思っていた。山を斬ったことは慎之介に、小さくない自信を与えていたのだ。

そのまま自信に満ちた目をして普請課に戻るため歩きだし——だから、通り過ぎた包利が不意に足を止め振り返ったことは少しも気付かなかった。

「包利様？」

「いや、ちぃとばっか気になっただけやがな」

「別に女の人はいませんよ」

「あほたーけ！　そんなんやあらせんわ！　ったく……おうじょこくわ」

げらげら笑う部下を怒りつつ、包利は頭を振りまた歩きだした。

◆　◆　◆

陽茉莉の通う明倫堂《めいりんどう》高等学院は名古屋城三の丸の北にある。

その歴史ある学院は華族や士族や卒族だけでなく平民の子弟も通っているが学院に堅苦しさはない。むしろのびのびとした校風で、その環境の中で生徒たちは自分の夢や将来を漠然と胸に抱きつつ、貴重な輝きを持つ青春時代を楽しんでいた。

「はいこれー、頼まれてた本だよー」

「んっ……ありがと。感謝する」

陽茉莉が差し出す本を受け取った静奈は、ぱらぱらと中身に目を通す。言葉通りの感情で微笑すれば、周りで様子を窺っていた男子たちは良いものが見られたと、こそこそ騒いで興奮気味だ。

これでも静奈は、学院ではクールビューティなお嬢様の扱いだ。しかしてその実態を知る陽茉莉としては、皆の反応に笑いを堪《こら》えるのが大変だった。

「来る途中で少し読んだけど、それ結構面白いね」

渡したのは設楽家で預かっている静奈の本で、確認したいからと頼まれ持ってきたのだ。

「この作者は展開に勢いがあるし、文脈に遊び心がある。とてもお勧め……確認したい部分は少しだから。後でまた渡す。読んで、是非」

「じゃあ、そうする。また後で」

陽茉莉が手を振ると、静奈は本に目を向けたまま手を振った。あとはもう読書に集中して頁《ページ》を捲《めく》るだけとなる。その周りだけ静寂が存在し、行儀の悪い男子ですら大人しくなるほどだった。

席に戻った陽茉莉を、いつもの友達が囲んだ。

「ちょっとー。いつの間に学院のクールビューティ様と友達になったん？」

それぞれが興味津々だが、静奈に遠慮して声を抑えている。

静奈は学校内でも、憧れと遠慮の入り交じる視線を向けられる存在だ。しかし本人は周りと関わろうとはせず、いつも静かに本を読んで過ごしている。声をかければ反応はするが、その超然とした眼差しには教師ですら遠慮してしまうぐらいで、生徒となるともう端《はな》から無理だ。

そのため、陽茉莉が静奈と親しげに会話する様子に皆は驚いたのだ。

「おらー吐けやー、きりきり白状しろやー」

「ひいいー、やめろぉぉ」

冗談とはいえ、陽茉莉は首を絞められガタガタ揺すられた。

「えーと、ほら。この前の幻獣騒動んとき、用事があるって別れたでしょうが。あの後で一緒に逃げたっていう仲なわけ」

静奈の実態——孤高ではなく単にコミュニケーション能力に問題があり、クールビューティどころか残念ビューティ——までは流石《さすが》に話さない。

実態を知る身としては、できれば実態を話したい。その方が静奈も皆と打ち解け、きっと良いに違いないと思うのだ。だが誰も信じないだろうし、静奈自身も動揺するに違いないので話すに話せずにいる。これは追い追いやるしかなかろう。

「なるほど、あの時ね。御家老のご息女と仲良くなるとか、やるわね」

「うあっ、御家老の娘だって知ってたの？」

「はあ？　あんた知らんかったの」

「知らんかった」

平然とした答えに皆が天井を仰いで呆れ、お陰で陽茉莉は気まずい思いで横を向く。

「だって、そういうの誰も教えてくれなかったし」

「そこは常識ってもんでしょ。あんたが、そういうの全く気にしない子だってのは知ってるけど。でも、もっと気を付けた方がいいよ。うちの学院、上士様どころか華族様の一族がいるから」

「いやー、そんなん関係ないし。うちは下っ端なんだし」

「あらやだ、この子ったら。心配になってきたわ」

もはや陽茉莉は可哀想《かわいそう》な子扱いであり、周りは保護者の気分だ。

「下っ端なら、余計に気を付けないとでしょ。つまり殆どが上の家格になるわけだからさ。機嫌損ねれば、お兄さんの家禄《かろく》が減らされたりとかあるんだから」

「ひいいぃ、そんな現実。知りとうなかった」

陽茉莉は頭を抱えて机に突っ伏し、チャイムが鳴るまで周りの皆に弄《いじ》られた。


放課後になって陽茉莉は静奈と一緒に下校している。

預けた本を読むため設楽家に行くと静奈が言いだしたが、朝に渡した本の続きを確認したくなったらしい。お迎えの車を帰し、地下鉄からバスに乗り換え、バス停で降りて歩いていく。

辺りはひと昔前に開発された住宅街。名古屋の繁華街と比べ静かで落ち着いた雰囲気で、喧噪《けんそう》と言えば塾に向かう小学生たちの笑い声や、道の端で行われる主婦の立ち話ぐらいのもの。

「はぁ、もーねー、なんかねー」

「ういっ……あのっ、そのっ……迷惑、だった?」

「え？　あっ、そういう意味じゃないし」

横を見やって陽茉莉は手をぱたぱた振った。

これまでの付き合いで、静奈は繊細で気を回しすぎる性格と分かっている。だから今の陽茉莉のぼやきにも、自分が関係していると気にしたのだろう。

だからこそ遠慮せず、思ったまま好き勝手に言う。

「ほら、学院は偉い人の血筋が多いから気を付けた方がいいって言われたわけでさ。でも、うちなんて下っ端藩士の家系だし。そうすっと、なんか面倒《めんど》いなーと思って」

「なる、ほど……で、でもそういうの大丈夫」

「そうなん？」

「ふふふっ、成瀬の家は華族の家柄。それも大名格……私がいれば安全、よ。相手に容赦しない。成瀬家の権力で押《お》し潰《つぶ》す。必ず守る、から」

「うーん。そういうのはどうかって、あたしは思うけど」

「うぇあ？」

途端に静奈がショックを受けたようになり、まるで捨てられると勘違いした仔犬《こいぬ》か、大好きな飼い主の膝《ひざ》から降ろされた仔猫のような顔で、ふるふる震えている。

「そっ、そんな……友達のためなのに……もしかして、と、友達じゃなかっ、た……そんな……」

拙《まず》いことを言ったと気付いた陽茉莉だが、そこは気軽さを装う。

「やっはーい！　頼りになる友人がいるから安心だね」

「ふふっ……そうでしょ。わ、私の言うこと、なんでも聞くのよ。なんでもする、わ。だから私の側《そば》に居なさい、居るのよ……居て下さい」

静奈は瞬時に立ち直った。自己評価は低いが調子に乗りやすくもあり、取り扱いが難しいようで簡単でもある。もちろんそんな評価は、口が裂けても言えないのだが。

辺りの住宅街は分譲住宅地として始まり、既に五十年ほどは経《た》っている。故に初期の規格住宅は老朽化によって数が少なくなり、今や大半は建て替えられた注文住宅が大半だ。

設楽家は初期組だが、二十年前に建て替えている。

外壁は黒の金属素材で、しかし所々に木材を使用。シンプルだが洒落《しゃれ》ている。庭には手入れや掃除を考え樹木は植えられてない。内部は木材が目立つデザインで、収納が多く機能的だ。

それは亡くなった両親が一生懸命に考えたものだと、当時を知る兄から聞かされていた。だから陽茉莉にとって自宅は、殆ど記憶のない両親との数少ない繋《つな》がりを感じる場所だった。


「ただいまー」

玄関扉を解錠した陽茉莉は、ドアを開け誰の返事もない家に声をかけた。そうするのが決まりだからだ。しかしそこで、ふと思うところがあり、中に入るのを待っている静奈に振り向いた。

「ちょっと待っててもらっていい?」

「うぃ?　も、もちろん待つ。待てるわ、いつまでだって待ってみせる」

「うん、そこまで待たせないから。直《す》ぐだから」

言い置いて、まずは一人で中に入ってドアを閉める。静奈を外で待たせたのは、室内を確認するためだ。もちろん普段から整理はしてある。だが、それはそれとして何となく不安があった。

しかして、その不安は的中した。

「うがーっ！　お兄ってば、畳んだ洗濯物片付けてないし。チラシがテーブルの上に置きっぱなしだし！　新聞のたたみ方も雑だし！　お兄の馬鹿馬鹿馬鹿っ！」

そこに居ない兄に怒りながら片付けていく。もちろん迅速にやらねばならないため、まずは静奈に絶対見られないであろう場所。つまり浴室に放り込んでおく。

「よし完璧《かんぺき》。以上、問題なし」

出てもいない額の汗を拭《ぬぐ》い手を払う真似《まね》をする。外に出てみると、静奈は制服姿で砂利敷きの庭に屈《かが》み込んでいた。何か地面に手を伸ばしている。

「どしたの？」

声をかけると静奈はあたふたする。

「うぁっ……カタバミ抜いておこうかと。増えると大変、だから。も、もしかして育てて、た？」

「えっ？　いや、育てるわけないし。そんなことしなくていいのにって思っただけ」

「でも草抜き、落ち着くから」

それは兄である慎之介もよく言っている。決めた範囲が綺麗《きれい》さっぱりすると清々《すがすが》しいらしい。理解はできるが、あまりやりたくないのが陽茉莉の本音だ。

「お邪魔、致します」

家に入った静奈は勝手知ったるなんとやら、自分の本が置いてある部屋にそそくさと移動した。人を駄目にする系クッション――もちろん静奈が持ち込んだもの――に座り本を読みだす。もう完全に静奈の読書ルームと化している。

お茶をサイドテーブルに置けば、手が伸びて持っていった。しかし陽茉莉の存在に気付いた様子はない。恐らくそれは幼い頃から従者に囲まれ、それらが当たり前で育ったからだろう。

そんな静奈の横顔は、学院で騒がれるだけあって綺麗だ。

撫子《なでしこ》色した髪も、黄金色の瞳《ひとみ》も、白く滑らかな肌も、全てが綺麗だ。もう、綺麗な生き物といった印象しかない。思わず陽茉莉が見入ってしまったぐらいである。

――うあぁ、何考えてんだろ、あたし。

同級生に見惚《みと》れたことを恥ずかしく思いつつ、陽茉莉は朝に話していた本を読むことにした。友達と賑《にぎ》やかしく喋《しゃべ》るのも楽しいが、こういった時間もなかなか良いものだ。

しばらくして静奈が顔を上げた。

「ふう……」

確認作業が終わったらしい。それで陽茉莉の存在と、出されたお茶に気付いた。

「はわわっ、ご、ごめんなさい。ちっとも気付かなかった……」

「別にいいよ、お兄もそういう時あるから」

「そう、なるほど……そうなの……ね、ねえ。慎之介お兄さんについて教えなさい、教えて下さい……普段何をして、何が好きなのか。何を目的にして何が大事とか」

「え？　は？　なんで？」

陽茉莉は戸惑った。この新たにできた友人は、もしかすると兄に好意を抱いているのかと勘ぐったのだ。しかし年齢が違いすぎる。多分勘違いで大丈夫だろうが、万が一ということもある。

だがそれは、あまりにも精神的にキツすぎる話だ。

「えーっと、なるほど。これはいろいろと対応に困るところよね」

そんな懸念が陽茉莉の脳裏を駆け巡っていると、静奈は自分の発言の解釈に気付いた。顔を真っ赤にして手を振っている。

「ま、待って……違う、違うの……小説、新作のキャラのモデル」

「そうなんだ。小説って、そんなモブキャラまで、しっかり設定するんだね」

「モブ⁉　ち、違う。主人公！」

静奈の説明では新作は侍バトルで、その主人公は普段は大人しいが裏では颯爽《さっそう》とした最強侍。ちょっと控え目で地味なヒロインとの恋愛を絡めるらしい。

「なんだか、そのヒロインって似てない？　つまり静奈にだけど」

「そっ！　そんなことない……違う、違うわ」

「ならいいけど」

流石に私情を小説に盛り込むような、後ろ向きなことはしないだろう。そう納得する陽茉莉だが、微妙な蟠《わだかま》りが消えることはなかった。


玄関でガチャガチャと解錠の音が響いた。

東日本が安全だったのも過去の話で、最近は家に居ても常時施錠することが常識。特に設楽家は兄妹《きょうだい》の二人暮らしなので、一人でいる時は必ず施錠するようにしている。

時間からして慎之介の帰宅だ。

立ちあがろうとする陽茉莉だったが、それより先に反応したのは静奈だ。普段の鈍臭さはどこへやら、さっと立ちあがって小走りで向かった。

「お、お帰り……なさい。荷物、運んであげる。貸しなさい、貸して」

玄関が開くなり挨拶《あいさつ》をした静奈は荷物を受け取って居間にまで運ぶ。そんなことをする必要はないのだが、静奈はやると言って譲らない。

陽茉莉は微妙に不安になった。だが慎之介を見たところ、どう見ても静奈を面白がっているぐらいの反応だ。むしろ、このお兄が意識しているのは咲月お姉に対してだろう。

いろいろと人間関係が面倒くさい。

「はぁっ、やれやれよね」

「どうした、何かあったのか」

「別にぃ。お兄には到底理解できない、複雑なる人間の感情に対し思いを馳《は》せてるだけだから」

「なるほど。そうかそうか」

なぜか優しげな目を向けられる。しかも、さもこちらの心情を理解し見守っているような目をされるので無性に腹立たしい。

「なんか、その反応腹が立つんですけど」

「うんうん、そうだな。青春ってやつだな」

「違ぁう！」

鷹揚《おうよう》そうな素振りで頷《うなず》く様子が、また腹立たしくて陽茉莉は地団駄を踏んだ。

「なに、どうした……の？」

「いや何でもない。それより、もう遅い時間だ。車で送っていこう」

「送ってくれる……いいの？」

「もちろん。気にする必要はない。女の子を一人で帰すわけにはいかないからな」

「じゃぁ……送って。家まで、車で……送って……感謝してあげるから……だから感謝なさい」

すっかり嬉《うれ》しそうな静奈の様子に陽茉莉は何とも言えない気分になった。静奈は良い友人だが、やっぱりいろいろ思うところはある。

「あたしも行くからね」

「そうか。それなら帰りに、どこかで食べてくるか？」

「駄目。今日はあたしが食事当番なんだから、お兄はあたしの新作料理を食べなさい」

「新作って……頼むからチャレンジャーな料理はやめてくれよ」

困ったように肩を竦《すく》める慎之介の斜め後ろで、静奈もまた微妙に残念そうな不満そうな顔をしている。陽茉莉の悩みは尽きそうになかった。

閑話　およそ忘れぬ災厄

泣いていた陽茉莉《ひまり》を母が抱き上げ、そのまま慎之介《しんのすけ》に差し出した。途端に陽茉莉は泣き止《や》んで笑顔を見せ、両手を伸ばして慎之介の首にしがみついてきた。

「ほーら泣き止んだ。やっぱり陽茉ちゃんは、お兄ちゃん大好きなひっつき虫よねっ」

「まさかこのまま子守をしろと？」

「そうよーっ、お母さんはお父さんとデートして買い物だもの」

「……デートってさぁ」

呆《あき》れた声をだす慎之介を、母の容赦ない小突きの一撃が襲う。

辺りは排気ガス臭い名古屋の街中で、日曜日ということもあって混雑している。だが今日はいつにも増して混雑している感じだ。車を駐めるにも一苦労のため、運転する父はまだ来ない。

「おい、どうやらイベントフェスをやってるらしいぞ。向こうで、そんな話をしてた」

ようやく来た父がそんな情報をくれた。手に新聞を持っていることから分かるように、なにかとアナログ主義だ。デジタルが苦手というよりは信用していないらしい。

「せめてインターネットで調べてくればいいんだ。だから、イベント情報も見逃すんだ」

「そう言うな。臨機応変、その場の状況に即した行動をとればいい」

「はいはい。せめて新聞ぐらい紙は止めたら？」

「馬鹿を言うな、こうして紙で読むから良いんじゃないか。お前もいずれ分かる」

「多分、永遠に分かんないよ」

妙なところで妙に古臭く頑固な父に、慎之介は軽く息を吐いた。そんな紙の新聞を読むような年寄り臭いことなど、絶対するまいと心に誓う。

「慎之介は陽茉莉の面倒をお願いね。それから、咲月《さつき》ちゃんは慎之介の面倒をお願いね」

「お任せ下さい！　おばさま！」

一緒に来た咲月は大張り切りだが、どういう頼み方だと慎之介は不満でいっぱいだ。

「あのさぁ、そういうこと言われると僕の立場がさぁ」

「まあ、いいじゃないの。はい、別行動の放し飼いにする間のお小遣い」

「放し飼いとか、そういう言い方は止めてよ」

文句を言う慎之介だが小遣いはしっかりともらっておいた。

「じゃあねぇ、よろしくねぇ」

「頼んだぞ」

言い置いて父と母は二人並んで歩きだした。年甲斐《としがい》もなく手なんて繋いでいるぐらいだ。だから別行動はありがたい。

そもそも家族で出かけるということ自体が恥ずかしい年頃だ。外で誰か友達や、同じ学校の連中に見られないか心配だった。だから父と母と一緒に行動するよりは、まだ陽茉莉と咲月の面倒をみている方がマシである。

慎之介は首にしがみつく陽茉莉を降ろそうとした。だが離れまいと抵抗されたあげく、また泣く寸前だ。だから頭を撫《な》で顔をもみくちゃにして誤魔化した。そして手を繋《つな》ぐ。ひっつき虫な妹なので、手を繋がなくてもはぐれることはないが、こうしていないと泣きだしかねない。

「では、慎之介。行きましょう！」

そして大張り切りの咲月の声で雑踏を歩きだした。

辺りは人でごった返し、楽しげな笑い声、店の呼び込み、垂れ流される音楽。賑やかと言うより騒々しい。帯刀する同心と警官も苦労しながら巡回しているぐらいだ。

イベント会場にはいろいろな出店が並んでいる。

公園内の通りの両側にテントがびっしり並び、いろいろなものが売っている。手作りのアクセサリーやオブジェ、木工細工もあった。食べ物関係は美味《おい》しそうで、お昼の予約がなければ並んでしまいそうなぐらいだ。

そしてアイスを買い、三人で座って食べていた時に辺りにサイレンが鳴り響いた。

途方に暮れた慎之介だったが、直ぐに我に返る。

「……緊急幻獣速報か!?」

それは幻獣と呼ばれる災害のような生き物の出現を知らせるものだ。不安をかき立てるサイレンに陽茉莉が泣きだし、咲月も爪をたてんばかりにしがみついてくる。

「慎之介……どうしよう」

「大丈夫だ、そんな心配ない」

「でも、テレビで見ました。とっても危ないんです」

「安心しろ。ちゃんと守ってやるから」

言いながら、しかし慎之介自身も何とも言えない不安を感じている。ただ自分が不安がれば咲月まで泣きだしかねない。この小さい頃から知っている妹のような存在も守りたかった。

巡回をしていた同心と警官たちが、やって来た。辺りに油断のない目を向けていたが、手で抑える仕草をして周囲を落ち着かせようとしている。

「皆さん安心して下さい。落ち着いて、ゆっくりと避難を開始して下さい」

その誘導に従った人々が動きだす。しかしイベントだけでなく、元から混雑の激しい場所だ。通りは混み合い遅々として進まない。苛立《いらだ》った人が怒声をあげて早く動けと叫んでいる。

慎之介はまだ動かず迷っていた。

両親と合流する約束する場所を離れてよいものか、もしかすると両親が来て探して困るかもしれない。だが、避難をした方が良いのも事実。どうすれば良いのか、もう分からなくなる。

ふいに陽茉莉が手を引っ張った。

腰を落として全力を込めて引っ張り必死な様子だ。

「おい、どうした陽茉莉」

「そっちやぁなの！　恐《こわ》いの来る！」

「どういう――」

今度は咲月が手を引っ張ってきた。

「慎之介、あれ。あれ見て！　何か出た」

そう言ってしがみついてきた咲月は細かく震えている。落ち着かせるため、肩に手を置いて引き寄せてやり、咲月の言う何かを探し視線を巡らせた。

道路の車は遅々として進まず、その間を歩道から溢《あふ》れた人がすり抜けていく。銃器を手に声を張りあげ誘導する警官。そして――。

慎之介は目を見開いた。

いつも目印にしている電波塔の下、そこに白い何かが伸び上がるように広がり、次いで横に広がり形を取っていく。頭があり四肢があり尾があり、どこか猿に似た姿となった。ただし、その頭部は優に電波塔の二階部分に届くほどであり、全身は真っ白だ。

「幻獣だ……」

身体《からだ》に比して長い腕が振り払われた。

幻獣の足元でスマホを向けていた人々が弾《はじ》き飛ばされる。液体を撒《ま》き散《ち》らしながら宙を舞う姿や身体が幾つかにちぎれ飛んでいく姿、ビルの外壁に激突し潰《つぶ》れる姿もあった。今までとは桁違《けたちが》いの本気の悲鳴があがり、人々が一斉に散った。

誰もが少しでも遠くに、少しでも幻獣から離れようと必死に逃げている。

そんな中で警官たちが銃器を構え叫んだ。

「半分来い！　足止めする！　残りは避難誘導だ！　とにかく逃がせ！」

同心や警官が幻獣へと向かって突進しながら銃口を向けた。発砲音が連続。銃弾を浴びても大して傷ついた様子もなく、人々が避難する貴重な数秒を稼いだだけだ。

「まずい！」

慎之介は声をあげ、咲月と陽茉莉を連れ近くの看板の陰に身を寄せた。

すぐ側《そば》を人が濁流のように通過していく。悲鳴が聞こえ、硝子が割れ、金属が叩《たた》かれ、重い物が落下する音がした。背にしている看板にも次々と人がぶつかり、時には乗り越えてもくる。

抱えている咲月と陽茉莉が泣きだすが、慎之介も泣きたい気分だった。

「大丈夫……か？」

恐る恐る辺りを見回すと、そこらには倒れて呻《うめ》き声をあげる人の姿が幾つもあった。何度も踏みつけられたせいで服も髪も滅茶苦茶で、口から血を吐いていたりもする。さらには、全く動かない人だっていた。

「これは酷《ひど》い、酷すぎるぞ」

だが、そもそもの脅威である幻獣は存在したままだ。しかも辺りを激しく動き回って、その先で破砕音が響き誰かの悲鳴もあがっている。

逃げようとした時だった、父と母の声に気付いたのは。

「無事だったか、三人とも！」

「早くこっちに！　ここよ、ここに早く！」

手招きして指差しているのは、地下街に通じる階段だ。確かにそこであれば、あの大きな幻獣に襲われる危険はない。

慎之介は陽茉莉を肩に担ぎあげ、さらに咲月の手を掴《つか》む。

「逃げるぞ！」

「し、慎之介……でも、恐いよ……私、動けない……」

「大丈夫だ。ほら、しっかりしろ。咲月はお姉ちゃんなんだろ。走るんだ」

立ち竦んだままの咲月の頭に手を置き慰め、それから背中を軽く叩いて促す。ようやく咲月が頷いて一緒に動きだす。

両親を目指して走りだそうとして、しかしその視界が白に遮られた。

あの幻獣が跳んできたのだ。目の前に凄《すご》い風圧を感じ、それだけで後ろに押し倒される。だが、幸いにも移動途中の一瞬だけだったらしい。幻獣は遠くの悲鳴を目指し駆けていく。

助かった――そう思った慎之介は全身から血が引いたように寒くなった。

父も母も路上に倒れている。

気付けば陽茉莉と咲月を抱えたまま駆け寄って傍らに膝《ひざ》を突いていた。

「母さん！」

「だ、大丈夫……陽茉莉は……？」

「ここにいる、ちゃんと守った」

「良かった……流石《さすが》はお兄ちゃん……陽茉莉を、お願いね」

そう言って母は目を閉じた。最悪の事態を想像したが、呼吸はしている。意識を失っただけのようだ。安堵《あんど》するが辺りはまだ危険。引きずってでも逃げたいが、咲月と陽茉莉がいる。しかも地下街への階段は破壊されて逃げ場はない。

向こうでは警官と同心が幻獣と応戦中だ。

「この幻獣が！」

警官たちがショットガンを撃った、さらに何発か撃ち込んでいる。何の効果もないが、それでも幻獣の注意をひくため何度も引き金を引いているのだ。

「父さん、大丈夫か」

慎之介は隙をみて路上に走り、倒れている父を引きずってきた。

「すまん……不甲斐《ふがい》ない。お前は頼もしく、なった、な――」

父は慎之介の顔を見て笑い、そのまま消えるようにして呼吸が止まった。

「起きろよ。ねえ、起きろよ！　起きてくれよ、父さん！」

何度も呼びかけるが、もう何の反応もしてくれない。

慎之介は悲しさの感情が溢れるが、同時に自分がしっかりせねばという意識が強く働いた。まだ母を助けねばならず、なにより陽茉莉と咲月がいる。父がいないのであれば、自分が何とかするしかない。

また警官の一人が弾き跳ばされた。その手にしていたショットガンが、思いのほか軽い音をたててアスファルト舗装の上を滑って転がり、慎之介の目の前にまで転がってきた。

あの幻獣はゆっくりと辺りを見回し次の獲物を探し、ふいに目が合った。

――こっちに来る。

家族を守らないといけない。そう思った瞬間、慎之介は飛びだしてショットガンに飛びつく。とにかく、ショットガンの引き金を引いた。想像以上の手応えに驚きながら、自分に注意を向けさせるため再度引き金を引き横へ移動する。

「こっちだ！」

幻獣が反応し向かってくる。

ぞっとするような状況の中で、しかし慎之介は奇妙な冷静さを持って行動していた。間近に迫った幻獣の腕が振り上げられ、咄嗟《とっさ》に身を投げ出す。腕が振り払われる。ほとんど同時だ。空を裂く音のあとに、頭上を凄い勢いで何かが通過していく。風圧だけで痛いほどだ。

路上を転がると景色が激しく変化する。

「くそっ……」

かなり恐かった。肺から息が全部もれて喘《あえ》ぐぐらいだ。

——せめて刀があれば！

そうすれば慎之介には、この状況を何とかすることができる。だが、まだ帯刀は許されていない年齢だ。こうなれば倒れた同心の刀を奪おうかと思った時、新たな声が飛び込んできた。

「少年、よくやった！」

そんな声と共に、誰かが慎之介を跳び越えていった。

辛《かろ》うじて見上げると男が幻獣に斬り込んでいる。その一撃は鮮烈で凄味があった。やったのは白いフルフェイスのヘルメットをかぶった男だ。

「ここからは俺の役目、後は任せておけ！」

その声に周りに居た警官たちから歓声があがる。指笛や喜びの叫びも混じるほどだ。

「尾張《おわり》の剣聖だ！　尾張の剣聖が来てくれた！」

「助かった！　これで助かるんだ！」

「頼む！　皆の敵を討ってくれ！」

尾張の剣聖は皆の声を受け深く頷《うなず》き、しっかりと刀を構えた。

「無辜《むこ》の民を傷つける幻獣を倒すが我が使命！　命に懸け、このラショウキを討つ！」

才気に溢れた姿が目を引くが、周りからの喝采《かっさい》にも手を上げる態度は堂々として余裕すらある。辺りを見回し、ちらりと慎之介を見て頷いた。任せておけ、といった言葉が聞こえてくるような頷きだった。

そこから尾張の剣聖は凄《すさ》まじい戦いをみせた。

激しい勢いで動き、鋭い動きで刀を振るい、ラショウキと呼んだ幻獣と戦いを繰り広げていく。

あまりの凄い戦いぶりに、見ていた者たちが言葉もなく呆然《ぼうぜん》とするほどだ。

やがて戦いの場は移動していき、辺りに静けさが戻った。

「………」

だが慎之介は放心状態で地面に座り込んだままだ。傍らに咲月が駆けてきて飛びつき、心配の声をあげながら泣いているのにも気付かないぐらいだ。

この大幻獣災と呼ばれる戦いで名古屋の街では五千人を超える死者が出た。ラショウキと相打ちになりながら討ち取った尾張の剣聖は英雄と呼ばれるようになった。

しかし、慎之介の人生は大きく変わった。

父は死に、母は重い負傷によって入院し長い治療の果てに死んだ。妹の陽茉莉はいつも泣いてばかりで恐がり、一人では寝られなくなってしまった。やがて家には見知らぬ親戚《しんせき》が次々とやって来て、様々な口出しをしては設楽《したら》家を乗っ取ろうとさえした。

このため慎之介は、自分の家を守るため必死になって対抗するしかなかった。

そして――十数年の月日が過ぎたのである。

第三章

第七話　さても招かれ出かければ

夜遅くの暗さに包まれた辺りは、都会的だが年季を感じさせるビル街だった。

慎之介《しんのすけ》は周囲に気を配り、慎重な足取りで薄暗がりの道を進む。愛刀である来金道《らいきんみち》の鯉口は切ってあり、柄《つか》に手をかけたまま警戒を崩してはいない。

もちろん咲月《さつき》から要請を受けて幻獣対応の手伝い中だ。

夜遅くと言うべき時間帯だが、慎之介の視界は不自由していない。顔を隠すために着用したヘルメットのお陰だ。モニターには驚くほど鮮明な映像が表示されている。

――こういうのも悪くないもんだな。

慎之介はアナログ派だが、この最新機器には感心していた。いろいろ余計な注意表示がされることにはウンザリするが、後は概《おおむ》ね満足である。

幻獣警報が発令された街に人の姿はない。雑居ビルの多い区画が終わり、交差点を抜け次の区画に入るとコインパーキングが増えた。脇に並ぶ街路灯に照らされた道路を進むと、名二環と呼ばれる名古屋第二環状自動車道の高架が見えてきた。

「本当に、この辺りに幻獣がいるのか？」

慎之介が前を見たまま声をかけると、同行する咲月が返事をする。

「通報もあって被害も出ているもの、間違いないよ」

「気配を感じない。もう別の区画に移動した可能性もあるな」

「うーん、そうなのかな。それだと展開してる皆が遭遇してるかもだけど……大丈夫みたい」

咲月は若干不安になったのか、念の為にスマホを見て安堵している。そこには特務四課に所属する部下たちの状況が表示されているのだろう。

そのときどこかで破砕音が聞こえた。

二人とも警戒するが、建物で音が反響するため音の発生源は掴めない。慎之介はじっくり周囲を見回す。そこに幻獣らしき姿は見えなかった。だが――鋭い風のような音がした。

「！」

慎之介は反射的に咲月の腕を掴み抱き寄せ、諸共《もろとも》に大きく飛び退《の》いた。

直後、それまで二人が立っていた場所に上から何かが突っ込んだ。重く激しい音と共にアスファルトが砕けひび割れた。辺りに撒き散らされた細かな破片が、一拍遅れてバラバラと雨のような音を響かせている。

「後ろに」

抱えていた咲月から手を放すと、庇《かば》うように前に出て来金道を抜き放つ。薄暗がりのなか、砕かれ軽く陥没した道路で身を起こすのは白い姿で、間違いなく幻獣だ。

「イヌカミがいたか……」

頭上にある名二環の高架道路から飛び降りてきたのだ。

さらにバラバラとイヌカミが降ってくるが、その時点で慎之介は前に出ている。平地を駆けてくるならともかく上から飛び降り、一瞬とはいえ動きを止めるイヌカミなど敵でもない。不意打ちに失敗した時点でイヌカミの運命は決まっている。

飛ぶように動きイヌカミの間を右に左に飛ぶように駆け抜け、来金道を閃《ひらめ》かせた。

「うーん……」

咲月は感心とも呆《あき》れともつかぬ声をあげ、バタバタと倒れるイヌカミを見やった。どれも実際には手強《てごわ》い幻獣であり、倒せこそすれ手間取るというのが本来の戦闘だ。あまりにもあっさり倒されてしまって感覚がおかしくなりそうな気分というわけだ。

「うーん、うん。慎之介に来てもらって良かった。本当に。ありがと」

ようやく納得した咲月は大きく頷いて礼を言った。

返事をしようと振り向く慎之介だったが、しかし口を閉ざした。街路灯の光を浴びる咲月は陰影が強調されており、そこに女性らしさを垣間見たのだ。目を逸《そ》らし静かに来金道を鞘《さや》に納めた。

「最近、幻獣が増えてないか？」

微妙な気まずさを誤魔化すため咄嗟《とっさ》に出た話題だが、それは普段から感じることでもあった。

「そうでもないよ、数字の上で言えば誤差の範囲だもの」

「誤差の範囲？　いや、増えていると思うが……」

「実際には増えてなくても、注意が向いて意識すると、人は増えてるって感じるものだもの」

「ああ、そうか。うちの職場でも同じことがあるな」

慎之介の所属する普請課は、大雨や地震などの自然災害にも対応する部署だ。単なる普請課なのになぜ災害対応をするのかは謎だが、なぜかそうなっている。そこで言われる軽口に、雨は夜中に降り地震は休日に起きる、といったものがある。

災害対応で呼び出される怨《うら》み節ではあるが、そうした印象が強いからこその言葉だ。

「でもそうね、今日はイヌカミが出るほどの地圧じゃなかったもの。どういうことかな」

咲月は口元に手をやり考え込んでいる。

そのとき慎之介は微《かす》かに足音を聞いた。急ぎヘルメットを装着すると、モニターに動体反応の検知が表示される。便利な機能だが、しかし先程の上から降ってきたイヌカミには反応しなかったので、頼りきるのは危険だろう。

暗がり部分に人型の輪郭が表示された。

「咲月……」

二の腕を小突いて合図をすると咲月も気付いて、同じ方向を見やった。暗がりの中をやって来た相手が街灯の光の下に姿を現し——二人は息を呑《の》んだ。

そこに現れた者はガッシリとした体躯《たいく》で、姿には堂々たる力を感じる。片手で何かを引きずっているが、それはイヌカミの首であった。

「仕留めるのであれば、最後まできっちりやれ」

低く落ち着いた年配と分かる男の声がした。

だが、そうしたことはどうでも良い。慎之介と咲月は、相手が装備する白いフルフェイスのヘルメットを見つめ声も出ない。間違いなく慎之介が使用しているものと同じであり、かつて大幻獣災で鮮烈な戦いを見せた尾張《おわり》の剣聖そのものの姿だった。

「俺と同じ装備を使用するならば、最後まで気を抜くな」

男の言葉に、ようやく咲月が気を取り直した。

「貴方《あなた》は何者です？　その装備はどこで……」

「それは俺の台詞《せりふ》なのだがな。まだ残っているとは思わなかったな……そうか、夜間戦用に黒で用意させたものがあったな。結局使わず倉庫に放り込んでいたが」

慎之介は自分がフルフェイスのヘルメットを装着していることに感謝した。それで自分の動揺した顔を相手に見られないですんだのだから。

相手は佇《たたず》まいだけで普通ではないと分かる。単に英雄と同じ格好をしているだけではない。

「貴方は侍ですか。それでしたら所属と名前を言って下さい」

咲月は厳しい口調と態度で反応した。恐らくは慎之介と同じ想像をしているはずだが、自分の職務に沿って確認している。それに対し男は冷たく冷めたような短い笑いをあげた。

「所属？　それを尾張藩の侍が俺に問うのか？」

その途端に、男は殺気としか言いようのない気配をぶつけてきた。咲月は軽く怯《ひる》みながら、しかし男に警告を発し刀に手をかけてさえいる。慎之介はその腕を押さえ軽く前に出ていた。

「貴方はまさか尾張の剣聖……？」

「黙れ。お前は、その姿に相応《ふさわ》しいのか」

男が白いヘルメット越しに見つめてきたと感じ、不意に白刃が閃いた。男が刀を抜き放って突きつけたのだ。照明の光を浴びた刀身が暗闇の中で眩《まぶ》しいほど輝いている。

「なるほど、まあまあの実力はあるようだな」

男は微苦笑するような声で言って、抜き放ったときと同様に瞬時に刀を納めた。

「よし、その格好をすることは許してやる。ただし、無様を晒《さら》してくれるなよ」

男は笑いを含んだ声で告げ、あっさりと背を向け去っていく。悠然とした姿で、全く警戒した様子もない。現れた時と同様、暗闇の中へと姿を消した。

「咲月、あれはまさか」

「うん、私も慎之介と同じ考え。あの人は——大幻獣災で命を落とした英雄、尾張の剣聖」

言った言葉の中で矛盾しているが、しかしそうとしか言いようがなかった。相手の迫力が疑いようのない事実と告げている。

「これ、報告しないと。でもどうしよう、信じてもらえるかな」

「いや……待て。その報告は待った方がいいと思うぞ。死んだはずの人間が生きていた、つまり死んでないのに死んだことにされてたわけだ。間違いなく上層部は知ってるぞ」

十年程度とはいえ藩行政に携わってきた慎之介だ。それなりに後ろ暗い話について耳にしたことがあり、尾張藩の組織が必ずしも清廉潔白とは限らないと知っている。

だが経験の少ない咲月は何も知らない。

「どういうこと？　意味が……」

「わざわざ英雄を死んだことにしたんだ。それが実は生きていて、しかも目撃者は一人、正体不明のアドバイザーは数にならないだろ。これで、裏のある案件だったら危険すぎる」

「でも、こんな重要な話。ちゃんと報告しないと」

「目撃者が多いときにした方がいい。どうせまた現れる、そんな気がする」

「うーん……そうね、慎之介がそう言うのなら。そうするけど……」

咲月は悩んでいたが、慎之介が再三促すと渋々とだが頷いた。そして二人は尾張の剣聖としか思えない相手が去った闇を静かに見つめていた。


慎之介が帰宅すると、もう夜中になっていた。

イヌカミの後処理は咲月と特務四課の皆に任せ、一足先に帰宅だ。若干申し訳なくは思うが、しかし皆とは違って慎之介は明日も普通に出勤だ。早めに帰って休む必要があった。

そっと音をたてぬよう玄関を開け、閉め、施錠し、居間に向かう。だが、二階で物音がして陽茉《ひま》莉《り》が降りてきた。パジャマ姿で目元を擦《こす》り眠そうな顔だ。

「おーかーえーりー」

「起こしたか、悪かったな」

「んーん、別に起きてたし。配信とかしてた」

「こらっ、そういうことで夜更かしは駄目じゃないか」

慎之介は軽く叱ってみせるが、もちろんフリだ。配信などと言いつつ、陽茉莉がわざわざ起きて待っててくれたのは間違いない。そして何より、家に帰って出迎えがあるのは嬉《うれ》しいものだ。

「お風呂《ふろ》残してあるよ。それから寝る前だけど、お茶準備しておくね」

その言葉に甘え慎之介は風呂に入った。

少し温《ぬる》い湯に浸《つ》かり、ぼんやり考えるのは今日の戦闘のことだ。イヌカミ相手に思いっきり刀を振るった。思うさま感じるまま自由に身体《からだ》を動かした心地よさがあった。しかし、その後の出来事が全てをかき消してしまった。

「なんなのだろうな」

あれが本当に尾張の剣聖だったのかは不明だ。間違いなくそうだと思うが、なぜ死んだと公表されているのかが謎だ。やはり咲月に告げたように、きな臭く感じる。

ざぶりとお湯をすくって顔を洗い、嫌な予感を振り払う。

「しかし――まあまあ、と言われるとはな」

いきなり刀を突きつけられたとき、相手の動きが明らかに見えていた。相手が本気でないと分かっていたし、その上でどう動いてカウンターを入れるかまで考えたぐらいだ。よくある言葉で言うならば、殺気を感じなかったというものである。

「それも込みで、まあまあか？　どうだかな――よし、考えるの止《や》めだ」

慎之介は気分を切り替え風呂を出た。身体を拭《ふ》いて着替えると、軽く浴槽を掃除し水切りする。尾張の剣聖のことなどより、自宅の風呂の方が大事だ。ちゃんとやらねばカビが生える。

そしてタオルを干す頃には、すっかり頭から追い出し、そして風呂上がりの汗もひいていた。

「なんだ、まだ起きてたのか」

機嫌良く居間に戻ると陽茉莉の姿があり驚いた。掃除で時間もかかっており、てっきりお茶だけ用意してくれて寝ていると思っていたのだ。

「んー、あたしも飲みたくなったから」

「そうか」

居間の床に座り込んで、二人して夜のお茶会をする。香りからしてカモミールだ。味に拘《こだわ》るわけではないが少し薄すぎる気もした。多分、少なめにしようとして分量を間違えたのだろう。だが、優しい味がして気分が落ち着く。何よりその気遣いが嬉しかった。

「ねえ」

パジャマ姿の陽茉莉は床にぺたんと座り、両手でカップを抱え見つめてくる。

「お姉の手伝いって、結構お金になってるの？」

「まあな、良い感じだな」

「だったらさ、いっそのことそっちを本業にしたら？」

冗談で言っているのかと思ったが、パジャマ姿の陽茉莉は真面目《まじめ》な顔だ。

「どうした、急にそんなことを言いだして」

「なんだか、お兄ってば。今日もだけど、お姉の手伝いして帰ってくるとね。結構、ワクワク？そんな感じだし。やりたいことやった方が良いんじゃないかなって」

「ワクワク……そうかワクワクか、なるほど」

少なくとも今日は、かつての英雄、死んだはずの尾張の剣聖らしき人物が現れた。そんな謎めいた出来事に、我知らずワクワクしたのは間違いない。普段の幻獣との戦闘も、思い出してみれば同じワクワクする気持ちがあったのは事実だ。

だが、慎之介は静かな笑みで首を横に振った。

「そうかもしれんが、普請課の仕事だって別に嫌ってわけじゃない。それにな、仕事ってのはワクワクしてやるものじゃないんだ。ぶつくさ文句を言ってやるもんだよ」

「なにそれ、全く分かんないし」

「ま、そうだな。目立たない地道な仕事もな、案外と悪くないもんだぞ」

派手で皆から称賛を受ける仕事よりも、地味で目立たぬが縁の下の力持ちのような仕事の方がずっと良くて価値がある。

慎之介は微笑を深めると、不思議そうな顔をする陽茉莉に早く寝るようにと言った。

カップを洗って片付けて、そして寝た。

◆
◆
◆

名古屋城三の丸の尾張藩庁舎。その四階にある普請課は、忙しげな声が飛び交っているのが常だった。しかし今は、それに加えて少し張り詰めた空気が漂っている。

「調査結果が出ましたけどね、これは完全に白ってもんですよ」

風間《かざま》が頭を掻《か》いて渋い顔をして報告した。

その原因は、とある建設会社にあった。藩が発注する工事を落札できなかったところ、いきなり発注に不正があると審査請求を出したのだ。もちろん寝耳に水の話である。

そんな不正など誰もするはずがないが、そうしたことを言われては誰だって身構え緊張する。そしてデリケートな対応が求められる案件のため、普請課の皆はピリピリしていたのだ。

「うちと落札者の積算内訳を突き合わせ確認しましたけどね、情報が漏洩《ろうえい》したような痕跡《こんせき》はなしです。皆無です。どこの誰に見せても、堂々と胸を張って言えますよ」

「だとすると、なぜ相手は不正があると言いだしたのか。それが問題ですかね」

安堵《あんど》しつつ疑問を呈した慎之介だったが、それを風間は鼻で笑った。

「おや分かりません？　簡単な話ってもんですよ。紙切れ一枚でできる嫌がらせですわな、今後の心証は最悪ですが。それでも、工事を落札できなかった腹いせをしたかったんでしょうね」

「いや、それは少し違うよ」

否定したのは奉行の春日《かすが》だ。ちょうど執務室に入ってきており、気付いた皆は軽く礼をとる。風間は自分の言葉を否定され、僅《わず》かに顔を顰《しか》めたが直《す》ぐ取り繕った。

「流石《さすが》は御奉行様ですね、我々の知らない情報を握っておられるようで」

「知り合いから聞いたが、どうやら相手の会社のバックにはレイブンマウスがついているらしい」

「ははぁ、あの噂《うわさ》の組織的犯罪集団ですか？」

風間が訳知り顔で頷《うなず》いた。

そんな噂を慎之介は知らなかったが、とりあえず黙っておいた。知らないとなると風間が小馬鹿にしてくるだろうし、どうせ勝手に説明してくれるからだ。

思った通り、風間が喋《しゃべ》り出す。

それによればレイブンマウスは最近台頭してきた集団で、各種詐欺行為だけでなく、一度関わるとそこから脅迫や恐喝などに移行してくるらしい。被害者の大半が言うに言えない状況に追い込まれているため、まだ被害状況は把握できていない。

「御奉行、これは一大事ですよね。こうなれば、直ちに同心連中の協力を仰ぎましょうや」

「うん、風間君の言うとおりだ。ただしレイブンマウスが関わってることに、我々が気付いたことを悟られてはいけない。対応は慎重にやらないといけない」

「やー、それは面倒な話ですねぇ」

「これも連中を追い詰めるためだ。仕方がない」

春日も風間もウンザリした顔を見せるが、もちろん慎之介も同じ気分だ。

こうしたことをする会社に対し、徹底的に対処し再起不能に追い込むのが藩の方針だ。そのために対策会議が何度も開かれ、資料を作る必要がある。もちろん作業するのは現場の藩士たちだ。

考えただけでも、うんざりしてくる。

主務になることを避けるため、無言の牽制《けんせい》が既に始まっている。慎之介も上手《うま》く逃げる算段をしていると、タイミングよく自席で電話が鳴った。

――よしっ！

しかし、気を利かせた女性が電話を取ってしまう。逃げそびれた慎之介が悶《もだ》えていると、彼女は受話器を持ったまま立ちあがり、背筋を伸ばし電話の相手に答えながら頭を下げだした。

「…………」

慎之介は電話の相手が誰だか分かった。春日や風間も誰からの電話か察したらしく黙り込む。そして受話器を置いた彼女は、案の定と言うべきか、畏《おそ》れ入った様子で言った。

「設楽《したら》さん。そのっ……御家老様から、ちょっと来てくれとのことです」

以前は御家老に呼ばれると羨《うらや》まれたものだが、最近は微妙に憐《あわ》れむような顔を皆がする。無茶ぶりされ振り回されていると、どうやら噂になっているのだ。

家老の執務室に行くのも何度目かで、随分と慣れてきた。

そこは空調の音がするだけで喧噪《けんそう》というものとは程遠い環境だ。そこで仕事をすれば、さぞ集中できるだろう。控えの間で待機する藩士たちも、慎之介が来ることにすっかり慣れている。顔を見るなり苦笑され、何も言わず奥のドアを指し示すだけだ。

そして成瀬《なるせ》も慎之介が来ると、当たり前のように移動してソファにどっかり座った。

「よし、よく来た。ほれ、早く座れ。少しばかり頼みがある」

いつもより急《せ》いた口調で、何か気がかりがあるのは明らかだった。ただし、その気がかりがなんであるかは大体見当がついている。

「静奈《しずな》のことだが、最近どうにも機嫌が良い」

「はぁ、それは良いことで」

「いや良くない、あれは浮かれておるのだ。浮き立っていると言うべきか……儂《わし》が思うに、あれは恋をしておるに違いない。男の影を感じる！」

恋という言葉が大変似つかわしくない人から発せられ、慎之介は僅かに片眉《まゆ》を上げてしまった。もちろん成瀬は目聡《めざと》く気付く。不満そうな顔をしている。

「なんだ、その顔は。儂とて若い頃があったのだぞ。だから若い頃は恋だの愛だの、それで頭がいっぱいになることはよーく分かっておる」

「なるほど」

しかし返事をする慎之介は、恋だの愛だのが分からなかった。人生を振り返ってみれば家を守るため働いて、そちらに必死になって恋だの愛だの考える暇などなかった。

そう思うと少々侘《わび》しい気分ではある。

「故に、ああいう状態は実に良くないわけだ」

成瀬は腕組みをして、どっかりとソファに背を預け天井を睨《にら》んだ。思わしい顔で何度もゆっくりと頷いた。軽く貧乏揺すりさえしている。

「ああいう状態で恋や愛に浮かれ、人はとんでもない失敗をしでかすものだ」

多分それも成瀬は経験して、よーく分かっているのだろう。

「それも経験と言えば経験ではある。だが、娘が傷つき悲しむ危険をみすみす見逃すわけにもいかん。故にお主、それらしき男がおらぬか探れ」

「は？　静奈、お嬢様を見張るというわけですか？」

「当たり前だろうが」

「それは、いやしかし……」

「いいから、やれ。仕事の方は気にするな、儂が手配しておいてやろう」

必要に応じ成瀬の名前を使い外出しても良く、さらには経費も出すとさえ言っている。あんまりにもあんまりすぎる内容で、親バカの無茶ぶりが過ぎた。

成瀬がジロリと睨んだ。

「何を考えておるか当ててやろう、儂のことを親バカなどと思っておるのだろう」

「いえ、滅相もございません」

「分かっとるわい、自分でもそう思うのだからな。だがお主も考えてみよ、うん？　自分の妹にどこの馬の骨とも知れぬ男が近づいた状況をな。さあ、どうだ」

「……うっ」

想像するだけで胸が詰まる。親代わりとなって育てた陽茉莉がそんな状況になったとしたら、相手を調べて確認し、よからぬ相手なら必要とあれば闇討ちしてでも密《ひそ》かに片付けるだろう。

「どうだ、分かったか」

「ええ、分かりました」

「やるか？」

「やります」

慎之介は力強く宣言した。

帰路についた慎之介は、地下鉄の改札を顔認証で抜けた。混み合っているため刀を身体《からだ》に沿わせて縦にして、所謂《いわゆる》ところの落とし差し状態にする。稀《まれ》にだが鞘《さや》が当たったとイチャモンをつける者がいるための対応だ。

人の少ない方へと移動していき、慎之介は気付いた。

――陽茉莉がいるじゃないか。

陽茉莉が通う明倫堂《めいりんどう》高等学院は尾張藩庁のある三の丸の近くに位置する。帰る場所が同じなので、特に連絡を取らずとも顔を合わせることが時々あった。今日もまさにそれだ。

人の認識力とは凄《すご》いもので、後ろ姿の一部だけでも相手が分かったりする。だから、ちらりと見えたセミロングの黒髪だけで陽茉莉がいることに気付いたのだ。

声をかけようかと思ったが、止めておく。陽茉莉はホームの白線近くに居る。わざわざ声をかければ衆目を集めてしまい、周りの耳を気にしながら会話をせねばならない。ちょっと面倒だ。

ついでに言えば、陽茉莉に馬の骨が近づいていないか確認もしたかった。

ぼんやり様子を見ていると、不意に陽茉莉が辺りを見回しだした。何かを探している様子だ。目が合った。この妹は時々妙に勘が鋭い。

「見ぃつけたっ」

白線の側《そば》を離れやって来るが、まるで獲物を探し出す猟犬の如《ごと》き鋭さだ。

にこにこ嬉《うれ》しそうな陽茉莉だが、慎之介は思わず額に手を当てた。周囲は兄妹《きょうだい》などと知るはずもなく、関係を邪推するような視線すらある。

声を大にして兄妹だと言いたいが、むしろ言い訳っぽくなるだけだ。

「陽茉莉じゃないか、学校の帰りか」

できるだけ知り合いという素振りで返事をする。

「もちろん、そうだし。見れば分かるじゃない……」

「ちゃんと勉強しているようで、兄は嬉しいぞ。兄として誇らしい」

「ええっと？　普通に学校に通ってるだけじゃない。ねえ、ほんとどうしたの？」

家族だとアピールをする慎之介だが、そうした事情は陽茉莉には分からない。心配するような訝《いぶか》しむような、何とも言えない顔をしている。

――だが、これでひと安心。

そう思っていると、いかにも公家の血筋と分かる撫子《なでしこ》色の髪が人垣の向こうに見えた。もちろん相手が誰かは考えるまでもない。また設楽家に特設した蔵書庫に行くところだったのだろう。

「慎之介お兄さん、会えて嬉しい……じゃなくて嬉しく思いなさい……思って」

上目遣いで恥じらう静奈の姿に、周りからの邪推度が上昇した気がした。

諸々《もろもろ》を堪《こら》え、地下鉄で一緒に移動。乗り換えたバスでも最後部席に三人並んで座った。だから自宅近くの停留所で降車したときに、慎之介は微妙に疲れた気分だ。

だが幸いにも静奈をしっかり観察できた。

――なるほど、これが御家老の言う状態なのか。

静奈は機嫌よく笑みを見せ、若干だが上気している。確かに成瀬が言った通りの様子だ。つまり浮き立つような華やいだ様子という状態だった。

恋だの愛だので浮かれる状態を見るのは初めてで、それを間近で見られて得をした気分だ。

しかし、あんまりにも見つめすぎていたらしい。

「な、なに？　……なん、ですか？」

気付いた静奈は鞄《かばん》で顔を半分隠してしまった。

「いや、なんでもないのだが」

「ちょっと、お兄ぃ。静奈を見すぎ、迷惑でしょ」

「すまん、ちょっとその何というか――」

どう言い訳しようか迷う。まさか、観察していたなどと言えるはずもない。

「そのだな。つまり……綺麗《きれい》な髪だなと思っただけだ」

「はうぁっ！」

静奈が変な声をあげ鞄で顔を完全に隠してしまった。

「あのさ、何でそういうこと言うわけ。これだから、お兄はさぁ」

「そうだったか。以後気を付けよう、もう見ないようにしよう」

「いや、だから、そうじゃないし……ああ、もうっ！　お兄のバカ、バカバカバカ！」

良い言い訳と思ったが、ダメだったらしい。

陽茉莉に怒られ反省しつつも、ちょっとだけ理不尽だと思った。

バス停の幌《ほろ》は老朽化で撤去され、今は骨組みだけの状態だ。空は青さを残しているが僅かに赤みを帯びだし、そこに浮かぶ雲の陰影が少し強く感ぜられる。降車したバスが重いエンジン音を響かせ走り去ると、どこか夕食の支度を感じさせる空気が漂う中を歩きだす。

「え、と……今日はお仕事どうでしたか、忙しかった？」

どこか楽しそうな声で静奈が聞いてくる。

「いや、忙しかったのは途中まで。案件が片付いたから帰れた」

「そ、そうなのね。なら忙しく……ない？　忙しいなら……何とかしてあげる。大丈夫。ちょっと父、脅すだけだから」

その父から仰せつかった仕事があるが、しかしそれは言えない。

「普通程度になった感じかな」

会話をしながら静奈を見ればその向こう側に陽茉莉の顔が見える。できれば会話を代わって欲しいのだが、陽茉莉は口をへの字にして何か考えるような顔をしているばかりだ。

そして静奈は、いつもよりよく喋る。

「じゃ、じゃあ。今度の日曜日空いてる？　空いてるなら、取材を手伝って。手伝いなさい。良いわよね……言うこと聞きなさい……だから良いでしょ、良いって言いなさい。言って」

慎之介と陽茉莉は、その能力を知る静奈に脅されている立場だ。可愛《かわい》く言われているが、同時に脅されているわけだ。もちろん逆らえるはずがない。

「日曜日か。どうせゴロゴロしているだけだから、構わんが。どうせなら陽茉莉と二人で行った方が楽しいのではないか？　同じ年代の方が」

「そ、そうだけど……そうじゃない……ううっ、手伝いだから。手伝いなの。だっ、だから！　分かれ、分かりなさい、分かって下さい」

かなり強く言われる。それがどんな手伝いか分からぬが、たぶん力仕事があるのだろうと理解した。話を聞いていた陽茉莉が仕方なさそうに小さく息を吐いた。

「そうね。お兄も行った方が良いよ、しゃーない。でも、あたしも行くから。友達なんだから」

「うぇぁっ！　と、友達。友達……うん、友達。もちろん、うふふっ」

「お兄は荷物持ちにするし。何か買ったりしても安心だし」

「荷物持ち、お付きの者。そ、そうね。そういうのもいい……かも？」

どうやら休みの日は引きずり回され、力仕事をさせられそうな様子だ。しかし成瀬から依頼された静奈の動向調査としては、都合の良い話かもしれない。

そんな話をしていると、あっという間に家に着いた。

静奈は機嫌良く本を読みに行き、のんびり寛《くつろ》ぐ。そして慎之介が自宅近くまで車で送り届ける。だが、今の時点では御家老が心配する男の影というものは微塵《みじん》も確認できていない。調査は長引きそうだ。

◆
◆
◆

社会人と学生の違いは、いろいろとある。

しかし一番の違いは時間に対する感覚だろう。社会人というものは時間の連続性を重視するが、一方で学生というものは時間が小刻みに分断していても平気だ。そういった感覚の違いこそが、社会人と学生の大きな違いなのだろう。

「お兄、あのさ。それ言いにくいけど。老化じゃない？」

そんな話を陽茉莉にすると、情け容赦ない言葉で応えてくれた。

家に来ていた静奈のため車を出して、成瀬家のお屋敷まで送り届けた帰りだ。なお、お屋敷は敷地が広すぎるため塀と門しか見ていない。なお門は最上位の四脚門で門番までいた。

行きは静奈と後部座席だった陽茉莉も、今は普段通り助手席に座っている。

「老化ってな、まだ三十前なんだぞ」

「こっちは十代だもん。そんな気持ちなんて分かんないよ」

「ふふん、油断してると直《す》ぐだぞ」

「そんなことないし、そんな日なんて来ないし！」

陽茉莉は車の中で足をばたばたさせて暴れた。確かに当分は子供だろうと思わせる仕草だ。

対向車のヘッドライトが眩《まぶ》しい時間帯だが、帰宅ラッシュは終わっている。主要幹線道路も、さほどは混んでない。一方で速度超過の車が多くなるため、十分に注意して運転せねばならない。

「それより、今度の日曜日に静奈のお手伝いするけど良かったの？」

「良かったとは？」

「だーかーらー。休みの日に出かけたくねーとか、いつも言ってるし」

「何をするかは知らんが問題ない」

「そかそか、ならいいね。取材の手伝いって話だけど、結構楽しみかなー。美味《おい》しいもの食べて、面白スポット巡って、可愛いお店を覗《のぞ》いたりとか」

「………」

それは取材ではなく、普段の陽茉莉のお出かけコースに近い気がした。自分が一緒に巡る光景を想像すると、慎之介は早くも後悔した気分だ。しかし、これは成瀬家老からの依頼を成し遂げるまたとない機会と言える。

ただそうなると問題は陽茉莉だ。途中で気付かれるより、最初から言った方が良いだろう。

前方の信号が赤になったので速度を落としていく。

「日曜の話を受けたのは御家老の、つまり静奈の父上から頼まれた用件もあるからだ」

「は？　何それ」

「御家老はいろいろ心配して――」

ここ最近の静奈の浮かれ具合から、妙な相手と関わっているのではと心配する御家老の懸念と、それによる依頼について説明する。

「――というわけで、静奈が恋をしていそうな相手を探らねばならんのだ」

「………」

「どうだ、心当たりはあったりするか？」

信号待ちで停車した間に陽茉莉を見るが、何やら物憂げな態度で頭を傾けていた。しかも心底疲れきったような、または呆《あき》れたような溜《た》め息《いき》まで吐《つ》いている。

「もしかして心当たりがあるのか？」

再度尋ねたとたんに、ジロッと睨《にら》まれた。こうなると恐《こわ》い。

「にぶちんの、分からんちん！」

「なんだ、それは？　さっきから酷《ひど》くないか」

「あーもーいいの。とーにーかーく！　そーいうの尋ねられて、あたしが言うと思う？　お兄は、あたしが友達のことを裏でべらべら喋《しゃべ》る子であって欲しい？」

「うっ、そんなことはないぞ」

「だったら、ちょっとは自分で考えようよ。本当にもうっ。あたしは何も言いたくないですー。分かった？　ほら、信号変わってるし」

アクセルを踏み込み、後続車からクラクションを鳴らされる前に車を加速させた。

どうやら成瀬家老の依頼は自分で解決せねばならないらしい。

車内は沈黙に包まれ、エンジン音と車線変更のウインカーの音がよく響く。すれ違う対向車のライトを眩しく思いながら、点々と続く街路灯の下を進む。頬杖《ほおづえ》を突き外を眺める陽茉莉だったが、ふいに振り向いてきた。

「ねえ、日曜日に何を着てくつもり？」

「そりゃまあ、これでいいだろ」

「これって……え？」

陽茉莉はまじまじと慎之介を見つめる。

ネクタイは外しているが、あとは仕事から帰ったときのままのワイシャツにスラックス姿。自分の身体《からだ》を指で叩《たた》いてみせる慎之介に、陽茉莉は二度見して驚いている。

「それ本気で言ってんの？」

「いや、これが一番着慣れているし楽だから」

「あのね？　日曜日は休日なんだよ。そんな時に、仕事に行きますみたいな格好で歩いてたら変でしょ。おかしいって思わない？　思わないなら、おかしいよ」

散々な言われようだ。

ビルが建ち並ぶ街中を抜け、少し閑散とした国道を進む。

「そうか？　分かった、こないだのお祭りに行った服で行こう」

「違ぁーうっ！　お祭りとは違う、食事したり歩いたりだし。つまり目的が全然違うの。それに誘ってくれた……じゃなくって頼んできた静奈の気持ちっての考えなよ、気持ちってのを」

さっぱり分からない。これは何が間違っていて何が正解なのか、それすら分からない状況だ。

「どうしろと？」

「まず服！　お兄の年齢だったら、大人っぽく落ち着いてながら少し崩してラフ感を漂わせた感じがいいの。そういう感じの服、分かった？」

「んー、ああ。そうか、なるほどな」

「それ、絶対分かってない時の返事。というかだよ、よくよく考えたらお兄の服に、それっぽい服ってなかったし。あーもう、そうだった……」

服の管理をされているので、その辺りは全部お見通しである。

そもそも慎之介は、ファッションに気やお金を回せる生活ではなかった。設楽家を存続させ、陽茉莉を育てるため、自分自身のことは後回しにしてきた。自分の服を買うぐらいなら、陽茉莉を優先させてきた結果がこれだ。

「まあ、そうだよね。仕方ないよね」

もちろん陽茉莉も、そんなことは分かっている。幼い頃ならさておき、今となれば自分がどれだけ負担をかけているかを理解していた。

「それなら予定変更！　今からお兄の服を買いに行く」

「はぁ？　今からだと？　服なんてものは別に——」

「うるっさいの。あたしが行くって言ったら行くの、買うって言ったら買うの」

陽茉莉は足をバタバタさせた。

まるっきり駄々っ子だ。反論しかけた慎之介だが、暴君である陽茉莉には逆らえず黙り込む。

橋を渡って川を越え、名古屋を取り巻く衛星都市に差し掛かる。そこは自宅まで帰る道筋では、一番賑《にぎ》わっている。服を買うには困らない。

第八話　即ち全てに励むが如《ごと》し

数日後の日曜日、慎之介《しんのすけ》と陽茉莉《ひまり》は名古屋栄《さかえ》の久屋《ひさや》大通公園に来ていた。

テレビ塔が立つ辺りは古くから憩いの場だったが一度は寂れ、しかし二十年程前に大きく改修され洒落《しゃれ》た感じの広場となったことで、今では観光スポット的な場所となっていた。

時刻は十時。

人が集まるには丁度良い時刻、やはり待ち合わせらしい様子の者が多い。

慎之介は着慣れない服のせいで微妙に落ち着かないでいた。

ジャケット系の黒いカーディガン、少しラフな襟ありの白シャツ。チノパンはベージュで裾《すそ》はロールアップしてあり、靴は予算が足りなかったのでビジネス用の革靴。そして愛刀の来金道《らいきんみち》。

陽茉莉から太鼓判を押された格好だ。少々ラフだが、これなら別に普段の仕事に行く格好と大差ない気がする。それを正直に陽茉莉に話したところ、憐《あわ》れみの目で見られてしまった。

まったくもって、お洒落というものは難解である。

「遅く……なった。出がけに父、煩《うるさ》かった。ほんと許さない、絶対にだ」

静奈《しずな》が不機嫌そうにやって来て、成瀬《なるせ》御家老が可哀想《かわいそう》になることを言った。

白いワンピースにアイボリーのカーディガンで、小《ち》っこい鞄《かばん》を手にしている。お嬢様っぽい格好だと慎之介は思ったが、実際にお嬢様なので当然だった。

首から提げている無骨なカメラが、取材という今回の目的を主張している。

「待ってないし、そういうのいいじゃないの」

陽茉莉は気軽に言って手を振る。なお、それで尾張《おわり》藩筆頭家老が救われたことは知らない。

こちらは普通の白シャツに薄手のパーカーで、カジュアルパンツという気楽な格好だ。元気良い感じにまとまっているが、人にお洒落を命じて服まで買わせたにしては随分とラフだと思う。

だが、文句を言っても詮無きことだ。

慎之介は軽く深呼吸し、手を取り合い再会を祝う様子の二人を見やった。

「まずはスイーツだったか?」

「そうよ……おすすめの場所に案内して……案内なさい……案内して下さい」

静奈は軽く見上げながら目を輝かせている。それは、おやつを貰《もら》う前の仔犬《こいぬ》を連想させた。

「ああ、案内か。案内ね」

てっきり静奈が行きたい場所があって、そこに連れていかれるとばかり思っていたが、どうやらこちらが案内するらしい。

「そ、それと、これ取材費……どうぞ」

いきなり万札が束で差し出された。流石《さすが》は華族のお嬢様で、お金に無頓着《むとんちゃく》である。だが周りからすれば何事かといった出来事だろう。まるで慎之介が静奈を脅していたり、または貢がせていたりするように見られかねない。実際、非難の眼差しを向けてくる者もいる。

「おい⁉　そういうのって良くないぞ」

「た、足りなかった?」

「そういうのは、いいから。仕舞おう。仕舞ってくれ、お願いだから」

「えぁっ。で、でもっ。これ友達料込み……も、もしかして。もう友達止《や》める……の⁉」

今にも泣きそうな様子だ。通行人の何人かが足を止めだした。割って入って、可哀想な女の子を救おうか検討している雰囲気が見て取れる。

「違う。そうじゃない。とにかく、お金は僕が出す。それに友達だから、お金の心配はしなくていいんだ。ほら早く行こう」

周囲の注目に慎之介は焦り促した。一方で陽茉莉は半分諦《あきら》めた様子になっており、しかも一歩離れた場所で、スマホを手に他人のフリをしていた。

誤解される前にその場を離れ、三人で街を歩いていく。

休日とあって、普段の倍以上は混雑している。車のクラクションや歩行者信号の音、どこかの店から漏れる音楽。そして人々の会話。全てが渾然《こんぜん》一体となって騒々しさを形成している。

「ふむ?」

慎之介は黒スーツで動いている姿に目を留めた。

「なるほど、いかにも仕事という格好は良くないな」

「そうでしょう、いかに無自覚だったか理解したでしょ」

「へいへい、陽茉莉様の仰《おつしや》る通りでございます」

拗《す》ねた言い方をしておくが、日曜日にきっちり仕事の格好でいることの奇妙さと、多少崩すことの大事さは理解できた。

何気なくビル一階を見て眉《まゆ》を顰《ひそ》める。そこにあるポストには、レイブンマウスとあった。現在職場で問題となっている案件に関わる集団の名前だ。どうやら黒服はその関係者らしい。

「なるほど。ここが……」

慎之介は呟《つぶや》き視線を逸《そ》らした。凝視はしてなかったが視線を感じたのか黒服が睨んできたのだ。なかなか好戦的な態度であった。いちゃもんを付けられる前に視線を逸らした。

「店は決まったか？　スイーツなんだろ」

「当然だし、ここはあたしに任せて」

陽茉莉が大張り切りで歩き、慎之介が引っ張られ、静奈が慌てて追いかける。そんな具合だったため、黒服は興味を失い能天気な連中に対する舌打ちをして視線を戻していた。

向かったのは歴史ある大須《おおす》のアーケード街だ。

アーケード街は各地にあるが、ここは独特だ。

古き良き商店街の雰囲気があるかと思えば最新のハイテク機器が並び、ファッションも古着店からブランド店、婦人服店まであり、オモチャ屋があればゲームセンターがあり、そして寺まで並ぶ。そこを大勢が行き交い、思い思いに見て食べて飲んで笑って喋っている。

この全てが渾然一体となった雰囲気こそが、大須商店街の特徴だろう。

「凄《すご》い……凄い凄い、凄い」

やや興奮気味の静奈は普段の大人しさはどこへやら、興味を引かれた場所へと駆けていっては観察しタブレットにメモをしている。どうやら創作意欲を大いに刺激されているようだ。

そうした行動すらも、ここでは良くあることなのか誰も気にしていない。

「うはぁ……」

静奈は完全にお上りさん状態で、辺りに目をやり、驚きとも感心ともつかない声をあげた。通りには髪を染めた者や被《かぶ》り物をした者が闊歩《かっぽ》し、撫子《なでしこ》色の髪も目立たない。しかし考えてみれば、公家の血を引く者が来る場所ではないかもしれない。

「ちょい、静奈」

「うい？　な、なに？」

「迷子になったら大変だから、あんま一人で突っ走らないの」

「うぁ……ご、ごめんなさい……もう、しません」

「そうじゃなくって。一緒に行こ、その方がもっと楽しいよ」

「ぁ！　そう、そうよね」

静奈の顔にみるみる喜びの表情が浮かんだ。

「それじゃ、最初はかき氷に行こっか」

陽茉莉の頭の中は、それで占められているらしい。そのまま静奈と手を繋《つな》いだまま進み、明治の御代から続く和菓子屋で喫茶もやっている店で立ち止まった。

「まずは、ここ！　抹茶氷！」

陽茉莉が大きく手を振って誇るように言う。自分のお気に入りの店を前に大張り切りだ。確かにその気持ちは大いに分かる。自分が美味《おい》しいと思うものを誰かに紹介することは喜びだ。

入り口で和菓子を売っており、奥に扉があって喫茶となっている。壁にコーヒー、ぜんざい、あんみつ、くずきりとメニューが貼られている。幸いにも今日は混んでおらず、年配の男が一人黙々とかき氷を食べているぐらいだ。

「お店……な、なるほど。そこはかとなく漂う庶民感は……こんな感じ、なのね」

微妙に失礼なことを言いながら、静奈はタブレットにメモをしている。ちらりと見ると、店の内装や情景、感想などを一気に書いていた。

「あれ？　写真撮ったりしないの？」

「あ、あんまり写真は撮らない……後でメモ見て……そこから想像して新しい世界をつくるの」

「なーるほど。想像を膨らませるわけね。そんならあたしもイラストのためにメモしよかな」

今でも十分に独創的なイラストを描いている陽茉莉が、さらに想像を膨らませるとどうなるのだろうか。不安なぐらいだが、慎之介は発言を差し控えておいた。

「でもさ、最近って幻獣騒動多いよね」

かき氷を注文して、待ちの間に陽茉莉が何気なく呟く。

「学院の噂《うわさ》だとね、大きな幻獣災の前触れじゃないかって話だし。特に男子たちが煩いんだよね。すーっごく大袈裟《おおげさ》なことばっか言って」

「うい？　そ、それたぶん……陽茉莉さんの気を惹《ひ》きたい、だけね」

「あたしの？　なんで？」

「人気、だから」

その会話に慎之介は沈黙をしている。もはや御家老の依頼どころではない。それよりも陽茉莉の学院生活の方が気になる。陽茉莉の気を惹きたい連中がいるという話は要注意である。

――こうなれば静奈に頼んで見張ってもらうか。

慎之介が思い悩んでいると、山盛りかき氷が運ばれてきた。

まずは初体験の静奈が食べる。

「抹茶を氷に。ほ、本当だった……し、信じられない」

驚きながら静奈は、そっとスプーンを使い口に運ぶ。

「ふむ……甘い。けど……これは宮家御用達《ごようたし》、菊御作の抹茶、使ってるわね」

ちょうど次を運んできた店員が驚きと感心の声をあげ、この店の味の秘密だと教えてくれた。これまで何度も通っていた慎之介と陽茉莉は、驚き戸惑うばかりだ。

「そうなんだ、静奈凄いね。あたし、全然分かんなかった」

「べ、別に。その……いつも飲んでる、もの……茶利きもしてる……それだけ」

「うわぁ、さらっと雅で上流階級な話が出てきたし。あたしも、お茶のお稽古《けいこ》しようかな」

陽茉莉が望むなら、茶道教室に通わせようかと、さっそく慎之介は検討している。だがしかし、今はまず抹茶氷。かき氷とは単純に見えてなかなか難しい。陽茉莉のように真ん中ばかりを食べ進めれば、シロップを無為に減らす。静奈のように端から食べれば、いずれ崩れて台無しとなる。とてもバランス感覚を要する食べ物なのだ。

——ま、教えてやっても良いが。こういうのは自分で気付かねばな。

密《ひそ》かな優越感を抱き、慎之介は抹茶氷を味わう。かき氷の途中で熱いお茶をがぶりと飲むが、これがまた堪《たま》らなく良い。味というよりは、冷えた口に熱さを含んだ時のむず痒《がゆ》さが癖になる。

「ね、ねえ。慎之介お兄さん、お仕事はどう……問題ない？　嫌な人とかいる？　いたら言いなさい。わ、私が処理してあげるわ」

静奈がとんでもないことを言いだした。そこらの女の子の言葉なら単なる戯《ざ》れ言《ごと》だが、代々家老職を務め今は筆頭家老である成瀬家の娘の言葉だ。父である成瀬家老に頼らずとも、奉行の首ぐらいは簡単にすげ替えられそうだ。

——結構恐《こわ》い子だな、気を付けよう。

下手《へた》に機嫌を損ねると慎之介もどうなるか分かったものではない。思えば最初の出会いの時も脅されもした。そうしたことを本当にやりかねない。

「いまのところ大丈夫だ。それに自分で乗り越える、問題ない」

「そう……そっか……でも何かあれば言いなさい、言って下さい」

「頼りにしておこう」

そんな恐ろしいことを頼む気はないが、断ったり否定したりすると後が恐いので頷《うなず》いておく。

慎之介の考えを知る由もない静奈はご機嫌そうに笑った。

「ふふんっ。た、頼りにして、しなさい。して下さい……ああっ」

静奈はかき氷を見て哀《かな》しそうに声をあげた。端から食べていたせいで氷の山が崩落、皿からこぼれ落ちてしまったのだ。哀しいだろうが、人はそうして学んでいくものである。

「あーもー、ちゃんと気を付けないから」

「しゅんっ」

「でも初めてだから仕方ないよ。気にしない、気にしない」

にこやかに言う陽茉莉だが、真ん中のシロップがたっぷりかかった付近を食べ尽くしており、もう殆《ほとん》ど氷しか残っていない状態だ。

——愚か者め。

バランスよく氷を食べてきた慎之介は心の中で笑った。この絶妙な匙《さじ》加減を会得するまでに、どれだけのかき氷を食べてきたことか。伊達《だて》に年を重ねていない。

望むのであればシロップ部分を恵んでやろう、と思っていると陽茉莉が手を上げ店員を呼んだ。

「あ、すみませーん。抹茶のシロップ追加お願いします」

信じがたい言葉に慎之介は驚愕《きようがく》し目を剥《む》いた。

――シロップ追加だと⁉

店員が軽快な返事で直《す》ぐにシロップを持ってくる。昔は確かそんなシステムはなかったはずだ。いつの間にか可能になったらしい。慎之介は時代の変化を感じ、どこか侘《わび》しく悲しい気分で、のそのそと残りの氷を口にした。

「もうちょっとでお昼の時間だよね。かき氷を食べたばっかりだけど、このまま続けてお昼を食べに行っても大丈夫だよね。時間的にもその方がいいだろし」

陽茉莉が言うことはもっともで、昼時の特に日曜はどこも混む。それを回避するには、昼食の時間をずらすしかない。つまり十一時になった直後か、または十三時以降にするかだ。

そして今の時間を考えれば前者を選択する方が、時間的無駄がない。

「わ、私は構わない……わよ。慎之介お兄さんは？」

「こちらも大丈夫だ」

そして大須で昼となれば、設楽《したら》家として選ぶ場所は決まっていた。

「キッチンエードーでいいわね」

「もちろんだ。あそこなら煮込みハンバーグの一択だな」

「うわーいっ。久しぶりだから、楽しみ」

「そういやそうだな、しばらく来てなかったな」

嬉《うれ》しそうな慎之介と陽茉莉は互いの顔を見やって軽く笑った。高級レストランしか知らぬであろうお嬢様に、町の老舗《しにせ》洋食屋を味わってもらうつもりだ。

「では――」

席を立ち支払いに行こうとすると、レジで揉《も》め事《ごと》が起きていた。先に店内にいた年配男性が支払いに行ったが、パタパタと身体《からだ》のあちこちを叩《たた》いて、ひとつ唸《うな》ったのだ。

「いや、すまん。どうやら財布を忘れたようだ」

「スマホ決済もできますよ」

「なるほど。だが、俺はそのようなものは持たぬ主義なのでな」

「あら、そうですか。だったら、どうしましょうかねぇ」

店の老女将《おかみ》は頬に手を当て、首を傾《かし》げ困った様子だ。昔ながらの人のよい店なので、ここで声を荒らげることもない。

「学生さんとか若い子さんなら、お皿洗いを手伝ってもらうのですけど……」

「ふむ、皿洗いか。面白い。できれば手伝いたいところではあるが。これから仲間、いや、知り合いと落ち合う約束があってな。そろそろ行かねばならん」

「あらそうですの」

「後日、必ず支払いに来るが良いだろうか」

男の後ろ姿しか見えないが、そこには堂々とした佇《たたず》まいがあった。嘘やいい加減なことを言っているのではないと分かる。

「お金？　お金が問題、なの？」

静奈が財布を取り出した。どうやら皆が困っているため、何とかしようと思ったらしい。とても優しくて良い子だと思う。ただ、そこで札束を出さなければだが。

慎之介は静奈の行動を止め前に出た。咲月の手伝いで臨時収入もあり懐は暖かい。

「すみません、ここは僕が代わりに払います」

そう言った慎之介を、女将と話していた男が静かに振り向いた。風格があり理知的で威厳すら感じる顔立ちだった。目付きは鋭いが穏やかで、その目を慎之介に向けたまま、男は慎之介に向き直った。訝《いぶか》しげな様子だ。

「お主は？」

「この店の常連です。お気に入りのかき氷を美味しく食べてもらったので、ここは払いますよ」

男の顔に、ゆっくりと微笑が浮かんだ。どうやら慎之介の物言いに好感を抱いたらしい。感心するような褒めるような、そういった様子だ。

一方で慎之介も、男の反応に嬉しくなっている。その感情を強いて言うのであれば、祖父や父などに褒められ認められた時のような、何かこそばゆいような気分である。

「では、馳走《ちそう》になろう。感謝する」

穏やかに言った男は慎之介に一礼し、店の女将にも一礼しゆっくりと店を出て行った。堂々とした態度で財布を忘れた人には到底思えないぐらいだ。

「いつもの、お兄さん。ありがとうね―」

女将にも軽く礼を言われ支払いをする。

しかし男は一番高い宇治白玉クリームミルク金時抹茶付きを食べていたので、自分たちの食べた分も含めると、そこそこの値段であった。

予定外の出費だが、慎之介は妙に嬉しいような心地よさを感じている。


慎之介たちは店を出て、大須通りを大須観音方面に歩いた。

混雑するアーケード通りを抜け、馴染《なじ》みの老舗洋食屋に行くと、顔見知りの店主と挨拶《あいさつ》。煮込みハンバーグを注文する。静奈は洋食を美味しいと喜んだが、入り口の行列に配慮して食べると直ぐに店を出ることにした。

再び賑《にぎ》わうアーケード街に戻る。

小物店を覗《のぞ》いて服を試着したり、団子を買い食いしてみたりでぶらつく。静奈は取材をしているようには思えないが、陽茉莉と一緒に楽しそうなので問題ない。

元気の塊のような二人を追いかけ、大須商店街の端から端まで移動。ようやく、ひと休みするため商店街脇の公園に入ろうとすると、呼び止められた。

「ここに居《お》ったか、ちょうど良かった」

振り向くと、あの男だった。かき氷を奢《おご》ることにした相手だ。腰元で手挟む刀の存在が似合う堂々とした立ち姿だ。気さくな様子で軽く手を上げ挨拶をするが、その姿が様になっている。

「先程は助かった。すまなんだな」

「ああ、これはどうも」

「ちょうど、お主の姿を見かけ追いかけてきた、仲間から金を用立ててもらっておったのでな」

男は懐に手をやり半紙を取り出すと、身体ごと横を向き、お札を数枚半紙に挟んだ。そして向き直ると改まった様子で頭を下げ、それを両手で差し出した。

「先程の礼として、こちらを納めて頂けないか」

その仕草は堂に入っており、いかにも立派な人物といった様子だ。しかし、差し出された金額は明らかに多すぎた。かき氷を奢っただけで貰《もら》うには不釣り合いな金額だった。

「いや、それは受け取れませんよ」

「そのようなことを言わず、遠慮などしてくれるな。これは俺の気持ちでもある。お主のな、その心根が嬉しかったのだよ」

「う一ん、遠慮ではなくて」

慎之介は困った。こんな時にスマートに対応するにはどうすべきか、大人としての改まった付き合い方を知らない。なぜなら、それを見て学ぶべき存在だった両親を早くに亡くしているので。

だから素直に告げて断るしかない。

「どう言えば良いか分かりませんが、ご馳走したくてご馳走したものですし。それなのにお礼を受け取るのは、いささか筋違いかと」

「ふむ」

「それであれば、あの店でまたかき氷を楽しんで下さい」

「ふむふむ」

小さく呟《つぶや》き、男は慎之介の顔をじっと見つめる。そこには慎之介という人間を初めて一人の人物として認めたような様子があった。笑うと意外に優しい雰囲気だ。

「いや、よく分かった。これは完全に俺が悪かった。危うく、お主の気持ちを金で汚すところだったな。改めて、お礼申し上げる」

そして男は、世良田野嶽《せらたのがく》と名乗った。慎之介《しんのすけ》も応えて名乗り、なぜか陽茉莉まで名乗りを上げている。それで困った様子の静奈だったが、野嶽はそちらに目を向け頷いた。

「後ろにいるのは、もしかして成瀬家の静奈か？」

視線を向けられた静奈は困った様子をみせ、そっと慎之介の後ろに隠れてしまった。他人が苦手なので仕方がない。代わりに慎之介が答える。

「ええ、そうです。この陽茉莉の友人でして」

「やはりそうか、大きくなったなぁ。なにより母君の面影があって、良いことだ。父親の奴《やつ》はとても可愛《かわい》いとは言えぬ男であったからな」

野嶽は口を開け愉快そうに笑った。

「よし、真《まこと》に楽しい出会いであった。だから一つ助言しておこう。今日はもう帰った方が良いぞ。よいな、きっとだぞ」

そして戸惑う慎之介を前に、野嶽は悠々とした足取りで去っていった。後ろ姿だけでも絵になるし、歩いていく先で人が自然と道を譲っている。何か人としての格が違うような人物だった。

「やれやれ……」

慎之介は軽く腕組みをすると木製ベンチに腰掛けた。何となく疲れた。野嶽に圧倒されたと言うべきか、まるで偉い人と話して精一杯背伸びした後のように気疲れしたのだ。

「な、なに……疲れた？　疲れたのでしょ、疲れたのね。それならどこかで休んでも構わないわ……休め、休んで下さい」

「それだったら喫茶店でも行くか」

「うぃっ？　きっ、喫茶店⁉　あっ、あのコーヒーを飲むという場所……」

静奈はなぜか怯《ひる》んだが、直ぐに覚悟した顔となった。

「べ、別にいいわよ。構わないわ、案内されてあげる……わ、私はコーヒーだって飲めるもの。お砂糖だって、少ししか入れないいんだから」

あたふたとしている静奈は、飲めると言いつつコーヒーが苦手なのは間違いない。もちろん喫茶店に行ったからと、コーヒーを飲まねばならないことはない。それに、かき氷を食べたのは和菓子店とはいえ喫茶だ。お嬢様が喫茶店に対する認識を理解するのは、なかなか難解のようだ。

慎之介と陽茉莉は顔を見合わせた。

「あー、喫茶店も混んでいるだろうしな。うん、僕は別に他でもいいのだが」

「そうね、あたしはまたかき氷でもいいかなって思うけど」

「奇遇だな、そう思っていたところだ。この際だ奢るとしよう」

それを聞いていた静奈は、こっそり安堵《あんど》の息を吐《つ》いている。やはりコーヒーを気にしていたようだ。もちろんバレバレだ。

陽茉莉が慎之介に手を差しだした。

「じゃあ、行こっ。あたしが案内したげる」

「店を当ててやろう、どうせ栄の『スイメ踊り』だろ」

妹の手を掴《つか》む慎之介だが、引っ張られてやりながら自分で立っている。

「そうでーす。お兄の奢りなんだし、あたしは大島金時ミルククリームわらび氷の白玉トッピングの抹茶付きにしとくね」

「容赦ないな」

そのままぶらぶらと、三人揃《そろ》って歩きだした時だった、辺りに緊急を告げるサイレンが鳴り響いたのは。サイレンは辺りの建物に反響して騒々しく、スマホに届いた緊急速報メールによるプッシュ型通知の音をかき消すほどだ。

「またか、ほんっと最近多いな」

緊急幻獣速報に道行く人々は足を止め不安そうに周囲を見回している。反応の早い者は直ぐ動きだし、手近な地下避難所シェルターに向け走りだす。

各店舗のシャッターが次々と降りていく。道を行く車も左端に寄り、運転手が慌てて飛びだし避難を開始する。先日から幻獣出現が続き、報道で注意喚起がされていたことや、藩が積極的に広報していたお陰だろう。人々は急いで避難行動を取っている。

「僕らも避難するか」

そう促す慎之介だったが、不謹慎にも少しばかり安堵をしていた。なぜなら、これでようやく二人に振り回されずにすむのだ。

◆　◆　◆

執務室内に激しいアラーム音が鳴り響いた。

「‼」

咲月《さつき》が即座に見やったのは、執務室のモニターだ。

壁に設置されたそれには、四課が管轄する区域の地圧値がリアルタイム表示されている。その中の一つが赤色で点滅し、閾値《しきいち》を超えたこと知らせていた。

同時に手元のスマホに着信がある。そちらを見ないまま操作し受信すると、案の定で自動音声が流れだす。地圧の異常を知らせる自動通知が昼夜を問わず、休みでも関係なく連絡が入るのだ。

『こちらは、尾張藩《おわり》です。現在、藩内で、警戒値を超えた地域があります。場所は――』

咲月は最後まで聞かず、電話を切ると素早く立ちあがり、椅子に引っ掛けてあった制服の上着に袖《そで》を通した。執務室の隣にある災害対策センターへ早足で向かうと、志野《しの》が追いついてきた。

「休暇中の者を緊急参集させます」

「そうね、これかなり大きいわ。ここに参集するより、直接パトロールに入りながら集合ね。場所の選定は後でもいいから、まずは出動で」

「畏《かしこ》まりました」

スマホを手に志野は通話を始め、周りにも空いた手で合図をしだした。

災害対策センターは土足禁止のため、ドアの前には靴が並んでいる。咲月も靴を脱ぎ中に入る。センター内で待機していた者たちが手順通りに行動を開始していた。

警報装置の吹鳴状況の確認。管轄内の市長区長や地元警察トップにホットライン連絡。公的避難所や関係各所に基準値超えの通知。電力会社やガス会社などに警戒態勢に入った旨をＦＡＸ送信し着信確認の電話。

侍

それらの実施状況がホワイトボードに時系列で書き込まれていく。

咲月は部屋の中を歩きながら声をあげた。

「皆、手を止めずに聞いて。今回はかなり大規模になりそう。必要となれば本部に事務要員を残して、現地に出動する可能性もある。手の空いた人から装備の確認に入って」

大画面モニターには複数地点のライブ映像や、地圧の計測値などが細かく表示されている。各放送局の放送内容や各避難所の受け入れ状況など、そうした映像も映されていた。

「咲月様、御覧下さい。今度は大須付近の値が上昇しております」

「この上がり具合、まずいわね。これ本当に大規模幻獣災になりそうな気がする」

「出動用の車を手配しておきます」

「お願い」

言いながら咲月は観測値の受信パソコンに向かった。大須地点の観測値をグラフ表示させる。数値は上昇下降を繰り返しつつ、着実に上昇していた。

「これ駄目ね、非常警報が出るぐらいよ」

咲月が言った時だった、大須地点の観測値が急上昇。これによって自動的に緊急幻獣速報が流された。同時に災害対策センターからも非常警報が発令される。

「戦闘要員は出動！　事務担当は関係各所に連絡を！　他の課にも連絡、非常時の応援態勢をとってもらって！」

咲月は大急ぎでロッカーに行き、制服の上に防具を着用する。特殊繊維で編まれた防刃防刺突に優れ、打撃も軽減してくれるものだ。頑丈なグローブを身に着けブーツに履き替える。剣帯に愛刀を佩《は》いて、出撃用ルームに移動した。

同じ格好をした部下たちは非番を除き七人。既に整列している。

「これより四課、出動します。各員、己の安全を確保しつつ全力であたるように」

咲月が手を振って合図をすると、頷《うなず》いた皆が駆け足で部屋を出て行く。

「志野さん、先に行って。電話を一つしてくから」

迷惑をかけたくはないが、来てもらわないと駄目な状況だ。

咲月は自分のスマホの連絡先で、昔から一番上に登録してある相手に電話した。若干申し訳なく思っていたが、相手が大須で妹だけでなく静奈も一緒と知り、安堵半分不満半分となった。


侍専用の赤備えパトカーが道路を疾走する。

路上の車両の殆《ほとん》どが道路脇に停車しており、運転手はシェルターに避難済みだ。動いている車両は状況が理解できてない高齢者か、パニック気味の旅行者などだ。スピーカーで注意を促すが誘導までやっている余裕はない。

そして挙動のおかしい車がいた。

咲月は擦れ違った黒塗り車両をサイドミラーで見ながら眉《まゆ》を寄せた。

「いまの車の持ち主、照会かけて」

直《す》ぐ志野が画像を照会システムに送信、警察関係のデーターベースにアクセスし確認を行う。侍と警察は協力関係にあるため、そうしたことも可能だ。

「はい、これは……特記事項があるので捜査機関がマークしている人物ですね。窃盗、恐喝、振り込め詐欺の疑い。レイブンマウスという犯罪集団に所属しています」

志野の回答を聞きつつ、咲月は画面を見ていない。それは念のために車酔いを警戒してだ。

「連絡入れておいてくれる？　見た以上は連絡入れておかないと」

「畏まりました。ですけど、残念ながら警察も避難誘導で手一杯かと思われます」

「そうね。でもこんな時に動いてたなんて、怪しすぎるもの。あっ、でも。本当に避難していたかも。だとしたら疑ったらダメね」

「いいえ、火事場泥棒をするつもりに決まっております」

断言する志野に何か言おうとしたときだ、再び咲月のスマホに着信があった。相手は非番のため、自宅から現場急行した赤津《あかつ》だった。

『五斗蒔《ごとまき》課長ぉ。現場は小型を中心に、かなりの数が出とります！』

「そうなの。無理しないで、危険なら後退して構わない」

『いや、それがですね。既に戦ってる連中がいるんですよ。間違いなく侍ですけど、あいつら何なんです⁉　変な格好してる奴らで、しかも一人はシンノと同じメットかぶってます』

「え？」

咲月の脳裏に、あの夜に出会った死んだはずの英雄かもしれない侍の姿が浮かぶ。だが、今の報告だけでは確証には至らない。

「赤津君、報告して。ヘルメットの色は？」

『色は白です。いや本当に色意外に、あいつと同じです』

「……後退して。その侍は敵かもしれない。あ、もちろんシンノと関係ないから」

『はっ？　いやまあ、了解でっす』

合流地点を指示して咲月は電話を終えた。こんな時ばかりは自動運転がもどかしい。一応は緊急走行とはいえ、やはり安全を確保した上での動きなので、速いが全速ではないのだ。

「咲月様？　どういった相手なのです？」

「分からない。分からないけど、今からする電話で、その辺りのことが分かるかも」

そう言って咲月は侍機関のトップである局長に電話をかける。向こうも災害対策本部にいるらしく、電話越しに慌ただしさが窺《うかが》えた。

かつての英雄、尾張の剣聖らしき存在について報告する。赤津の通信もあり、多数の目撃者がいるのであれば慎之介のしていた心配もないはずだ。

そして――長めの沈黙の後に、局長より指示が出された。

「そんなのって……」

「咲月様？　大丈夫ですか」

息を呑《の》むような声をあげた咲月を志野が心配するが、咲月は黙り込んで答えない。スマホを強く握りしめた手を頭の横まで持ち上げ少し止め、それからゆっくり降ろす。さらに深呼吸をして、ようやく各隊員への連絡用回線を開いた。

「連絡。現場において最優先標的は幻獣ではなく、所属不明の侍。その存在を以降、羅刹《らせつ》と呼称するように。以上」

淡々とした通話を終えた咲月は、前を向いたまま志野に向けて続けた。

「私も詳しくは知らない。ただ、政治的な案件みたいね」

「なるほど、関わらない方が良い類《たぐい》の話ですね」

「……一番の敵は幻獣なのに」

幻獣よりも人間相手、しかも英雄なのかもしれない相手と戦わねばならない。それに苛立《いらだ》ちを覚えつつ、しかし組織に所属する以上はどうしようもないのが現実だ。

咲月の悩みが晴れぬまま、程なくして車両は次々と目的地に到着。それぞれ降車する。辺りを見回すまでもなく、抜き身の刀をひっさげた赤津が手を振りながら駆けてきた。

「よっす、赤津。応援に来たぜ」

普段から仲の良い藤岡《ふじおか》が手を振り返した。

「遅《おそ》せーよ、でも助かった」

「一人で泣いてなかったか心配したぞ。どうだ俺が来て嬉《うれ》しいだろー？」

「わきゃねーだろが。その、むさい顔を見せんなよ」

藤岡と言葉を交わしながら赤津が合流。そのまま咲月を中心とした特務四課が、整然とした動きで通りを駆け抜けていく。辺りに人の姿はなく幻獣の存在も感じられず、不気味なほど静かだ。

「赤津君、羅刹は？」

咲月の問いに赤津は交差点の先の、木々が生い茂った場所を指し示す。

「そこの白川《しらかわ》公園にいますよ。でも咲月様、あいつら本当に敵なんで？　所属不明かもしれませんけど、普通に幻獣を駆除して救助活動だってやってんですよ」

「上からは捕殺命令が出てるわ」

「それよか幻獣を駆除した方が……」

「私たちは藩の指揮下にあるの。だから幻獣より優先せよと命令されれば、従う義務がある」

「ですけどねぇ」

「分かってるわよ」

思わず咲月は強めの口調になった。意に沿わない指示への不満、上層部への不信感。全部呑み込んで素直に従えるような年齢ではない。苛立っているのは事実だ。

「私だって本当は、そんなことしたくない。でも、指示は指示！　相手が幻獣より大きな脅威かもしれない！　でもそこまで事細かに確認なんてできない！」

自分自身に言い聞かせるような咲月に、すみませんと赤津は頭を下げた。同時に相手が自分より歳《とし》下で、自分よりも思い悩んでいるのだと、今更ながら気付いたらしい。

咲月も我に返った。

「ごめんなさい。とにかく、急ぎましょう」

やや古びたビルとビルの間を進む。交差点の向こうの木々が並んだ場所が公園だが、その向こうには大型商業施設ビルがそびえている。咲月を先頭に公園に踏み込んだ。前面の建物が市美術館だ。

辺りにはかなりの数の幻獣の死骸《しがい》が転がっていた。

それを成した者たちは――白面をつけ赤いインバネスコート風のものを羽織っていた。

どうやら、それが羅刹らしい。だが、あの尾張の剣聖らしき姿は見当たらなかった。

――慎之介が居てくれたら、ううん、居ない方がいいか。

心の中で咲月は呟《つぶや》いた。

明らかに裏のある話で、そこに慎之介を巻き込みたくはなかった。

羅刹たちは幻獣を倒したところだったが、咲月たちの姿を見ると、幻獣を蹴《け》り飛ばし刀を構え向き直った。逃げる様子もなく平然としている。志野と赤津がそれぞれ数名を連れ左右に動き、羅刹を逃がさないよう取り囲む。

「特務四課です。刀を捨て、大人しく投降しなさい」

もちろん羅刹が大人しく言うことを聞くはずもなく、たちまち戦いが始まった。

咲月も正面から向かってくる羅刹を迎えて刀を構えた。あっという間に迫り躊躇《ちゅうちょ》なく刃《やいば》が振るわれ、風を切り刀が襲ってくる。咲月は羅刹の刀を弾《はじ》き、即座に斬り返した。躱《かわ》す間もない素早さによる、腰の入った袈裟《けさ》斬りだ。ただし刃を返しての峰打ちである。

肩にどんっと当たったが、驚いたことに羅刹はそれでも飛び退《の》いてみせた。だが膝《ひざ》を突いて動けなくなる。峰打ちとはいえ、受けるダメージは大きい。下手《へた》をすれば肉が裂けて骨が折れるぐらいの威力があるのだから。

別の羅刹が気合い声をあげ斬り込んでくる。勢いがのった容赦ない鋭さだった。

それに咲月は冷静に対応。相手の隙をみて即座に踏み込み、その横腹へまたも峰打ちの一撃を叩《たた》き付けた。そうして二人を行動不能にしたが、しかし残りの特務四課のメンバーは苦戦していた。

「こんにゃろ！　よくもっ！」

その時、赤津の怒鳴り声が聞こえた。しかし咲月はそちらを気遣う余裕もなかった。周りから一斉に羅刹が向かってきたため、そちらに対処せねばならない状態に追い込まれていた。

「おい、その者に手を出すな」

よく響く張りのある声がすると、羅刹たちは志野や赤津を標的に変え向かった。しかし咲月はそちらを気にする余裕もなかった。新たにやってきた相手に脅威を感じている。

あの夜に見た、尾張の剣聖と同じ白いヘルメットを着用した相手だ。堂々と立つ姿は存在感と迫力があり、改めて見ても一廉《ひとかど》の者だと分かった。

「鬼夜叉《おにやしゃ》公、こちらは無力化しました」

「殺してはおらんだろうな」

「もちろん。そこは注意しております」

相手は鬼夜叉公と呼ばれ、他の羅刹の態度から、敬われ指揮官といった存在だと分かる。ちらりと見れば、志野や赤津や皆が地面に倒れ込んでいた。

数歩の間をおいて、その鬼夜叉公と呼ばれた相手が咲月を見つめてくる。

「気になっておったが、その髪色。ひょっとして五斗蒔家の咲月か？」

鬼夜叉は刀の先を下げ、構えは取っていないが、しかし下手に動けない圧倒されそうなぐらいの威圧感がある。間違いなく強い。

「五斗蒔家の者に怨《うら》みはない。剣を引けば見逃そう」

「お気遣いどうも。でも、そんなことするとでも？」

「確かにな。仕方がない、少し痛い目に遭ってもらおう。すまぬな」

鬼夜叉の態度に咲月は構えを動かし、足を踏み替えるが、視線だけは微動だにさせていない。そのまま隙を狙っていく。

――今っ！

軽やかに踏み込んで一気に迫り、思いきり振り下ろす。しかし鬼夜叉は軽く刀を払って防ぎ、そのまま擦れ違っていく。同時に咲月は二の腕に鋭い痛みが広がった。どうやら鋭い一撃を受けたらしい。それでも咲月の戦意は収まらない、収めるわけにはいかなかった。

不意に咲月のスマホからアラート音が響いた。

辺りの地圧が増したことの通知だ。鬼夜叉の注意が僅《わず》かに逸《そ》れた、そう思った瞬間に咲月は前に出た。軽々と飛ぶように突っ込む。だが、鬼夜叉も前に出ていた。両者の距離が一気に縮まり、同時に刀を振っていた。

擦れ違う瞬間、鬼夜叉は予想外の敏捷《びんしょう》さで身を捻《ひね》りすり抜け、しかも咲月の肩を斜め後方から打ち据えていた。突き飛ばされるような衝撃を受ける。防具越しでも凄《すさ》まじい威力だった。

――そんなっ‼

その衝撃に咲月の足は堪《こら》えきれず、走ってきた勢いのまま地面に転倒する。辛《かろ》うじて片手を突いて勢いを殺し、何とか鬼夜叉の攻撃に備え振り向き身構える。鬼夜叉は納刀しながら、余裕すらある様子で視線を向けてきていた。

立ちあがろうとする咲月だが、急に横から強い衝撃を受け連れ去られた。だが、不思議と嫌な感じはしない。むしろ安心できるものを感じていた。

なぜなら咲月にはもう相手が誰だか分かっていたのだから。

◆　◆　◆

六車線道路の中央帯は、名古屋高速の高架が屋根となった広場になっている。そんな大通りの両側は雑居ビルが壁のように続き、幅広の歩道には欅《けやき》の並木がある。

緊急幻獣速報に続いて非常警報が発令され、人々が必死に避難をしていた。

子供を抱えた母親もいれば、老親の手を引く男性の姿もある。慌てふためく者もいたが、歩道を続々と進む人の動きは落ち着いたものだった。

たった一つの警報で、これだけの人が動く。

改めて咲月たち侍が担う責任の重さというものを感じる。幻獣に襲われる人々を間一髪で救い、その歓声を受け、褒め称《たた》えられるヒーローといった単純な仕事ではないということだ。

「さて、僕らも避難しようか」

慎之介は戦う力を持っているが、大っぴらにはできない。咲月からの応援要請がなければ、身を潜めやり過ごすのが正解だ。

「了ー解っ。近場のシェルターで空いてるとこ探すね」

陽茉莉も心得たものでスマホを使い検索しだす。幻獣災害に備えたシェルターは幾つもあり、利用可能な情報の提供も充実している。

「公共シェルターは……うへー、もう満員になってるし。そうすっと近場で残ってんのは、私設シェルターだけかぁ。うぁー、安いとこは全部駄目だし」

「残ってるのは、どんなだ？」

「えーっと、お一人様三万円、最高級の安全対策がされた個室で食事付きだってさ。ていうか、高級ホテルみたいなサムネだわ。うわ、ありえーん」

「いや逆に、その値段でコンクリートの打ちっ放しだったら腹が立たんか？」

「そらそうかも。うん、腹立つ！」

公共であれば無料なので間違いなく足元を見た価格だが、それでも命が大事なため利用するしかないのが現実だ。

「三人なら九万円か。目眩《めまい》がしそうな気分だな」

「だったらっ……そ、それならっ。慎之介お兄さんの側《そば》に居る。だ、だから私を守れ、守りなさい……守って下さい」

静奈は指を向けてきた。どうやら命令しているつもりらしい。だが全く迫力はない。むしろ逆に庇護欲を掻《か》き立てられるぐらいだ。

「一応はヘルメットとコートもあるから戦えるけどな」

慎之介は自分の鞄《かばん》を軽く叩いた。

「だからって勝手に動いて戦うわけにもいかん。いろいろ面倒になる」

「うぃっ……それもそう。な、なら駄目？」

「危ない状況だ、ちゃんと避難しよう。まずは、とにかく安全第一だ。陽茉莉も静奈君も」

「あっ。な、名前呼んでくれ、た」

静奈は軽く口元を押さえて恥じらう。だが、それも束《つか》の間《ま》で直《す》ぐに上目遣いで睨《にら》んでくる。

「でも……静奈君？　あ、あの人は呼び捨てなのに……むぅ……私も、呼び捨てにして。しろ、して下さい。そしたら避難をしてあげるんだから」

「そうか。だったら避難してくれ、静奈」

「はい。避難、します」

静奈が嬉しそうな顔をした。

「うあーぁ、お兄ってばさ。自分の行動って客観的に見れてる？　いや、無理か。だよね、お兄だし。もう本当、これだから。あーぁ」

「なんだか酷《ひど》くないか？」

「酷くないし、お兄が悪いし」

「へいへい、どうせ僕が悪いんだよ。ほれ、避難するぞ」

慎之介は諦《あきら》め、呆《あき》れきった様子の陽茉莉と嬉しそうな静奈を促し、お高いが近くにある避難所を目指し移動を開始する。

「ん？」

慎之介はポケットで震動するスマホに気付いた。

大方予想はついたが咲月からだった。申し訳なさそうに協力依頼をされたが、合流するのは丁度近くの場所だ。それを伝え、陽茉莉と静奈も居ると言ったらなぜか不機嫌そうにされた。

「……なんなんだ？」

通話を終えたスマホを、微妙な気分で見つめた。何か先程から理不尽な目にばかり遭っている気がする。一方で、陽茉莉も静奈も黙って慎之介を見ていた。二人とも内容は察しているらしい。

「咲月からだ。来て欲しいと頼まれた。だから行くが、その前に二人ともシェルターに送ってく。シェルター利用の領収書は貰《もら》っておいてくれよ」

慎之介は額に手を当てた。後で咲月に請求するつもりだが、経費で落ちるかは心配だ。

人の姿が消えた街はどこか不思議で、全く見知らぬ場所のような気がする。静けさが、それに拍車をかけていた。ただ時折遠くから破砕音や爆発音が響く。

どうやら幻獣が暴れ、誰かが戦っているようだ。

ただし音はビルなどで反響するため、実際の場所は不明である。アテもなく探すよりも、まずは咲月に指定された場所に行くのが正解だろう。

「さて、一番の敵の監視カメラだが。とりあえず問題ない」

既にヘルメットは着用している。コートも羽織っている。陽茉莉と静奈はシェルターに送り届けた。もはや万全の戦闘態勢というものである。あとは咲月と合流すれば完璧《かんぺき》だ。

動きだして、慎之介はふと足を止めた。

視線はやや上、そのまま軽く辺りを見回す。視界の端でビルの壁面を影が過《よぎ》った気がした。

「！」

ヘルメットのセンサーは反応していないが、慎之介は直感に従い飛び退く。思いっきり横に動いて雑居ビルの入り口へと身を張り付かせた。直後、それまでいた場所を影が過り、同時にアスファルト舗装が激しく引っ掻かれた。

少し行った先で白い姿が止まって振り向く。放置された大型スクーターと同じサイズのそれは、鳥に似た流線型をした姿で、尾羽の代わりに刃のついた尾がある。

「オンモラキか」

ようやくヘルメットが役立ち、モニターに注釈が表示された。

少し前に見たテレビ番組を思い出す。『激録侍密着二十四時』という番組だ。飛行型幻獣オンモラキが、空を高速で移動し辻斬《つじ》りをする様子が放映されていた。番組ではモザイクがかかっていたが、犠牲者は明らかに真っ二つにされていた。

「まあ見えていれば何とかだな」

羽ばたこうとするオンモラキを慎之介は掴《つか》んで捕らえた。もちろん念動力という不可視の手で行っている。細い体躯《たいく》のため、そのまま圧殺して片付けた。

「早いところ行こう」

咲月から連絡のあった場所は、もう近い。念の為に頭上にも注意を払い小路を横切って一つ区画を通り抜ける。道路にゴミが散乱しているが、これは普段からだ。

「最後に連絡があった指定の場所は、ここらだな」

信号のない交差点から横の小路を覗《のぞ》くと、カフェ店舗の先に木々が密生した場所があった。そこは白川公園と呼ばれる大きな公園だ。芸術と科学の杜《もり》と呼ばれるように、美術館と科学館もある。

「む？　この音……」

美術館まで近づいたとき、微《かす》かな金属音を聞いた。硬く澄んだ音で、金属同士が断続的にぶつかり合う類《たぐい》のものだった。さらに人の叫びや気合い声まで聞こえてくる。

音がするのは間違いなく公園施設の方向だ。

嫌な予感がして小走りで美術館を回り込む。立ち並ぶ樹木の向こうを見れば、近くには科学館の建物、遠くには高層ビル、そして手前に広い公園がある。遊具やベンチのない広場だ。

近づくと音がはっきりとしてきた。これは間違いなく斬り合いの音だと分かる。人と幻獣ではなく、人と人が刀を交え戦っているのだと察せられる。

——何だ……何が起きてる？

様子を窺《うかが》った広場に何人かが倒れている。思わぬ光景に戸惑うが、それが志野や赤津、特務四課の皆だと気付いて驚く。慌てて視線を巡らせると咲月の姿を見つけた。

あの尾張の剣聖かもしれない相手と戦っている。だが——。

「あっ⁉」

咲月が相手の一撃を受け倒れた。何とか片手を突き膝《ひざ》立ちとなり無事ではあるようだ。

慎之介は背筋に冷水を流し込まれたような気分になった。その感覚は久しく遠のいていたものだが、両親の死を知らされた時の底冷えするような寒さだ。

「こっ……こんのぉっ‼」

もう二度と感じたくなかった感覚に突き動かされ、慎之介は全身全霊の勢いで動いた。途中の生け垣を蹴散《けち》らし、倒れた者たちを跳び越え猛然と突き進み、その勢いのまま咲月を引《ひ》っ掠《さら》う。距離を取って二人分の体重を支える両足に力を込め急停止。

腕の中の咲月が見上げてきた。

「良かった、やっぱり慎之介は助けてくれる。ありがと」

囁《ささや》くような声には安堵《あんど》があった。同時に慎之介も、咲月の無事を確認して安堵している。

「ちょっと休んでろ」

「ん、分かった」

「さて」

そっと咲月を降ろすと即座に来金道を抜刀し構える。怒りが込み上げてきた。あの冷たい嫌な感覚を味わったことが理由だ。しかし、そこに咲月が傷ついたことに起因するものがあるとは、慎之介自身も気付いてはいない。

「あの時の奴《やつ》か……やっぱり敵だったのか」

睨み付ける先は、色違いの自分と同じヘルメットをかぶった相手だ。まさに尾張の剣聖と同じものである。そして着ているものは軍服に似ており、その上に赤インバネスを纏《まと》っている。

「相手は羅刹《らせつ》という集団で、あの人は鬼夜叉と呼ばれてるみたい」

「何だそれは」

「詳しいことは全くね。上層部に報告したら捕殺命令が出たの」

「そうか。やっぱりキナ臭い話だったか。まあいい、敵ということが分かれば十分だ」

要するに全部ぶちのめせば良い。咲月の危機を目にしたことで、慎之介は怒りに満ちて好戦的な思考となっている。来金道を構えると、それを待っていたかのように鬼夜叉が動いた。

「！」

恐ろしい速さで迫ってくる姿に全力で反応、相手の振るう刃《やいば》に来金道をぶつければ火花が散る。金属同士が激突した際に熱を帯びた破片が飛び散って可視化したものであり——つまり打ち合いによって刃が欠けたものである。

慎之介は内心舌打ちした。

「どうしてだ！　どうしてこんなことを！」

「答える義理はないが……尾張藩の一部への復讐《ふくしゅう》とでも言っておこうか」

鬼夜叉はヘルメット越しに、くぐもった声で答え軽々と刀を操り、大柄であるのに敏捷《びんしょう》に動く。

二人が斬り結ぶ激しい金属音が辺りに響いた。両者の地を蹴《け》る音が騒がしいぐらいだ。

この鬼夜叉は間違いなく強い。使う流派は恐らくは敏《びん》流、慎之介が使う瑛守《えいしゅ》流に対し有利という点を差し引いても、相手の技量は桁違《けたちが》いで間違いなく一流の遣い手だった。

だが、それでも慎之介は凌《しの》ぎ続けている。

防御だけは免許皆伝と師匠に言われたが、それに加えて念動力で動きを阻害したり、物を飛ばし意表をついたり。自らの持つ念動力を駆使して防ぎ続ける。

技では鬼夜叉が上かもしれない。けれど士魂では慎之介が圧倒している。来金道の斬撃だけでなく、辺りの小石や砂を念動力で飛ばし、それどころか鬼夜叉の身体《からだ》すら突き飛ばすほどだ。

「この力……お前、もしや初祖か？　尾張藩に与《くみ》する初祖がいる情報は聞いていなかったが」

「は？　何言ってる。こっちは、単なる一般人だ」

「一般人だと？」

羅刹の声は明らかに困惑していた。思わずといった様子で動きを止めている。それは隙と言えば隙だったが、慎之介は手出しせずに刀を構えたままでいた。

「鬼夜叉公、そろそろお時間かと」

そのとき、羅刹の一人が声をかけてきた。その他の者も慎之介を取り囲むように展開し、刃を向けてくる。だが鬼夜叉が手を上げ制した。

「剣を引け。この者は俺の相手だ」

「左様で御座《ござ》いますか」

「それより姫御前《ひめごぜ》はどうした？」

「あちらに」

羅刹の一人が肩越しに後ろを指し示す。いつの間にか公園の奥にある階段の途中に、小柄な人影があった。白いフードをかぶった格好をしていたが、やはり白い仮面を着用している。

鬼夜叉の注意が逸《そ》れたが、慎之介は攻撃ができないでいた。隙が見えないのだ。

「まだ時間はある」

そう呟《つぶや》いた鬼夜叉は視線を戻し、すたすたと慎之介に近づいて来た。抜き身の刀を手にしていなければ、極々普通の様子である。しかし慎之介は嫌な予感と共に、我知らず後ろに跳んだ。

いつ振られたかも分からぬ一撃が目の前を掠《かす》めた。躱《かわ》せたことが信じられないぐらいだ。

一拍遅れて冷や汗が噴き出る。だが息を吐《つ》く間もない。さらに次が、その次が来る。幻獣との戦いとは全く違う種類の戦いだ。

鬼夜叉が次々と、鋭く激しい動きで猛攻を仕掛ける。それに対して慎之介は防戦一方。何度も身体のギリギリを刃が掠め、今にも斬られそうな状況だ。

慎之介の命は危機にあり、もはや風前の灯火《ともしび》——傍《はた》で見ていた咲月はそう思って刀を構え、しかし訝《いぶか》しげな顔をして動きを止めた。なぜなら自分が間違っていると気付いたからだ。

よく見れば、慎之介と鬼夜叉は拮抗《きっこう》している。

技の限りを尽くし繰り出される攻撃が、技の限りを尽くし防がれる。極めて高い水準の攻防であり、言うなれば攻と防の剣聖による絶技の応酬だった。剣を扱う者にとっては夢のような光景だ。

咲月だけでなく羅刹たちも動きを止め、瞬きすら惜しんで見入るばかりだ。

そして、その慎之介は自分が研ぎ澄まされていく感覚があった。

剣から長年離れ錆《さ》び付《つ》いていた技量が磨かれていく中で、師匠との最後の稽古《けいこ》を思い出しつつある。あの時は死ぬかと思うほど猛烈な攻撃を浴びせられ、追い詰められて無我夢中で防ぎ続け、我を忘れて気付けば師匠がぶっ倒れ免許皆伝と言われたのだ。

——そうだ、そうそうそう、そう！

何かの感覚を捉《とら》えた瞬間、思考が加速する。

迫る刃の動きがゆっくりになり、その刀が描く刃文まで確認できる。けれど避《よ》けようとする自分の身体は、何かに纏わり付かれたように、もしくは泥の中でもがくように動かない。

ゆるゆると刃が迫ってくる。

——動かすんだ！

自分の身体を無理やり念動力で動かす。神速の勢いで来金道を頭上にかざす。刃では受けず刀身を寝かせ側面である地《じ》で受け、受けながら刀を斜めに傾け受け流す。相手の刃が火花を散らしながら来金道の鎬筋《しのぎすじ》を削り、滑り落ちていく。

直後、刀を翻し反撃。

もはや相手が人間であることは脳裏から吹っ飛び、ただ倒すことだけを考える。相手の刃を逸らしきった瞬間、来金道を背中から回し斬りつける。その慎之介の攻撃は恐ろしく鋭い。

ついに鬼夜叉の肩へと確かな一撃を与えた。

第九話　されば力の限りに

鬼夜叉《おにやしや》は肩に手をやり傷に触れた。防具はあったが、それでも深傷《ふかで》であるのは間違いない。しかし鬼夜叉は平然と傷口を探り、手を濡《ぬ》らす血を見て白いヘルメットの向こうで笑い声をあげた。

「やられたか、これは予想以上だな。よし、戦いは終わりだ。これ以上の手出しはせん」

その一方的な言葉に慎之介《しんのすけ》は腹を立てた。あまりにも勝手すぎる。だが、そんな感情など吹き飛ばす出来事が目の前で起きた。

「姫御前《ひめごぜ》よ頼む」

鬼夜叉が軽く身を屈《かが》めると、大慌てといった様子で白フード姿の少女が駆けて来て、その肩に手を伸ばした。途端に淡い緑の光が迸《ほとばし》る。そして鬼夜叉は何事もなかったかのように腕を振り回す。心配そうに纏わり付く白フード少女は、つまり陽茉莉《ひまり》と同じ回復能力を持っていたのだ。

珍しい力と聞いていただけに慎之介は驚かされた。

「さて、今日はもう時間がない。直《じき》っとすれば、次の幻獣が現れよう」

鬼夜叉の白いヘルメットの向こうから深刻そうな声が響く。踵《きびす》を返す相手に、慎之介は何とも言えぬ感情を抱いた。相手が引くのであれば、これ以上戦う必要はない。それに安堵したような、またはもっと相手のことを知りたくもある。最初に咲月《さつき》の危機で感じた怒りは消えている。

「待って下さい！」

しかし声をあげたのは咲月だった。ようやく我に返ったのだ。

「貴方《あなた》は……尾張《おわり》の剣聖なのですか？　十二年前、この尾張を守り命を落とした英雄」

咲月の言葉に鬼夜叉は足を止め、肩越しに振り向いた。

「藩の上層部から聞いておらんのか？」

「いえ、何も」

「そうか良かった。五斗蒔《ごとまき》家は今も昔と変わっておらぬか」

「えっ？　それはどういう意味……」

予想外の言葉に咲月は戸惑い目を瞬かせるが、しかし鬼夜叉は小さく頭《かぶり》を振った。

「俺は確かに尾張の剣聖と呼ばれていた。だが、英雄など碌《ろく》なものではない」

なおも言い募ろうとする咲月に、鬼夜叉は振り向き手の平を見せ黙らせた。

「それ以上は止《や》めておけ。それは、ここで話すべき内容ではない。何より、もう時間がない」

そう言うと、鬼夜叉は背を向けすたすたと歩きだした。傍らには姫御前が並び、後ろには配下の羅刹たちが続き、とても声をかけられる様子ではない。

「これから豪獣ラショウキが出る。十二年前は俺の未熟のせいで止めきれず、この尾張に大被害を出してしまった。だが、今回はそうはさせん」

鬼夜叉は話は終わりと言わんばかりに背を向け警告する。

「お前たちは引っ込んでいろ、その程度の覚悟で戦えば――死ぬぞ」

白川公園の広場には慎之介と咲月、そして気絶したままの特務四課の者が残された。

いろいろなことがあって、状況が把握しきれていない。特に慎之介は激しく斬り合いをした後なので、気が昂《たかぶ》って細かいことが考えられない。

「豪獣……」

ぽつりと慎之介は呟いた。それは幻獣の中でも特に強力なものに対する呼称である。その強さに定量的な定義はないが、豪獣災害は大きな被害をもたらし、数千や数万といった規模の人的被害が出る存在だ。実際に十二年前の時は、明治以降の尾張藩における史上最悪の惨事となった。

「今日の幻獣予報ではそんな予測は言ってなかったが」

「分からない。でも地圧値の上昇率からすると、その可能性もあるけど……」

「そうなのか…………いや、どうやら可能性という話じゃなくなったな」

向こうで蟠《わだかま》る白い影があり、それがむくむくと成長し存在を濃くしている。ビルの二階にまで届く頭部に切れ込みが入り顔となる。人間状の身体で腕は長く地面に触れ、しかし足は極端に短く太い。さらに、猿のそれに似た長い尾もある。

「ラショウキ……あの時に見た、あの幻獣」

呻《うめ》くように咲月が言った。その声は震え、怯《おび》えのようなものがある。

しかし無理もないことだ。十二年前に一緒に遭遇した慎之介も恐怖を覚えたぐらいだ。もっと幼かった咲月にトラウマのような恐怖があっても仕方がない。

「無理するな。咲月はここに居て四課の皆を面倒見てろ、僕が行ってくる」

「ううん、恐《こわ》いとかじゃないの。そうじゃないの、違うの」

咲月は頭を振って慎之介を見つめた。

「あのね、あのね……ごめんね」

「なんだよ。いきなりどうしたんだ？」

「私ずっと慎之介に謝らなきゃって思ってた。あのとき、私が動けなかったから。だから、だから慎之介のお父さんとお母さんが死んじゃった。私は……ずっと謝りたかった」

泣きそうな声で咲月は何度も謝る。その後悔から京都に留学して幻獣について学び、さらには侍となって特務四課を指揮して幻獣対策を行ってきた――そう打ち明けるように言った。

「そんなこと、気にすることじゃない」

慎之介は本心から言った。十二年前の大災害に限らず、災害時に生死を分ける最大の要因は運である。事前の備えや心構えは必要だが、それがあっても最後は運だ。

「僕と陽茉莉が助かったのは咲月の側に居たからだろ」

「でも。でも私は、私を許せないでいる」

「そうか……だったら一緒に行こう。ラショウキを倒せば、それですっきりだ」

「えっ、でも……」

咲月は軽く目を伏せ、僅《わず》かな逡巡《しゅんじゅん》のあと決意に満ちた浅紫色の瞳《ひとみ》を向けてきた。

「でも、そう……そうよね。ラショウキにけりを付けなくっちゃ」

「よし咲月は良い子だ」

「もうっ、そういうこと言うんだから」

頬を膨らませ睨《にら》む咲月だが、直《す》ぐに笑顔を見せて頷いた。そして慎之介を促すと、肩を並べてラショウキに向け走りだした。

ラショウキはイヌカミを遥《はる》かに上回る存在感がある。その威圧感だけで人は本能的な恐怖を感じてしまうらしい。実際、羅刹《らせつ》の何人かの動きが悪い。さらに特務四課との戦いで疲弊しているらしい。既に何人かが重傷を負い戦線を離脱していた。

それでも果敢に戦う羅刹の一人は、打ち砕かれながら薙《な》ぎ払《はら》われたアスファルト舗装の破片を胸に受け血反吐《ちへど》を吐いた。動きが止まったところに巨体が飛びかかる。仲間を救うため鬼夜叉がラショウキに攻撃を仕掛けるが、無理な体勢からの一撃は浅い。

「無理をするでない、下がれ！」

鬼夜叉は仲間の羅刹を押し止《とど》める。そこにラショウキが豪腕を振り上げ迫り。危ういところで回避。代わりに路上の車両が一撃を受ける。激しい破砕音と共に弾《はじ》き飛ばされ、ビルの外壁に叩《たた》き付けられた。そこで平たく潰《つぶ》れ、耳障りな金属音を響かせ落ちて路上に転がった。

桁違《けたちが》いの力だ。通常の幻獣を遥かに超えている。

しかもラショウキは身軽に跳んで路上、ビルの外壁と続けざまに移動。羅刹の群れへと突っ込み尻尾《しっぽ》をしならせ一回転し薙ぎ払った。次々と弾き跳ばされ、道路際のガードパイプもパーキングメーターも破壊される。

「ええいっ、厄介な！」

辺りを跳ぶそれら金属類に、看板の木片や硝子類。それらをものともせず、鬼夜叉が飛び込み斬り下げた。一撃を与えたが、ラショウキは意にも介さなかった。

すかさず襲ってくる攻撃に鬼夜叉は身を捻《ひね》って回避。隙を見て斬りつける。

ラショウキが地を蹴《け》って跳躍、攻撃を回避。重量のある身体《からだ》でありながらビルの間の空間を自由自在に跳び回る。

「動ける者は離れよ！　姫御前を後退させるのだ」

「鬼夜叉公！　危ないっ！」

「なにっ⁉」

振り仰いだ鬼夜叉へと、真上からラショウキが襲い掛かる。だが殆《ほとん》ど同時に、横から強い衝撃を受け鬼夜叉は撥《は》ね飛ばされる。ラショウキの振り下ろされた拳《こぶし》は空振りし、路面のアスファルトを打ち砕き陥没させただけに終わった。

「どういうつもりだ⁉」

鬼夜叉は自分を蹴飛《けと》ばしラショウキの攻撃から救った相手を見やった。訝《いぶか》しげな様子だ。しかし色違いのヘルメットをかぶる慎之介は軽く応じるのみである。

「あんたが死んだら、少なくとも泣く子がいるだろ」

軽く指を差し向けた先には、羅刹に掴《つか》まれ退避していく白フード姿の少女がいる。

「大した覚悟はなくても、誰かが泣くのは嫌なんでな」

「……変な奴《やつ》だな。いや、面白い奴だと言うべきかもしれん」

短く笑った鬼夜叉だったが、そこにあるのは好意的なものであった。

「では、共に戦うということでよいのだな」

「うちの咲月が京都に留学してな、そこで調べた古い文献によれば、ラショウキは水を得ると力を得るらしい。十二年前の原因はそれだ。大被害を繰り返させるわけにはいかない。それに――」

「なんだ？」

「こっちも個人的な雪辱があってね」

「はっ、そういうものか。よし、頼もしい応援だ」

二人同時に地面を蹴り、横に飛び退《の》く。寸前まで居た場所にラショウキが豪腕を振り下ろし、一撃を受けた地面で土砂が爆発したように弾けた。一瞬でも遅れていれば、平たくなっていた。

ラショウキだけでも強敵だが、さらに他の幻獣まで寄ってきている。

「其《そ》の方らは他を頼む。ラショウキは、この者らと我で倒す」

鬼夜叉の指示で羅刹たちが頷き周囲に散開した。その間にもラショウキは慎之介を追うように跳びかかって来ていた。巨腕が激しく振り下ろされる。

「前に！　次、跳んで！」

鋭く響いた咲月の声に、慎之介は反射的に従い前に進み跳んで空中で膝《ひざ》を曲げ足を縮める。直ぐ下を恐ろしい一撃が掠《かす》めていく。ラショウキが尾を振るったのだ。恐らく後ろに逃げていれば、この一撃を受けていたに違いない。

風圧で崩れそうな身体を念動力で支え、着地しながら来金道《らいきんみち》に士魂を送り込み、叩き付けるようにして斬撃を浴びせる。重く激しい手応え、それに応える怒りの咆吼が轟《とどろ》く。

「そこで入れ替わる！」

再び出される咲月の声に従い、慎之介はラショウキの身体を蹴りつけ大きく跳び退く。同時に、それまで慎之介のいた場所に鬼夜叉が飛び込んでくると、同じ場所に斬りつけ深傷をさらに深く斬り込む。これにはラショウキも数歩後退した。

咲月の言葉もあるが、つい先程まで刀を交えたからこそ通じ合える動きだ。

「気を付けて。そこで暴れるわよ！」

ラショウキが暴れ回って辺りを巻き込む攻撃をした。しかし、その時には咲月の言葉を受けた鬼夜叉は回避に動いているため完全に空振りだ。

「狙いは別、空いた背中に攻撃を」

「なるほど、これは頼もしい」

少し離れた場所で咲月がラショウキの動きを観察し指示を出すため無駄がない。もちろん、その指示を的確に行える慎之介と鬼夜叉の能力あってこそだ。三者が揃《そろ》いラショウキを圧していく。

鬼夜叉は敏捷《びんしょう》な動きでラショウキの背後に回り込み一撃を加える。そこに咲月が注意を促したことで防御に切り替え、振り回された腕を屈んで回避。尾の一撃を跳ねて躱《かわ》し、下から来た蹴りを身体を捻って避《よ》ける。

「慎之介、いまっ！」

「おうさ！」

返事を返した慎之介が来金道を振るい斬りつける。

激しく動くラショウキと一定の距離を保ちながら、着実に攻撃を仕掛け心を躍らせている。咲月や鬼夜叉と力を合わせ戦うことが嬉《うれ》しく誇らしく、誉れといった気持ちに近いだろう。

圧されたラショウキが大きく咆《ほ》えた。

跳び上がったかと思うとビルの外壁を蹴って上へと移動し、さらにビルからビルへと辺りを俊敏な動きで跳び回る。だが、慎之介の目はそれを逃さない。

「そこだっ！」

地面を蹴って、路上の空間に来金道を振り下ろした。驚異的先読みからラショウキが来る場所へと、来金道の一撃を叩き込む。それが幻獣の胴を深く斬り裂き――しかし、甲高く澄んだ音を響かせ来金道が折れた。

鬼夜叉との斬り合い、さらにはラショウキとの戦いによって刀身が限界に達していたのだ。折れた鋒《きつさき》側はラショウキに食い込み、慎之介の手元には半ばから折れた刀だけが残る。

思わず体勢を崩した慎之介だが、そこにラショウキの蹴りの一撃を受けた。

「！」

目も眩《くら》むような衝撃と共に弾き飛ばされ、道路の上を跳ねながら転がり、路上に放置されていた車両に背中から激突した。前のめりに倒れると、道路に身体を叩き付けることになった。

――痛いな。

這《は》うようにして身体を起こすが、自分が酷《ひど》い状況にあることは分かっていた。身体は傷つき疲労に満ちている。動悸《どうき》は激しく口の中は鉄錆《さび》の味がして、呼吸も荒く息をする度に喉《のど》で変な音がした。

もう動けず、動く気力もない。

何より愛刀の来金道は折れている。

見れば鬼夜叉がフォローに入ってラショウキと戦っている。

一人での戦いになって苦戦気味のようだ。しかし過去にも一度倒しているのだ、放っておいてもラショウキを倒すかもしれない。このまま任せてもいいだろう。そう思いながら、しかし慎之介は膝を突き、ゆっくりと身を起こした。

身体を動かす気持ちがなんなのか慎之介自身にもよく分からない。意地なのかプライドなのか、その両方なのか。

――違うな、ただ倒したいんだよ。

十二年前に現れ人生を激変させたラショウキ。目の前に居るラショウキは、それとは別だ。しかし別かもしれないが、あの時何もできなかった代わりに、今ここで何かしたい。

痛みを堪《こら》えて慎之介は意地で立ち上がった。

正しく言えば、念動力によって自分の身体を動かし引っ張りあげたのだ。鬼夜叉との戦いでも動かしたが、あの時は一瞬だった。だが今はそうではない。桁違いの念動力と精密な操作によって自分の身体を念動力で操り動かしている。

手にする来金道は半ばで折れ、まともな攻撃は期待できやしない。だがそれでも構わない。このまま無視されるよりは、一矢報いてやる気持ちで前に進み――その時だった、鬼夜叉の声が聞こえたのは。

「これを使えいっ！」

鬼夜叉は自分の刀と鞘《さや》を慎之介に投げつけ、自らは脇差しを抜いて戦いを続けた。

――鞘も投げたということは！　そういうことか！

慎之介は折れた来金道を手放し、鬼夜叉が投げた刀と鞘を念動力で引き寄せた。そして刀を鞘に納め、そのまま柄《つか》に手をかけ鞘を掴み士魂を極限にまで集中させていく。その気配に脅威を感じたラショウキが反応する。標的を慎之介に変えようとするが、咲月の指示と鬼夜叉の攻撃がそれをさせない。

相手に刀を渡す行為は、自らの命を預けるという信頼の証《あかし》でもある。その期待に応えるべく、慎之介は集中する。もはや手の中で士魂が爆発しそうなぐらいだ。

「これでっ！」

慎之介は大きく目を見開き刀を抜き放つ。

鞘の内で極限まで練り上げられた士魂が閃光《せんこう》となって迸《ほとばし》り、それはそのまま斬撃となって飛ぶ。静寂に満ちた街中の高層ビル群の、そこら中のオフィスビルで窓の硝子が一斉に吹き飛び、賑《にぎ》やかしくも激しい音を響かせる。

そして光の刃《やいば》を受けたビルが、不気味な音をさせながら斜めにズレ落ちていく。もちろん途中にあったラショウキは真っ二つに斬り裂かれ、下半身は数歩進んだ後に大きく傾いて転倒。上半身は信号機や電柱を薙ぎ倒しガードレールを押し潰し、傍らのビルに突っ込み倒れ伏した。

もう完全に動かない。

一方で慎之介も限界に達する。集中が途切れ、立っていられなくなり倒れた。

「慎之介！」

咲月が駆けてきて慎之介を抱え起こしてくれた。殆ど限界だった。身体に負った打撃や傷も酷いが、士魂を使いすぎ虚脱している。辺りに幻獣の気配はなく、落下したビルの上半分が巻き起こす風と破砕音が響くなか、咲月の腕の中から見上げる空は、青く澄んで美しい。

足音がした。

「お見事。予想外の一撃で、呆《あき》れるほどの威力だな。本当に驚いたぞ」

「どうして僕に、この刀を？」

慎之介が言いながら借りていた刀を鞘ごと差し出す。鬼夜叉は笑い声をあげ受け取った。

「お前の方が士魂に強大だからな。それに……お前に覚悟を感じた。無様を晒《さら》すなどと言って悪かった。俺が間違っていた。その格好に相応《ふさわ》しい者だよ、お前は」

鬼夜叉はちらりと視線を巡らせ、仲間の羅刹や姫御前を見やって頷《うなず》いた。

「さて、俺はまた姿を消す。いずれまた相まみえよう」

「その時は戦いたい気分ではないけどな」

「俺も同じ気分ではあるが、どうなるか分からんのが世の中だ」

「確かにそうだ。そうなった時は手加減はしない」

「こちらもだ。では、さらばだ」

笑って言い置いた鬼夜叉は、背を向け悠然と去っていく。本当はもっと色々と尋ねて話をしたい気持ちはあったが、今はそんな気力もない。

「流石《さすが》に高層ビルを壊したのはマズかったな」

「いいよ、大丈夫だから。慎之介はいつだって私を守って助けてくれてたもん。だから――」

咲月は慎之介のヘルメットに手をかけ外し、その頭を包み込むようにして抱きしめる。

「だから気にしないでいいよ。あとは私が何とかするから」

それに言葉を返す余裕も慎之介にはなく、咲月に身体を預けた。見上げる空はどこまでも青く澄んでいる。ふと十二年前のことが思い出される。確かにあの日あの時あの場所で、やはりこんな空を見上げていたはずだ。

しかし今の心は、とても晴れ晴れとしている。

◆　◆　◆

ラショウキを倒して数日後の藩庁舎。

尾張藩各所に出現した幻獣によって、城下には少なくない被害が出ていた。そのため藩は緊急予算を組み、災害復旧工事を実施すると発表した。

上層部は号令を出すだけだが、実務担当の普請課は大忙しとなる。

「今は電子データの作成は必要ないよ、紙の図面でいいんだ」

担当の若い子を指導しつつ、ペンと定規を用意しテーブルの上に紙を広げた。

「ここはザクッと十メートル丸めで構わない。標準断面で積算して金額を弾《はじ》く」

「で、でも設楽《したら》先輩！　こんなの大雑把すぎますよ」

「構わない、詳細は現場で直して、後で正確な数字で金額変更をする。今は時間勝負、兵は拙速を聞くも未《いま》だ巧の久しきを睹《み》ざるなりだ」

こうなるとアナログ派の慎之介の本領発揮。ペンと定規を使い、平面図に手書きで旗揚げを行い場所を明示する。次に白紙に構造物の横断図と縦断図を描いていく。

「す、凄《すご》い。こんな手書きで図面が描けるだなんて、学校の先生にだってできないのに！」

「こんなの、ただのポンチ絵だ。さっ、驚いてないでこの数字で数量計算をしてくれるかな」

「分かりました！」

そうして手書きの発注資料を作りあげると、それを抱え御奉行のもとに走り、内容を説明して納得させ了承サインを貰《もら》う。次は別フロアの事務方担当のもとへと向かって発注手続きに回す。

「緊急随契の資料、まとまりました。発注をお願いします」

「おっ、手書きの図面か久しぶりだな」

「レアなもんでしょう？」

「流石は設楽だな。よっし、後は任せておけ。超特急で手続きしてやる」

慎之介も伊達《だて》に十年以上も働いていない。格別仲良くはないが、それなりの知り合いが各所にいる。対応してくれた事務方も、年上同期で気心が知れている相手だ。

一つ終わって直《す》ぐ次に取り組む。合間に若手に助言しつつ図面を描かせてみて、さらに春日《かすが》や風間《かざま》と工事箇所を打ち合わせ他課と折衝をする。中堅どころの面目躍如の仕事捌《さば》きだ。

――ラショウキを早めに倒したのが救いだった。

あの段階でも被害は大きかったが、ラショウキを放置していればもっと大きな被害が出ていたことだろう。そうすれば仕事量はもっと膨大だったはずだ。

ただ今回一番大きな被害を出したのは、慎之介の放った光の刃である。

その処理は咲月に一任してあり、どうなるかは不明だ。少なくともアドバイザーである慎之介に責はないと言っていたが、代わりに咲月が責任を取らされそうで心配だった。

「皆、忙しいところすまない。良い話だから聞いてくれ」

電話を一本受けた後、春日が嬉しそうな顔で声をあげだ。

「例のレイブンマウス絡みの会社だけどね、審査請求書を取り下げたそうだよ」

「御奉行、それ本当です？　いや、何でまた取り下げたんです？」

面倒な仕事が減ったお陰で、風間は凄く嬉しそうだ。もちろん慎之介を含めた普請課の皆も忙しい手を止め、顔を見合わせ笑い合っている。

「この幻獣騒動で半壊した、このビル」

春日は手に持っている紙をひらひらさせた。間違いなくそれは慎之介がラショウキを倒して斬ったビルがプリントされている。自分のしたことを突きつけられているような気分だ。

「ここにレイブンマウスが入っていたわけだ。避難は完了していたけど、もし万が一で誰かが巻き込まれていたら大変だ、と同心の皆様方が警官たちを引き連れて救助活動に行ったんだよ」

「ははぁ、それは大事ですよね」

「もちろん人的被害はなかったけど。するとまあ、偶然にも違法薬物が見つかったそうでね」

「やぁ偶然って恐《こわ》いですねぇ」

風間は相づちを打ち、にやけた。幻獣騒動にかこつけ、救助活動の名目で同心たちが強制査察に入ったことは暗黙の了解というわけだ。

「で、レイブンマウスはいろいろと追及されているわけだよ。だから例の会社さんはバックを失い、しかも関わりを恐れてトーンダウンってとこだね」

もう一度紙をひらひらさせ、浮かれた春日は軽く踊っている。皆は万歳までした。

しかし慎之介は微妙な気分だった。レイブンマウスの件は嬉しいが、しかしビルを壊した犯人としては申し訳なくもある。

「さて設楽君、ちょーっといいかな」

春日が手招きした。

「この書類を総務部に届けてくれるかな。部外秘案件だから用件はメモに書いておいた。面倒仕事だから大変だろうが、返事の確認までしてきてくれるかい」

「はぁ、畏《かしこ》まりました」

よく分からない指示に、慎之介は渋々書類を受け取った。面倒仕事というので気が重たい。風間はジェスチャーで助かった喜びを表現している。だが指示は指示なので仕方がない。

うんざり気分で廊下に出て用件の書かれたメモ紙を見るのだが――。

「御奉行……」

メモ紙には『成瀬《なるせ》御家老』とだけ書いてあった。

どうやら、また成瀬家老から呼び出しらしいが、この忙しい中で慎之介が席を外せば周囲からいらぬ反感を買う可能性がある。そういった配慮らしい。

その配慮に応え、メモを折りたたんでポケットに入れ歩きだす。

御家老に呼び出された用件はだいたい分かっていた。いつものように行くと、いつものように軽く通され、いつものようにソファに促され、いつものように話が始まった。

「緊急事態だ。静奈《しずな》の奴《やつ》が最近ますます浮かれておる！」

話の内容もいつもの通りだった。

文句を言いたい気分だが、もちろん言えるはずもない。藩内政治の最上位の立場であり、藩主に最も近しい権力者なのだ。だからこそ、下級役人の現状まで気が回っていないのだろうが。

「はぁ、浮かれてですか？」

「そうなのだ。儂《わし》が話しかけても三回に一回は返事をしてくれるし、いってらっしゃいの挨拶《あいさつ》どころか、お帰りなさいまで言ってくれるほど機嫌が良いのだ」

「…………」

静奈に会った時に、もう少し父親に優しくするよう言うべきだろう。

「それは実に喜ばしく」

「喜ばしくない！　これはもう、男だ。男が影響しておるに違いない。儂には分かるぞ。これはもう、恋だの愛だので頭がいっぱいになって浮かれておるのだ。身に覚えがあるから分かる」

断言されても慎之介には分からなかった。

「なんぞ妹御から聞いておらんか？　静奈の周りに、それらしい男の影などは」

「うーん……そのような者は見て、いえ、聞いておりません」

「そうか、しかし絶対になにかあるぞ。食事の時などな、何かを思い出しては急に笑みをみせたりしよるのだ。これは何かある、絶対に怪しい」

慎之介も怪しいと思った。ただしそれは御家老の思う怪しさとは、また別の意味だ。食事中に思い出し笑いをする者へのごく自然な怪しさだった。

「良いか！　引き続き静奈の身の回りに探りを入れてくれ」

「畏まりました。妹にも頼んでおきます」

「よし、頼む。それも含めてだが、先日の幻獣騒動でお主の妹御が静奈と一緒に避難してくれたそうだな。静奈がとても喜んでおった、よって給与加増の取り計らいをしてやろう！」

「ええっ⁉」

公私混同にもほどがある。しかも、そんな理由で加増されてはあまりにも情けなかった。事実が知られたら、どんな噂《うわさ》をされるか分かったものではない。否《いや》、噂があろうとなかろうと、慎之介自身が恥ずかしくて耐えられない。

「い、いえ。加増なんてとんでもない」

も思わなかった。


「遠慮するな。心ばかりだが儂の感謝の気持ちだ」

「そのようなことは。とにかく加増はご辞退させて頂ければ」

結構必死、なんとか断ることに成功した。まさか加増の辞退で必死になる日が来ようとは、夢にも思わなかった。


加増の話をなんとか断って、部屋を辞して静かな廊下を歩きだす。

「やれやれ」

御家老と差し向かいで会話するなど、以前は想像さえしなかった。最初の時は緊張したが、今では宥《なだ》めたり反論したりもしており、恐縮や緊張といったものは殆《ほとん》どなくなっている。

ただ、ここで媚《こ》びて取り入ろうとは思ってない。どうせ成瀬との関係は、陽茉莉と静奈の関係があってのものだ。二人が高校を卒業するなどで疎遠になれば、同時に慎之介と成瀬との接点もそこまでで消えてしまう。

「ん？」

ふと見れば、奥にある藩主の執務室から出てくる集団が見えた。

賑《にぎ》やかしく冗談を交わし、笑いながらやって来るのは特務課の課長たちだった。今回の幻獣騒動の対応で奨励されたのかもしれない。楽しそうに笑っていた。

肩で風を切りやって来る集団は、まさに藩の花形たちだ。もちろんその中にはあの柳生包利《やぎゅうかねとし》の姿もある。卒族でしかない慎之介は、廊下の端に身を寄せ道を譲る必要がある。

「あっ、慎之介だ。ちょうど良かった」

その中から咲月の声が響いた、立ち止まって声をあげたのだ。

特務課の課長たちは、そこで初めて慎之介という人間に目を留め、存在を認識した様子だった。それぞれ驚きと訝《いぶか》しさ、更には探るようなものが入り交じった視線を向けてくる。

だが咲月は一向にお構いなしだ。

「ちょっと向こうで話せる？　今なら時間があるから、いいよね」

通路の向こうを指差さし、それから手招きまでしている。どうやら慎之介が断るなど微塵《みじん》も疑っていないようだ。他課の課長たちの視線を浴びると、妙に恥ずかしい気分だった。

なんとなく会釈をして、そそくさと咲月を追いかけた。

藩庁舎には各階に休憩室が用意されている。どこも同じ造りで、手狭な部屋に自販機が置かれ、背もたれのないベンチ式の椅子が設置されていた。皆はそこで軽い息抜きをするのだが、このフロアの休憩所には誰も居ない。

藩主や御家老などお偉方が居る階のため、誰も利用しないのだ。

「コーヒーどう？　こないだのお礼」

「ああ、頂くよ」

「慎之介は濃いめのブラックだよね」

咲月は返事を待たず、カップ式自動販売機を操作した。その後ろ姿を見ながら、慎之介は自分の好みを咲月が覚えていてくれたことが嬉《うれ》しかった。

「はい、どうぞ」

ありがたく頂くが、咲月が新たに注文しているため飲まずに待つ。少しして二人で窓際に行く。

そこから並んで名古屋城の雄姿を眺めた。

「上手《うま》くいきました」

咲月は得意そうに胸を張り、えっへんと言いさえした。

「それは何の話だ？　よく分からんが」

「もーっ、酷《ひど》ーい。私頑張ったのに、ビルの件を頑張って説明したんだから」

「分かってるさ、冗談だ。続けてくれ」

「またそういうこと言うんだから……もうっ、慎之介だからいいけど」

少しむくれ顔をしたかと思うと、また直ぐ微笑。表情が次々変わって見ていて飽きない。慎之介は若干楽しい気分になってコーヒーを啜《すす》った。

「素直に報告したの。あの人たち相手に特務四課の皆が行動不能にされたこと。それからね、あの人たちがラショウキを倒したってことを」

「なんだって？」

軽くウインクしてみせるのは、ラショウキを倒したのは慎之介だからだ。

「だからね、ビルを壊したのは羅刹《らせつ》たちということになりました」

「だって、よく考えてみたら羅刹って謎勢力だもの。だから、誰も確認のしようがないよね」

「……………」

慎之介は目を瞬かせた。まさか咲月が、そんな手を使うとは思ってもいなかったのだ。若干の呆《あき》れ混じりな視線を受けながら、咲月は得意そうな顔でコーヒーを口にした。

「あ、それとあの人とのことは何も言ってないから」

それは鬼夜叉のことだろう。

さっぱり事情の分からぬ慎之介が困惑のあまり眉《まゆ》を寄せると、咲月は肩を竦《すく》めてみせた。

「あのね、うーん。どう話せばいいのかな……五斗蒔家が御刀番頭だったの、知ってた？」

「いいや、そうだったのか」

刀番とは藩主の刀を預かり、その身辺に控える役割を持つ集団だ。もちろん偉い。咲月の家が士族の中でも上士とは知っていたが、そこまで名家だったとは知らなかった。

「以前は、なんだけどね」

咲月はコーヒーを軽く口にしてから続けた。

「今は不手際を咎《とが》められ降格、御刀番頭の座を他家に譲って、今はただの御刀番ね。私が侍になったのは、五斗蒔家の名誉回復のためもあるのよ」

それで慎之介は納得した。ある時期から咲月があまり家に来なくなったが、五斗蒔家の降格で大変だったというわけだ。心の中に少しだけあった蟠《わだかま》りは全て消えた。

「でもね。調べると、本来なら問題にもならない程度の不手際なの。それだけでもおかしいのだけれど、五斗蒔家は大人しく降格を受け入れてる。おかしいと思うよね？」

「まあ……普通は抗議ぐらいするかな」

「両親に尋ねても何も教えてくれない。ただ、聞くな調べるなって言うだけ。だから自分なりに調べてるけど。一つ気になるのが、降格の少し前に怪我《けが》をした侍が我が家に逗留《とうりゅう》してたこと」

その相手に両親は酷く驚き、即座に中に運んで手当てまでしたことを咲月は覚えていた。

「もしかして、その侍というのが？」

「かつて尾張の剣聖と呼ばれた英雄で――」

誰にも聞かれぬようにと、そっと咲月は距離を詰め上目遣いで囁《ささや》いた。

「今は鬼夜叉公と呼ばれる人だと思う。うん、素顔を知らないから自信がないけど」

「なるほど」

慎之介は頷《うなず》くが、ただ視線は間近の咲月を見つめるばかりだ。

「それに、鬼夜叉は私を知ってる素振りだったもの。だから間違いないかな？　そういうわけで報告しませんでした。うーん、私って凄《すご》いことやっちゃったね」

そう言って咲月は、にっこり笑った。子供の頃によく見せた、悪戯《いたずら》っぽさを含んだものだ。

「とにかく、これ二人だけの秘密。これからもよろしくね。慎之介」

「扱《こ》き使われそうだな」

「ひどーい。そういうこと言うんだ。もう、知りません」

怒った素振りをする咲月に、慎之介は頭を掻《か》いて溜《た》め息《いき》を吐《つ》く。そして空になったカップを自販機の脇に投入する。今ならラショウキすら余裕で倒せそうな気さえする。

「さて、仕事に戻らないと」

「そうだね。じゃあ、また後でね。今日は一緒に帰ろ」

連れだって休憩室を出ると並んで廊下を歩き、それぞれの部署に散った。

エピローグ

名古屋駅はとても賑わっている。尾張《おわり》藩のみならず中京圏で最大のターミナル駅で、さらには東日本と西日本を結ぶ路線の国境駅でもある。それだけに行き交う人の数は多いのだ。

駅前に来た慎之介《しんのすけ》は隅っこの方にいた。

今日もまた静奈《しずな》の取材の手伝いだが、幻獣騒動があった栄《さかえ》地区ではなく、より賑わいの多い名古屋駅だ。しかし最初の場所で静奈は、もうめげている。

「うぇっ、もう嫌。うんざり……人多すぎ。も、もう嫌。もうぜーったい嫌。なんでこんな場所、来たの……なんて愚かな私……」

公家の血を引く者として、あるまじき文句を言っているぐらいだ。

そこは、金と銀で聞き間違えをしやすいが、時計を目印とした定番待ち合わせ場所だ。とりあえず駅の表である金側に来ていた。周りは、待機する人々でごった返していた。あまりの密集具合に静奈はウンザリして愚痴をこぼし続けているのだ。

しかし慎之介が呆れている様子に気付くと、静奈は黄金の瞳《ひとみ》に不満そうな色を浮かべた。

「な、なにその目……まあ、慎之介お兄さんだから別にいいけど……」

そっぽを向きながら静奈が言った。今日の静奈はクラシカルな雰囲気の白シャツに黒のワンピースで、長い撫子《なでしこ》色した髪もあって、いかにも良家の子女といった見た目だ。

「どこも人が多いさ。疲れるなら、早めに終わらせよう」

「は、早めに終わる？　……そんなの嫌。早くだなんて、嫌」

なんだか矛盾したことを言っている。だが賢明なる慎之介はそれを指摘しなかった。そんなことをすればどうなるかは、自分の妹相手によく学んでいるのだから。

「だよね、折角来たんだよ。早く帰るとかないでしょ」

陽茉莉《ひまり》は言ったが、スマホを弄《いじ》りながらのため半分上の空だ。オーバーサイズの五分袖《そで》シャツにデニムのショートパンツ、肌の見えすぎを心配した兄の意見を一蹴《いっしゅう》した格好だ。

「今日も名駅《めいえき》は賑やかしいですね、っと」

呟《つぶや》きながら陽茉莉はスマホをタップしている。どうやらSNSに言葉通りのコメントを投稿しているらしい。それも続けて幾つもだ。

その隣で本来の目的を思い出し、静奈もタブレットにメモを取りだした。

「じゃ、行こっか」

投稿を終えた陽茉莉の先導で移動し、名古屋に取り分け多い地下街に向かう。駅を出れば直《す》ぐ大階段だが、大勢が吸い込まれるように入っていく様子は壮観ですらあった。

静奈はしっかりと慎之介の服を掴《つか》んでいる。少し動きにくいが、はぐれないようにと一生懸命らしいので、慎之介は気を使いながら歩調を合わせている。

地下街に行くと、多少人が分散して過密度が減った。

両脇にはやや手狭だが幾つもの店が並び、医薬品や衣料品、フットケアやリラクゼーション、金券ショップやお茶屋、飲食店は各種目白押しと様々。だが、あの大須《おおす》商店街のカオスさはない。

静奈は陽茉莉と一緒にブティック店を覗《のぞ》きに行ってしまう。

学生が買える値段の店で、原色メインでアニメ調の絵柄が入ったビニール製の鞄《かばん》や財布などが並んでいる。言っては悪いがチープな系統で、静奈に似合うようなものではない。実際、ブティックの店員は口を半開きにして静奈の鞄を凝視している。

しかし静奈はとても楽しそうだ。こうして店に足を運んで自分で商品を選んで、そして買うということが嬉しく楽しいに違いない。成瀬の依頼を遂行すべく、異性の気配がないか見ているが、その気配は全く感じられない。

斯《か》くして慎之介は店の外で腕組みしながら待機、暇に飽かせ通り過ぎる人々を観察する。

「…………」

地下空間の閉塞《へいそく》を感じさせない明るい雰囲気で、心なしか道行く人の顔も穏やかに見えていた。先を急ぎ進む者、ぶらぶら歩く者。親子で歩き、友人もしくは恋人と歩く。ハンズフリーで通話したり、本当に独り言を言っていたり。笑ったり思い詰めたり静かに泣いたり、様々な者がいる。

つい先日、付近で大規模な幻獣災害が発生したというのに、外出する人の数は全く変わらない。災害に慣れているというよりは、気にしていないだけだろう。

――この生活を守れたのは良かった。

ラショウキとの激闘を思い出し、慎之介は心の中で少しばかり自分を褒めた。そして僅《わず》かに目を伏せ別のことを考える。思い出されるのは、あの羅刹の鬼夜叉《おにやしゃ》だ。強くそして不思議な相手だった。刀を交え戦ったが、その後は肩を並べて戦った。

あれは咲月の推測通り、英雄である尾張の剣聖だったのかは、今もって何とも言えない。だが共闘した記憶は、慎之介にちょっとした喜びと誇りをもたらしてくれる。

「お兄、どしたん？　ぼーっと考え込んじゃってるし」

気がつくと陽茉莉が買い物を終え、店から出てきていた。上目遣いで見上げてきており、軽い口ぶりながら本気で心配している様子が伝わってくる。

「なんだ心配してくれるのか？」

「そりゃまあ、家族だもん。それぐらいは当然だし。お兄がいつも頑張ってるの知っているし、ちゃんと見てるんだから」

あのラショウキとの戦いで負傷した慎之介を見てから、陽茉莉は何かというと直ぐ心配するようになった。かつて慎之介が両親の死で、身近な者の喪失を意識し恐怖するようになったように。陽茉莉もまた、似たような意識を持ったらしい。

そんな妹を見つめ、ふと羅刹の姫御前《ひめごぜ》と呼ばれていた存在を思い出した。

姫御前は明らかに治癒能力を使っていた。羅刹や鬼夜叉に利用されているのか協力しているのか、もしくはそうせざるを得ない環境で生きているのか。それは不明だ。しかし、同じ力を持つ陽茉莉は誰かに利用される恐れがある。羅刹にしても、そして侍衆にしても。

――やっぱり陽茉莉のことは内緒だな。

真面目《まじめ》に考えていると、当の本人はさらに心配そうな顔をしだしている。

「どうしたの？　人のこと見つめてきちゃって」

「何でもない。可愛《かわい》い妹だなと思っただけだ」

「そっかぁ……うんうん、お兄もようやく素直になったのね。感心感心」

ようやく心配そうな顔をやめ、陽茉莉は腕組みして得意そうな顔をしている。直ぐ調子にのる妹の頭を小突いてやって、慎之介はもう一つ思い出した。

「そういや、初祖って言葉を知ってるか？」

「なにそれ分かんない」

慎之介の問いに陽茉莉は小首を傾《かし》げた。兄からの質問なので一生懸命考えたようだが、さっぱり分からないようだ。だが、代わりに横で聞いていた静奈が答えた。

「初祖……それは元祖、初代、創始者、最初の人……うっ、ううううっ。見つめるな、見るな……見つめないで」

すらすらと述べた静奈だったが、慎之介と陽茉莉に見つめられていると気付くと急に顔を真っ赤にして下を向いてしまった。随分慣れたとはいえ、やっぱり視線は苦手らしい。

何事もなかったかのように陽茉莉は慎之介に視線を戻した。

「で？　その初祖がどうしたの」

「まあ、ちょっと、そういう言葉を聞いたもんでな」

「ふーん？　そうなの、また話す気になったら言ってね」

陽茉莉はにっこりと笑った。どうやら、慎之介の隠し事などお見通しらしい。

「さて、そろそろ昼時だ」

態《わざ》とらしく時間を確認する。実際には、昼時の一歩手前ぐらい。食事をするには少し早いが、そろそろ店に向かった方が良い時間だろう。

「あんまり名駅付近のお店は知らないのよね」

陽茉莉の呟きに慎之介も同意した。二人とも栄や大須などには詳しいが、名駅周辺は詳しくないのだ。だから誰かを安心して連れていける美味《おい》しく手軽な店は知らなかった。

「うーん……どうしよっか？」

迷う時間はあるが、しかし早く決めねば昼の時間が迫る。そうなれば店が混みだし、ついには行列ができてしまう。されど慌てて決めるのもよろしからず。慌てて選んだ店に限って美味しくない。お昼ご飯の選択は極めて難しいのだ。

「そ、それならっ！　私が……わ、私が決めるわ」

二人の顔を交互に見ていた静奈が急に言いだした。

「この近く、知ってるお店あるの。案内してあげるから、しっかり感謝して……しなさい、しろ、して下さい？」

多分きっとそれは自分の美味しいと思った店を紹介できて嬉《うれ》しい気分なのだろう。静奈は手の甲を口元に当てながら言った。威張っているつもりらしいが、嬉しそうな様子は明らかだ。

いろいろ言いたいことは頭の中にある。あるがしかし、慎之介はそれを言葉として出すまでの整理がつかなかった。

「あー、それはどんな店かな」

「は、母とよく行く。父も美味しいって褒めてた。私も、そう思うの」

「なるほどなるほど、その場所は？」

「近くのホテルにある。場所は……分からないけど、けど大丈夫。だ、だっていつも車まで迎えに来るから。連絡すれば迎えに来てくれる」

各所の美食を口にして舌が肥えている筆頭家老が美味《うま》いと言う店で、お出迎えまでしてくれる店。それが格式高き高級店だろうことは容易に想像がつく。料金が不安だ。

「お兄、お腹空《なかす》いたー。あたし、もうどこでもいーから」

通路の脇に突っ立っていると、じろじろと露骨に見られる。女子高生ぐらいの少女二人だけでも目立つのに、それに年齢のいった男が一緒なのだ。どういった関係かと興味を掻《か》き立《た》てられる者は多いらしい。

「いや待て。ちなみにだが、お値段はどれぐらいなんだ？」

「ういっ？　大丈夫、お金は払わなくていいの」

「……やっぱり、そういう店か」

格式ある高級店は店で会計をすることはない。代わりに月末に請求書が送られてきたり、または勝手に引き落としがされる。お嬢様である静奈はそこまで把握していないのだ。

「どこか他の店に行こう。それに僕が払うから」

「そ、そう？　な、なら。これ渡しておくから払って」

静奈は小さな鞄から札束を取り出した。帯封がされているので、間違いなく百枚はあるだろう。周りは大勢が行き交い、札束に気付いて凝視していく者もいた。

「必要ない。仕舞ってくれるか」

「うぇっ⁉　ど、どうして……っ⁉　も、もしかして。もう私、用済み。すっ、捨てられる……の？　私、もう要らなくなった？」

「違うから、それは」

「な、なら……このお金……全部あげる、あげるから捨てないで。お願い、捨てないで。そんなこと、ゆ、許さないんだから」

ようやく慎之介は成瀬家老と似た不安を抱いた。この静奈はちゃんと見張って注意しておかなければ、将来変な男に貢ぐだけ貢いで大変なことになりそうな気がする。

ただし気にすべきは将来でなく今だ。通りがかりの人が足を止め、野次馬となって見てくるので凄《すご》く居心地が悪い。しかも皆は慎之介に対し冷ややかな目を向けてくるのだから。

「はいはい、静奈はそれを仕舞って落ち着こうよ」

陽茉莉は深く息を吐いて、険のある目つきで辺りを見回した。両手を振り回して威嚇すると、ようやく野次馬たちは散っていく。

「とにかくさ、他の場所行こうよ。ここはもう駄目だし」

「だな」

慎之介は良い考えを思いつき手を打った。こんな時に頼る相手がいるのはありがたいことだ。

「そうだ、咲月《さつき》に良い店を聞いてみるとしよう」

「お兄、それ止めて。本当に止めて。どうしてそんな発想出てくるのよ」

「そりゃ咲月なら、若い女の子が好む洒落《しやれ》た店を知ってるだろ」

「うがーっ、この発想。自分の考えが根本的におかしいって気付いてよ。それ全方向に喧嘩《けんか》売ってるのと同じだし」

陽茉莉の眼差しは、意味不明な言葉を発する人を見る目だ。

「どうしろと？」

「あたしが探すから。お兄は……そっちをお願い」

軽く指し示された先で、静奈が肩を落としている。これを宥《なだ》めるのかと思うと慎之介こそ肩を落としたい気分だ。ただ、そうした宥め役も陽茉莉相手で経験を積んできている。

「あー、いいかな?」

「な、なによ。どうせ私なんて用済み……っ、都合の良いときだけ利用して、陰でいろいろ言うんだ。もう、いい。知らない」

「今までそういうことがあったんだな」

「……うぃ」

静奈は悲しそうな顔で呟いた。

家老の娘であれば何不自由なく恵まれた生活に違いないと思ってしまうが、改めて考えてみるとそうではないかもしれない。地位や権力を気にするのは大人たちで、その大人が静奈に気を使えば子供は拗《す》ねて嫌がらせをする。しかし成長して知恵が付きだせば、今度は小賢《こざか》しく露骨に媚《こ》びたり阿《おもね》ったりしだす。どれも人間の嫌な側面だ。

——可哀想《かわいそう》に、苦労したのだろうな。

そういった環境の中で、静奈がどれだけ傷つき哀《かな》しんできたのか。想像した慎之介は父性や母性のような、兄性とでもいうものが掻き立てられてしまう。

「大丈夫だ、安心するといい。僕は違う。静奈を見捨てたり裏切ることのない味方でいよう」

「ぅあ……で、でもどうせ私なんて……」

「どうせとか、私なんてとか、言うもんじゃない。静奈は良い子だ」

「はぅぁぁっ。そんな、そんなこと言うな、言わないで……言わないでください」

「もっと自分に自信を持つといい、静奈はとても素敵な――」

その時だった、慎之介が頭に衝撃を受けたのは。

振り返ると背伸びした陽茉莉が、丸めたパンフレットを手にしている。それで叩《たた》かれたらしい。

もちろん陽茉莉相手に怒ることはありえない。ただ文句は言う。

「いきなり酷《ひど》いぞ」

「どうして悪化させるようなこと言うのよ⁉」

「悪化って何だよ。静奈のことを思ってだな」

「この分っからんちーん！　馬鹿馬鹿馬鹿、お兄のたーけっ！」

普段はあまり使わないお国言葉を陽茉莉が使うので、どうやら自分が相当悪いことをしたらしいと慎之介は悟った。だが、何が悪いのかは理解できない。

「分かった、分かったから落ち着け」

「お兄は分かってない、分かってないのが一番問題なの！」

「そうか。よしっ、気を付けよう。それより店が決まったなら、行こう」

これ以上見世物になるのは勘弁こうむるため、慎之介は二人を促し歩きだす。

陽茉莉はまだ文句を言っており、静奈は妙に御機嫌だったが、それもまた良いと思った。こうした日常も、いつか振り返れば懐かしい話になるに違いない。だから貴重な時間を無駄にするのは勿体《もったい》ないことだ。

慎之介を先頭に、三人は名古屋の街の雑踏に紛れていった。

あとがき

本作は『カクヨムネクスト』にて連載されたものです。『カクヨムネクスト』とは紹介文そのままでいくと「第一線の現役編集者たちが『読んで損なし、絶対的な面白さ！』と太鼓判を押す作品のみを集めた読書サブスクリプションサービスです」となります。

そんな場所で連載させて頂き、さらに書籍化となりました。ありがたい、嬉《うれ》しい。

もちろん、『カクヨムネクスト』で連載中です。

書籍化にあたり、大幅に改稿し加筆しストーリーも追加しています。

いやしかし、大抵の小説は書籍化にあたってそうなるでしょうと思うかもしれません。ですが、本作は改稿と加筆によってストーリーに一本の芯《しん》が通り、いろいろな部分に繋《つな》がりが生じ、読後感が大幅に変わっています。しかも、へいろーさんの素敵なイラストもセットになって、とってもお得で楽しみな書籍となりました。

頑張ったので、これぐらい言っても良いですよね。

本作での侍は能力者を意味する言葉です。

なぜ、そんな設定なのか。そもそもの構想で、現代社会で刀を使う物語を書きたい想いがあり、逆算的にそうなりました。背広姿で刀を帯びるイメージから、よくぞまあ、こうなった……。

そんなわけで、ちょこっと刀剣ネタを仕込んでます。

本文中に出てきますレイブンマウスという単語、これは『烏口《からすぐち》』からです。刀剣用語で『烏口』とは、鋒《きっさき》に生じた刃切れ（刃に入った亀裂）を意味します。刃切れ自体が実戦使用した場合に折れる恐れがあるため忌み嫌われますが、『烏口』は鋒なので特に嫌われるものです。

それから主人公の使用する刀は越後守来金道《えちごのかみらいきんみち》。なぜ、この刀かといえば――越後守来金道は和泉《いずみの》守《かみ》来金道とも名乗り、江戸時代初期の三品《みしな》派と呼ばれる美濃関鍛冶《かじ》の流れを汲《く》む刀鍛冶《かたなかじ》。荒木又《あらきまた》右衛門《えもん》が鍵屋《や》の辻《つじ》の決闘で使い折れてしまったのが、この来金道二代目の刀でした。よって、終盤で主人公の刀に生じる事象繋がりで、越後守来金道となった――というのは、後からのこじつけ。ちょうど本作を構想していた頃、手元に越後守来金道があったので、自分の所持する刀を登場させただけです。作者特権というやつです。でも来金道が越後守を使った銘は非常に珍しく数振りしか現存しない貴重な刀なので（以下、略）。

イラストを描いてくれました、へいろーさんありがとうございます。カバーデザインやロゴ設定、書籍が出来上がるまでの編集工程、本屋及び通販サイト等での販売、連載から書籍まで関わってくれた全ての方々に感謝。そして本作を読んでくれた方に感謝を。

二〇二四年　星の入東風《いりこち》頃

一江《いっこう》左かさね

カドカワBOOKS

剣聖《けんせい》サラリーマン無双《むそう》
～幼馴染《おさななじ》みがときどき人類《じんるい》を救《すく》う手伝《てつだ》いを頼《たの》んでくる～

2024年12月10日　初版発行

著者／一江左《いちえさ》かさね

発行者／山下直久

発行／株式会社KADOKAWA

〒102-8177
東京都千代田区富士見2-13-3
電話／0570-002-301（ナビダイヤル）

編集／カドカワBOOKS編集部

印刷所／暁印刷

製本所／本間製本

●お問い合わせ
https://www.kadokawa.co.jp/（「お問い合わせ」へお進みください）
※内容によっては、お答えできない場合があります。
※サポートは日本国内のみとさせていただきます。
※Japanese text only

Printed in Japan
ISBN 978-4-04-075665-3 C0093

新文芸宣言

　かつて「知」と「美」は特権階級の所有物でした。

　15世紀、グーテンベルクが発明した活版印刷技術は、特権階級から「知」と「美」を解放し、ルネサンスや宗教改革を導きました。市民革命や産業革命も、大衆に「知」と「美」が広まらなければ起こりえませんでした。人間は、本を読むことにより、自由と平等を獲得していったのです。

　21世紀、インターネット技術により、第二の「知」と「美」の解放が起こりました。一部の選ばれた才能を持つ者だけが文章や絵、映像を発表できる時代は終わり、誰もがネット上で自己表現を出来る時代がやってきました。

　UGC（ユーザージェネレイテッドコンテンツ）の波は、今世界を席巻しています。UGCから生まれた小説は、一般大衆からの批評を取り込みながら内容を充実させて行きます。受け手と送り手の情報の交換によって、UGCは量的な評価を獲得し、爆発的にその数を増やしているのです。

　こうしたUGCから生まれた小説群を、私たちは「新文芸」と名付けました。

　新文芸は、インターネットによる新しい「知」と「美」の形です。

2015年10月10日
井上伸一郎

「賢いヒロイン」
中編コンテスト
受賞作
王宮の本を読むため
官吏になったのに、
国の頭脳として
頼られています!?
B's-LOG COMICほかにて
コミカライズ
連載中!!!!!!!
漫画◆鈴よひ